U0599125

藏珠记

乔叶——著

作家出版社

通过那个索引的窗口

一株玫瑰伸了进来

——纳博科夫

目 录

1 唐珠："有之"

天宝十四年，一个抱病垂危的波斯商人住在长安城东市附近崇仁坊里的一家客栈中。他原来似乎是有钱的，但身体让他越来越穷，后来潦倒至身无分文。老板本来要赶他出来，老板娘恰好信了佛，要做善事积功德，便有意把他收留送终。老板两口膝下只有一个女儿，因为娇惯，十四岁了还没定亲，只顾贪吃乱玩，一派泼皮憨气。当初手头还宽裕时，这波斯商人常给那丫头买一些零食，那些零食除了梨、桃、杏、葡萄、胡饼等常见的，还有一些荔枝龙眼之类奇奇怪怪的俏货，很得那丫头的欢喜。现今他凄凉至此，那丫头觉得难过，便也向父亲求情。老板便容这波斯商人住在最末等的客房里，让他挨着时光。那丫头闲着无事，便常去照应这波斯商人，给他端茶倒水，和他聊天叙话。

终于，这病波斯商人要死了。那一天，他突然唤那丫头上前。

你可想要嫁人吗？

丫头拼命摇头。暗自揣测，这人难道是病得疯魔了，到这步田地竟然还妄想娶自己不成？她刚有初潮，略知男女之事，正视此为大羞耻。

你可还是处子吗？

这话更是唐突，丫头不答。

我要死了，你就答我一声罢。这病波斯商人恳求。

看着他奄奄一息的脸，想着他纵是有心也不能把自己怎么样，丫头便点了点头。

病波斯商人笑了笑，在怀里摸索了半天，取出一方小小的锦盒，从盒里拈出一样东西，放在她手掌里。似乎是颗果子。丫头看那果子，圆圆的、凉凉的、亮晶晶、红润润，像一枚小小的珠子。她轻轻地捏了一下，又隐隐有些软软的弹性，这又使得它不像珠子。

你吃。波斯商人说。

我吃？丫头瞪大了眼睛，她闻了闻那颗果子，有点儿淡淡的玫瑰香，似乎不错。可是为什么只有一颗？

你吃。波斯商人又说。

好吃吗？她问。咽了一下口水。看这色相，应该是很稀罕的果子吧？

波斯商人点了点头，然后直直地看着她，似乎她不吃他就不能瞑目。于是这傻丫头把那果子送到口中，咽了下去。因为果子太小，她一点儿也没感受到它的滋味。

波斯商人又把锦盒递过来：里面有字，你好好读。

我不识字。

那就去识。他努力笑着，胡子如同枯草摇曳。

果子已经到达了腹内，丫头顿时觉得温温的、暖暖的，很舒服。可是看着病波斯商人怪异的笑容，她突然又害怕起来。

这东西，有毒吗？她的声音有些颤：我会死吗？

我很快会死，你不会。病波斯静静地看着她：你会活很长。

彼时，作为世界上最繁华的国际大都会，长安城经常流传着一些珠子的故事，故事的发生往往和一些波斯商人有关，譬如《独异志》就记载过一则，主人公名叫李灌。"不知何许人。性孤静。"想来是个酷哥，经常摆张冰块脸，不搭理人也没人搭理他。有一段时间，他住在洪州建昌县，"倚舟于岸。"整日发呆，不知道是看人还是看鱼还是看天空，或是在看天空掉下一条人鱼。"岸有小蓬室，下有一病波斯。"这哆哆嗦嗦的病波斯人病着病着，眼看就要死了。李灌忽然对倒霉的邻居动了怜悯之心，于是就变身暖男，把自己的家常饭分点儿出来，热汤热水地端给他。"只要人人都献出一点爱，世上将变成美好的人间"，歌词就是歌词，李灌献出的这一点爱，一点儿也阻止不了波斯人必须离开这美好的人间。"临绝，指所卧黑毡曰：'中有一珠，可径寸。'将酬其惠。"他咽气之后，李灌翻开毡子，果然看见"毡有微光溢耀。"其光之源，果然就是一颗硕大珍珠。李灌拿着这颗珍珠，可能还叹了口气，然后出钱给波斯人买来了棺材，在封棺之前，"密以珠内胡口中"，然后，他给波斯人举行了一场一个人的葬礼，"植木志墓"，随即离开。"其后十年，复过旧邑"。他发现当地政府正在翻查这起波斯人病死客栈的旧案，附近不少人家都因此受到了牵连，被三天两头地送往拘留所吃牢饭，严训苦审。李灌就挺身而出，把真相报告了政府，并将他们领到波斯人的安息之地。"树已合拱矣。"众人打开棺材去看，那波斯人的面容栩栩如生。于是，不知道是谁动手从死胡人口中取出宝珠，也不知道这珠子最后是被充了公还是被贪了污。可以确定的是，从此李灌便又遁迹于世。"棹舟而去，不知所往。"

《广异记》里的故事也颇有趣，说的是猛女武则天当政时，西蕃某国上贡给她毗娄博义天王的下颌骨和辟支佛的舌头，还有一枚青泥珠——珠子也罢了，真不知道献个下颌骨舌头有什么好玩的？——武则天把下颌骨和舌头悬挂起来展览给百姓看。"颔大如胡床，舌青色，大如牛舌；珠类拇指，微青。"这珠子没有入武后的眼，她转手把它赐给了西明寺的和尚。和尚将这颗珠子"布金刚额中"，也就是说装在了金刚的脑门儿上。后来和尚讲经，有一个前来听讲的胡人见了这颗珠子就目不转睛地看，显见得魂不守舍。"如是积十余日，但于珠下谛视，而意不在讲"，这目的也太明确了，于是，"僧知其故，因问故欲买珠耶？胡云：'必若见卖，当致重价。'僧初索千贯，渐至万贯。胡悉不酬。遂定至十万贯，卖之。胡得珠，纳腿肉中，还西国。僧寻闻奏，则天敕求此胡。"——和尚你能再不地道点儿吗？——武则天下令翻箱倒柜地满世界寻找这个胡人。几天之后，胡人落网，有关部门严审他宝珠在什么地方，"胡云，已吞入腹。使者欲刳其腹，"于是他马上面临着剖腹取珠的厄运。没办法，为珠成猪的他只好从腿肉中取出珠来。武则天召见了这个鸡飞蛋打倒霉催的家伙，问他："这玩意儿既花钱又要命，图个啥呢？"胡人老实答："西蕃某国有个青泥湖，湖中有许多珍珠宝贝，可是淤泥很深，无法将珍宝弄上来。如果把这颗青泥珠投到湖中，淤泥就会变成清水，那些宝贝便可以得到了。"于是，"则天因宝持之。至玄宗时犹在。"

《独异志》《广异志》这样的书，现在已经没有几个人知道了，当然更少有人去读。我常常怀疑既知且读的人只有我一个。《资治通鉴》的读者或许会多些吧？《唐纪八》里有这么一段："上谓侍臣曰，'吾闻西域贾胡得美珠，剖身以藏之，有诸？'侍臣曰：'有之。'"

"有之。"每当想象着那个侍者确定无疑的语气，我就想微笑。他是那么相信。他的语气也让人由不得不相信。

这样的故事放在今天，还有谁会相信呢？

除了我。

——崇仁坊的那个病波斯人很快就死了，可是他的话却没死。他说得没错，那丫头活得很长，一直从唐朝活到了现在，简直活成了老不死。一直活到了锦盒的那张字纸早已经灰飞烟灭，只剩下那首无题诗刀削剑刻在她的脑子里：

珠有异香长相随，
雨雪沐身葆葳蕤。
守节长寿失即死，
若出体外归常人。

　　识字之后，她才渐渐知道这诗很差。字倒是方整劲健中略兼丰腴浑厚，相当不错。

　　你肯定明白了：是的，我就是那丫头。

❷ 唐珠：简历

很静。

如果我没记错，十年前，这个位于郑州市东南一隅的别墅区刚刚"尊者共享，荣耀登场"时，开盘价每平方米只有两千。现在出手应已近两万。那时我偶尔路过，越过粗糙拉起的红砖围墙和绿色纱罩，还可以闻到不远处庄稼地里玉米叶子的青蕤之气。而今举目四望，高楼环伺，想要看到田野绿，恐怕已在十里之外。

此刻，一桶水，一块布，上上下下，里里外外，我正慢条斯理地擦着一扇玻璃窗，直到把它擦得透亮得如同没有。然后，去擦另一块。

以近两年的流行趣味，这款房型设计已经显得有些过时，好在外墙颜色是最为低调持重的复古灰，让这过时熬炼出几分经典气质。一共三层，一层是客厅、餐厅、厨房，另有一间客房，我就住在这间客房里。二层是书房、茶室，另各有一间主卧和客房。三层是健身房。顶层是阁楼式的楼梯间，楼梯间外便是一方大天台。

在我之前，这里压根儿就没有人住过。第一次来我就断定了这一点。有人住过的地方，多少总会留些烟火痕迹，诸如厨房一两滴油渍，阳台上一两盆植物遗骸，卫生间一两团污秽的手纸。而这里，除了灰尘，什么都没有。打扫工作却也没那么简单，因为赵耀挑剔。对于保洁而言，"一尘不染"这个词就是一个可望而不可即的至高理想，而赵耀显然对这种令人绝望的境界有着不断接近甚至实现的志向。他指点的地方简直无微不至：茶几腿和地面接触的那一点，最顶端的窗帘盒，电源开关上落下的淡淡指纹……

我上一份工作是酒店服务员，因为对部门经理的骚扰忍无可忍而辞职，趁着空窗期在街上闲逛，路过一个家政公司时旧念萌动，便进去挂个名。两天后公司通知我去面试，让我收拾得齐整一些，说是遇到了个事少薪高的好主顾，就是赵耀。和我一起面试的还有两个女孩，她们显然都很有经验，像做广告一样介绍自己的强项：做饭、洗烫、陪护老人，甚至管道疏通。赵耀任她们说了一会儿，方才悠悠道：别的也罢了，做饭尤其得好。

一个忙接口：要说吃得舒心、实惠又健康，还得是家常饭。我早几年就下了功夫研究家常饭，把这作为自己服务的主打牌。另一个不甘示弱：我的做饭手艺哪一家都舍不得，现在还经常有老主顾请我抽空回去给他们做卤面呢。

你呢？赵耀朝我抬抬下巴。

本不想和她们争，可看着她们急吼吼的样子又觉得好玩，我便决定捣乱。

做饭做饭，终归不是靠说。上手一做不就知道了。我说。

三人一起被他带回去，同样的食材轮流做，题目是一道炒豆腐。她们两个先做，全过程都在五分钟左右，我用了半个小时：把豆腐先用水冲一下，然后泡在加盐的开水里二十分钟，泡好后把豆腐里的水分平压出来，最后才是大火烧、小火焖，遂成。他们三个围着那盘豆腐，一筷子接一筷子，直到吃光。

怎么炒的，教教呗。

肯定有诀窍。

两个竞争对手顿时化敌为友，向我讨教起来。我笑笑，没言语。倒也不是小气得把这当成什么不想外传的秘笈，只是看她们的做派便知道她们太外行，便懒得和她们费那个劲。

合同签过，我上了赵耀的车。路上闲聊，他问我多大了，我说二十一。——漫长的二十一。问我什么时候开始做家政，我说刚开始，这是第一家。他着意地看了我一眼，说简历上说是陕西人，倒是不带一点儿口音。我说出来得早，使劲儿学普通话来着。他又问怎么出来那么早？穷呗。我略显钝木地笑：家在农村，二老思想封建，为了生个儿子，死活不计划生育，兄弟姊妹多，供不起，老早就出来打工了。

他久无话。也是，我给的答案多么朴实多么合理多么底层多么忧伤多么一竿子到底得让人同情，他还有什么可费话呢？

到了别墅，他给了我一把钥匙，带我看了房子，告诉我说在这里也就是最一般的家政内容，做个饭守个门洗个衣服做个保洁。他在市中心也有房子，离公司近，一般不会回来。

不过可能偶尔会有个把客人来住，需要招呼一下。他探询地看着我：会有点儿闷。

我说我最不怕的就是闷。

阳光很好，和煦却不燥热，是典型的五月阳光。我很快出了微汗，于是停下来换个事做：种菜。眼下正是种菜的时节，虽然水土都不如以前，但好歹是自己种的，不掺和乱七八糟的东西，味道总是比市面上强一些。

已经很多年没有种过菜了，手有些生。不过这种活计，理熟也是最容易的，况且都是些最简单的菜：生菜、菠菜和香菜。之前不是没有地就是没有闲，或者是既没有地也没有闲，像这样既有地又有闲的时候，还真是少呢。想来好笑：莫不是只能来这种人家做仆役才有可能？

　　但愿能住到菜长成的时候，哪怕只吃上一两顿呢。

　　手机响，是赵耀。他让我把二楼的大客房再好好打扫一下，下午会有客人到：是很重要的客人。你好好准备着。

　　我答应着，挂断，继续去收拾菜地。终于有客人要到了，还是很重要的客人，不过这是他的，不是我的。对我而言，客人就是客人，尽我的本分照顾着，如此而已。当然他说这种话一定也不仅是为了给我听，客人一定就坐在他的旁边。此类处世的小伎俩，这么多年来，我看得够够的。

3 赵耀：可我还是喜欢开车

把车库里所有的车看了一遍，决定开"揽胜"去接他。接他这样的人，就要开这么炫的车。

想一想，从十八岁会开车起，到今年都开了十八年的车了。开了这么多年车，按说早就厌烦了吧，况且也早就有了自己的司机，可我还是喜欢开车。

似乎有点儿奇怪，不过寻思一下也不奇怪。作为一个男人，有几个会不喜欢车呢？这种东西，让它去哪儿它就去哪儿，让它跑多快它就跑多快，前提是只要给足了油，也没啥毛病。就是有毛病也没关系，无论是哪儿的毛病它都一清二楚地在那儿摆着呢，它不藏着掖着，也没有能力藏着掖着。所以，再破的车也让我心里有底儿，能够信赖。

当然，最重要的原因还是：车给了我饭吃。

十八岁拿到驾照，先开了两年货车。二十岁那年有了机会，托一个亲戚介绍到区土地局去当司机，从那时起开始给领导开车。很多司机都是这么一条路：托关系进来，先是做临时工，给领导开车，开着开着，只要跟的领导有本事，就能转正。我也是抱着这样的想法。那时候金局还是规划处的副处长，我是跟处长开车，不服务他。副处长有名分没实权，我完全可以不理他这茬，可我不。我也一样把他当一尊神敬着。谁知道哪根枝头落凤凰？要是等他当了处长再去敬，那可就是马后炮。下棋不能只看一步。

后来他果然当了处长，我专职给他开车，开得就更尽心，我们的关系就更亲密了——必须是尽心。尽力好办，尽心不易啊。

给领导开车的本质，一句话到底：你就是领导的一辆车，人车合一的车。谁是司机？领导才是司机。领导就是开你的司机。当然，因为人车合一，所以要比单纯的机器车高级一些。要你快你就快，要你慢你就慢，要你停你就停，要你退你就退。这里面的讲究太多了，能分好几个等级呢。

初级的就是开车之道。就这个最表面的，它也不简单。车要干净漂亮，不能失了领导的身份。起步要稳，车速要匀，领导没命令绝对不能开快车。烟酒要特别忌讳。酒驾是绝对不可能的，也最好不在车里抽烟，领导抽的时候让给你一根，可以接，但不可以抽。预备好领导喜欢的音乐，在领导习惯的范围里适当更新。储备好领导喜欢的饮料茶水，还有一些药。手机二十四小时开着。钱包里随时装着现金和卡准备付账。路况要记清，重要的人物要过目不忘。送什么东西，拿什么东西，怎么在酒店大堂门厅里停车，怎么抵达别墅的地下车库，几辆车同行时，车速是多少，要把车保持在哪个位置，下雨天怎么开车，下雪天怎么开车，甚至沿路有什么水果店鲜花店饭店都要留意到。重要场合吃饭，你绝对不能上桌，自己另桌吃饭，点菜时不能超过四菜一汤。偶尔上桌和领导一起吃，要选择最不起眼的地方坐下来快吃，完了赶紧下去在车里等着。遇到领导和女人坐在后排时，要屏住呼吸，两眼向前看，不能朝两边看，更不能回头看。还要切记把反光镜翻上去，以免看到不该看到的镜头……等到跟着领导回到了家，要顶领导家里的半个保姆，拖地、倒垃圾、买菜、洗衣服，不适合水洗的送干洗店，等等。看到的都得紧着做，不能偷懒。千万要记住，给领导开车，不但要让领导满意，还要让领导的家人满意。有时候，让领导的家人满意比让领导本人满意更重要。好在金局没老婆，就那么一个不成器的儿子，我这方面的工作量要少得多。

中级的就是心腹之道。比如在单位，你首先要搞好和其他各位领导司机的关系，练得耳听八方，一旦了解到什么有价值的信息，哪怕只是一点儿最微末的蛛丝马迹，也要及时向自己的领导汇报。这可不是打小报告，是非常正常的纯属分内地汇报情况。另外你对于自己领导的信息还得守口如瓶。领导去了什么地方办了什么事，常跟什么人在一起，在什么场合说了什么话，这些都是秘密。你得像个哑巴。你的常态就是个哑巴。当然，光嘴严还不行，你还得知道领导那些曲里拐弯的心思。比如你跟着领导到基层高屋建瓴地指导工作，基层的人见到领导肯定都特别巴结，有时免不了要例行规矩地表示一下，作为司机，什么人送的什么东西该收，什么人送的什么东西不该收，心里要有数，不能见什么人什么东西都不假思索地替领导代收。经常有的情况是，有人在巴结领导之前，先跟你套近乎，想给你单独送东西，这时候你就得清楚孰轻孰重，坚守住原则，你就得婉言谢绝，告诉他："我的领导不但严于律己，对我们也是一向要求严格。你的心意我领了，这条红线我不敢碰。请你理解。"

这就是装。在领导需要的时候，你就得会装。该装孙子你就得装孙子，该装大爷你就要装大爷。装孙子是在领导面前，或领导的平方和领导的立方面前。而在另外一些人面前，你就可以装大爷。该显派就显派，该高冷就高冷，该张狂就张狂……总之是可以耍威风。有些威风是自己想耍的，憋屈了太久，就想耍耍。有的威风是领导让耍的——他嘴上不让你耍，可心里想让你耍——领导为啥想耍威风？因为领导也憋屈。他在那个位置上站着，也有他的不容易，也有他的委屈。他也想撒火，想骂人，可他不能呀。这时候，作为司机，你就不能光乖了，就得野。什么时候乖，什么时候野，还真得把握好这个分寸，才能野中有乖、乖中有野。比如说有一次，一个开发商不听招呼，金局心里很不痛快，又不能直说。吃饭的时候，我喝了一点儿酒，就发起了酒疯，把那个开发商大骂一顿。金局呵斥我我也不听，不能听啊，我知道他心里喜欢着呢。我就那么骂着，直到把那个人骂得狗血淋头又醍醐灌顶，然后我被人拉出去，找了个地方睡了一觉。等到我开着车载着金局离开时，一出饭店的门，我们俩互相看了一眼，就笑了起来。——按照领导的心思去惹事，你惹出事让领导擦屁股，当然领导是会给你擦的。要是不按领导的心思去惹事呢？领导多半也会给你擦，但是擦过之后呢，肯定也会踢你的屁股。领导可不会轻易踢你的屁股，一踢你就得滚蛋，有多远滚多远。

　　总而言之，你要通过领导的脸色，看到他的心里。如果不能学会体察领导的心意，那你就不是一辆好车。如果什么都要领导啰啰嗦嗦地对你交代你才能领会，那就离领导报废你这台车的日子不远了。

　　这都是司机要做的寻常功课，都是在考验你的眼力见儿和聪明劲儿。说起来真是很压抑，可是好处也很多。司机的实惠，那真是一言难尽。高档烟、高档酒、高档衣服、超市卡、购物券，下属单位的各种福利……可以这么说，凡是孝敬领导的，领导能给我的，我都会有一份。自从开始用手机以来，我们全家的手机包括话费都没花过钱。金局当局长的第一年，有人给金局送欧米茄，还搭送了我一块梅花，那是我的第一块好表。

　　所以有些人奇怪，说领导和司机的关系为啥那么好？这些人就是糊涂。司机做到这个份儿上，和领导能不好吗？也有些司机抱怨领导对自己不好，这些人也是糊涂，他们一定都没有问问自己，你为领导付出了多少？你要是付出了怎么能没有收获？有同行没同利，就是这个道理。就像档次不同的车，所对应的价位自然也是天悬地隔。有的车就该是奔驰，就该是悍马，就该是路虎，就该是霸道，就该是保时捷、玛莎拉蒂、劳斯莱斯！这样的车，一根保险杠就值一辆低档车。

你说是不是？

领导是主子，司机是奴才。好司机就是好奴才。你只要把自己练成了一个好奴才，那么一般情况下，领导就会成为一个你可以倚仗的好主子。当然，后来金局也知道了，什么都是互相的。我是他的车，他也是我的车。他能开我，我也能开他。只要配合得好，就能资源共享，搭档双赢。

——这就是司机和领导相处的高级之道。

不客气地说，我和金局曾经就抵达了这种高级之道。等他从处长当上副局长之后，他和我长谈了一次。他说，他现在完全有能力落实我转正的事，可他就是不给我办。他说不但不给我办，还让我辞职，去办公司。他说这是他的深谋远虑，让我听他的没错。在土地局这些年，我当然知道他说得没错，只要不是太蠢，房地产行业可是太好捞钱了。反正有他当靠山呢，就去试一把呗，实在不行，大不了再拐回来给他当司机嘛，他还能不要我？

我就辞了职，把所有的积蓄都拿了出来，抵押了唯一的房子，借遍了亲朋好友，拿到了银行贷款，开了公司。"阳光家园"是我的第一个楼盘。阳光照耀嘛，就阳光吧。

……

总的来说，我和他之间从初级到中级再到高级的过程很顺利，这当然得力于彼此的磨合和默契，当然也离不了我的悟性和努力。回想起来，我最核心的经验就是懂规矩，也守规矩。无论是明着的规矩，还是暗着的规矩。懂规矩的人最不想碰到什么？当然是不懂规矩的人，或者是明明懂规矩却不想守规矩的人，那样的话，再好的牌也有可能打烂。

但是，最让我没想到的是，金局最后居然会成为打烂牌的人。

好牌在手，不能打烂。好在他已经死了，而我的牌技也还不错。只是我和他的完美关系不能善始善终，这真是有点儿遗憾啊。

4 唐珠：乐泮思水

当客人跟着赵耀走进门的第一个瞬间，我就认出了他。这种情形很少。现在我已经很难确凿无疑地说自己认出了某个人。活了太久，见过的脸太多，起初走在街上，我常常觉得会碰到熟脸，不时会尴尬和吃惊，后来才渐渐意识到熟脸并不意味着熟人。这世上的脸虽然万万千千，但归纳起来，其模式大致也就那么多种，都在我的经验之内，自然就容易产生脸熟的错觉。不是有一个词叫做脸盲症吗？我得的就是脸熟症。治疗此证，麻木便好。因此我已经习惯见到熟脸也无动于衷。

但这个人，还是有些不一样。

那时我还在郑州最昂贵的"极致"餐厅当服务员。一天晚上，一群男女来到我负责的包间，点了一桌子的菜和红白啤各色酒。聚餐的主题是"庆贺小王爷高中毕业"。高中毕业？我只能从鼻子眼里冷笑。

一望即知他是他们的中心。人人都谄媚地喊着"小王爷"，爱马仕皮带、杰尼亚衬衫、古龙香水……形形色色的庆贺礼品在角落里堆成一座小山。男人围着他敬酒，女人冲着他撒娇。他的架势也大，歪在座位上，叼着一支烟，谁敬酒来只管喝，谁撒娇来却不哄，只是嘴角微微含着笑。有个女孩端着杯子袅袅婷婷走到他身边，突然一屁股在他大腿上坐下，他顿了顿，也就搂住了她的腰。这样的场面我也见多了，倒不值得印象深刻。深刻的是他冲我招了招手。

叫你们总厨过来。这汤做得不对。他说。

我站在那里，不动。他说的是酸辣乌鱼蛋汤，这是饭店的招牌汤，据说这是总厨的师傅的师傅的看家本领，我们背的宣传词如是说："酸不见醋，辣不见椒，香不见油，酸味柔和，辣而不燥，鲜香味美，是我店的镇店之宝。"每天都有乌泱乌泱的食客过来吧唧吧唧地品这道汤，没有一个说不对。

小王爷的话你没听见吗？一个小跟班斥责。我走到"小王爷"身边，面带微笑，上体前倾：您可以说一下哪里不对吗？或许我可以跟您解释一下。他斜睨着眼睛：这酸是什么酸？我答是酸黄瓜自然发酵的酸汁。他用食指一下一下地点着桌子：所以说不对。入口有涩感，这肯定是醋酸。

我转身出门，去叫总厨，总厨一听便囧了脸，说这几天酸黄瓜汁儿供货有点儿紧巴，留用的太少，因怕招牌汤断档，便间或使点儿醋。醋酸和黄瓜汁儿酸等闲客人不可能吃出来，这一定是碰到了极其懂行的吃货。他连声说着我不在我不在我不在，撺掇了一位大厨跟我过去挨训。

见到大厨，这小王爷更是起兴，训完了汤又开始训菜，说牛肉不新鲜，羊排没精选，这个菜料酒放过了头，那个菜放糖又不够，越说越来劲，眼看着把所有的菜都批了一遍。那，这道菜，您还满意？大厨寻死不拣地方的指着"土芹香干"。他重重地放下杯子：更不能提。这是土芹？大厨磕磕巴巴地说：没有土芹了才用的西芹，其实西芹比土芹还贵。

可我要的就是土芹的味儿。土芹就是土芹，西芹就是西芹，各有各的味儿，你知道这里头有多少讲究吗？你知道这里头有多少文化么？他的眼神刁钻又得意：对了，还有水芹呢。"思乐泮水，薄采其芹"，这是《诗经》里都有的典故。

泮水，他把泮的音念成了半。我忍不住笑了出来。

你笑什么？听得懂吗都笑？他又呵斥我。

是 pàn，不是 bàn。

全屋子的人都看着我，我任他们看。能把我怎么着？

嗯，你看看，服务员都比你有文化！他又转向我：《诗经》里边还有很多菜，是吧？再说两样我听听。

这是考了。不怕考——倒也难得碰上这么考我的人：《杕杜》里有一句说到枸杞，"陟彼北山，言采其杞。"《鹿鸣》里有一句说到青蒿："呦呦鹿鸣，食野之蒿。我有嘉宾，德音孔昭。"

他率先击掌，然后，掌声雷动。看他的笑容，如冰雪忽融，春花绽放，有一种孩子般的天真。

以为买单时会有个磕绊，结果很顺利结了账。一帮人鱼贯而出，路过我身边，他停下来，从钱包里掏出一沓百元钞，拍到我的手里。

小妞，好好学习，天天向上啊。

我微收下颔，浅浅鞠躬：谢谢。

——那个人就是他，没错。在"极致"被打赏的时候也不少，他最大方。后来他又去过两次，点名要我服务，用餐之时必定要考问我几句菜肴之事，自然都难不倒我，不过为免是非，我便开始一味装憨敷衍，他便兴致渐减。直到我离开"极致"，都没有再见他光临。

他已然不记得我了。冲我点了个头，就那么晃了过去。我跟着他们进屋，赵耀喊着他的名字"金泽"，对他简单介绍了一下房子，然后把他领到二楼的主卧室。司机流水一样搬着行李，跑了好几趟，除了一大一小两个拉杆箱，还有几个纸箱子。不一会儿，赵耀下楼，说他有应酬，会回来得很晚，让我精心照顾客人。他二十四小时开机，客人有什么状况就随时给他打电话。

别怕麻烦。临上车，他又停下，叹了口气，若有所思片刻，终是简单道：总之，你要多留心。唐唐，拜托哦。

不过两周时间，他对我的称呼已经变了几变，由当初正儿八经的全称"唐珠"到后来的"小珠"再到现在的"唐唐"，越来越温和亲近。他这一走，偌大的房子里只有我和金泽这一对孤男寡女……我想起几年前金泽歪坐在那里的眼神，虽是笑笑的，乍一看有点儿桃花，再往深里一看，却是松松散散，颓颓废废，空空茫茫，绝无凶险。不管怎么说，我这双老眼也算是阅人无数，颇有准头，断定即便和他共处一室，也不会有什么事。

晚饭是四个菜：翡翠白玉虾、蒜蓉上海青、清蒸鲈鱼、雪梨拌苦菊，外加一道竹荪汤。有荤有素，不丰不俭。

金先生，请用晚饭。

别管我。

我便自吃，然后散步。

门卫室里，两个保安正扎在一起看着手机。熟悉的音乐声响，是《来自星星的你》。这剧我早就追着看完了，越看我就越觉得，如果评选最佳观众的话，那一定是我。电视剧里，那个男主是来自星星的你，你们可知道眼前这个女人，是来自唐朝的我？只是，我和男主绝无可比性。这个女人，不会瞬移，相貌也不出众，更没有万贯家私——在中国，一千多年过下来，能有条命已是奇迹，还想有万贯家私？哈。

有头发花白的老妇人拎着菜篮子从我身边走过，篮子里嫩紫粉白的洋葱飘荡着生甜之气。她看了我一眼，叹了口气："唉，又一天。"我点头微笑。是啊，又一天。这日子对于她来说已经是过一天少一天了吧，如同流水，一寸一寸都不可复得，直至行到枯竭之地。可对于我，却不一样。我的每一天都仿佛在一个密闭的容器中静止着，不少，也不多。过了，也是没过。时间和钱一样，一个人如果拥有了太多，就都失去了本质意义。

散步出了别墅区，索性打了个车，去了"长安"。这是家茶馆，瓦是其设计的主要元素，哪里都是瓦：青瓦、红瓦、厚瓦、薄瓦、大瓦、小瓦……城市的钢筋水泥丛林里，已经很少见到瓦了。老板解释说，有瓦就有家，有家才长安。而我只是喜欢长安这个名字和唐朝的隐秘关系。长安约等于唐朝，唐朝就是我遥远的故乡。

天色渐渐地暗下来，窗户上映着淡白的青色，宛若晨曦。黄昏和晨曦的天光很近似，如同春天和秋天的大地很近似。不过，近似归近似，到底还是不同。不同在于气息。黄昏是余热，晨曦是清凉。春天是初暖，秋天是深冷。或者，也如同我的相貌，看起来和大街上无数二十多岁的女子无异，但这颗心，却已是千年暮色。

手机短信响，是天气预报。今夜有雨，太好了。起身欲走，迎头正碰上老板。两厢领首，微微致意。之前我曾来这里坐过两次，和老板简单聊过，表示过求职的意向，他很痛快地说随时欢迎。这么多年来，我已习惯了捧着一只碗，预备着另一只碗，免得旧碗碎而新碗无。

5 金泽：客居

拗不过赵耀，终于还是来了这里，客居。事实上，自从跟着爸爸来到郑州之后，我就一直觉得自己在客居。无论是最初的老房子，还是后来一栋又一栋的新房子和更新的房子，又或者是住在各式各样的酒店里，我都觉得自己是一个客人。只是在赵耀这里客居，和在那些地方还不太一样。无论情愿不情愿，爸爸的房子总是和我多多少少有些关系，所以再客也有主的感觉，而酒店的宗旨不是"客至如归"么，谁拿钱谁就是主，主的感觉就更明显，哪怕只是短暂的假象。而在赵耀这里，客居就是客居，百分百纯粹的客居，一点儿不含糊的客居。

回想起来，最不客居的时候，就是跟着爷爷在老家的时候。记忆中的第一张脸，就是爷爷的脸，听到的最早的声音，就是爷爷的咳嗽声。生我的时候母亲难产而死，无从体会何谓母亲，爷爷就是母亲。按说姑姑更应该像是母亲，可是就是这么奇怪，我只觉得爷爷就是母亲。他也是父亲，有时候他也是我的老哥儿们……他就是一切亲人。做了一辈子的菜，他那赘肉累累的宽阔胸膛如一座微型厨房，走到哪里都散发着酸甜咸辣混杂交融的气息，馥郁深厚如老酒，这个胸膛就是我的家。

在这个家里，我生活了十五年，直到他死。回头想想，那真是奢侈的十五年啊。那十五年，也是我最快乐的十五年。我不是个省心的，从小讨厌上学，迟到旷课是家常便饭，有时候回家早了，他问一声，我就撒谎，他总是眯着眼睛上上下下打量着我，然后从鼻子眼儿里长长地闷出一声：

嗯——

我调皮捣蛋闯了小祸，老师叫他去学校，他黑着脸回来，我假装害怕，走着小步子，畏畏缩缩地靠近他，他撑不了多久，叹息一声，也就笑了。

他似乎早早就认了命，从不逼我学习，只要不是杀人放火，我爱干什么就干什么，他都由着我。他的主要乐趣就两样：一是变着花样给我做好吃的，二是带我出去找好吃的。可以说，老家附近的美食单品我们都吃遍了。只要是不太远的地方，一天能走个往返程的，他就会带我去。沁阳有一家店，专门做生氽丸子，我和爷爷第一次去吃的时候，下巴都快掉下来了。那滋味，太鲜美了。博爱有一家炸枣糕的，是发糕，就两口子，一辈子就卖这个东西。油温啊，面的柔软度啊，他们就是把握得最绝。我一时兴起，求人家收我当学徒，人家看爷爷的面子，把我留了两天，手把手地教我。这些民间高手，不懂什么理论，就只会手把手地教。两天里我就专心看了做，做了看，可事情就蹊跷在这里，看着简单，做着也简单，配料也不稀奇，可你就是做不出来人家的味道。在店里，人家手把手教的时候还差得不太远，离了那个店，我回去后自己又做了两回，简直给人家的味道拾鞋也不配。

他还常带我到深山里，我们看野景、摘野菜、喝野水——也就是泉水。尤其是春天的时候，野菜刚刚开出来，那种味道，干净极了，鲜美极了。那时候的泉水也最好喝，还残存有冰雪的气息，同时也有点儿酒的韵味，杂糅到一起，甘冽凉甜。有时候，爷爷还会带一套最简单的炊具，走累了，他就地就能做出一顿饭来。柴火都是就地取材，烤着温暖的火焰，爷爷就说起了火。他说厨师用火不能叫使火，用火，而叫驭火。火分五种：文火、小火、中火、大火、武火或者旺火。《吕氏春秋·本味篇》中说，"五味三材，九沸九变，火为之纪。时疾时徐，灭腥去臊除膻，必以其胜，无失其理。"他还给我讲袁枚在《随园食单》里的理论，"熟物之法，最重火候。有须武火者，煎炒是也，火弱则物疲矣。有须文火者，煨煮是也，火猛则物枯矣。有先用武火而后用文火者，收汤之物是也，性急则皮焦而里不熟矣。有愈煮愈嫩者，腰子、鸡蛋之类是也。有略煮即不嫩者，鲜鱼、蚶蛤之类是也。肉起迟则红色变黑，鱼起迟则活肉变死。屡开锅盖，则多沫而少香。火熄再烧，则走油而味失。"他掉着书袋，也不管我能听懂多少。还给我讲老百姓的说法：硬火瓤火。这种说法的依据是燃料，比如煤炭、汽油、电、天然气，这些燃料出来的火就是硬火。柴火、木炭、麦秸秆、玉米芯，这些燃料出来的火就是瓤火。硬火可以瞬间导热，适合爆炒。若做温炖熬的东西，火呢越瓤就越好。

我问他：曹植《七步诗》里写，"煮豆燃豆萁"，为啥煮豆要燃豆萁？他笑呵呵地说，这个问题问得好，因为这太合物性了。他试过，煮豆就得用豆萁最好，煮出来的豆子最香。就像熬玉米粥，最适合的燃料就是玉米芯。

那，炒菠菜可用什么燃料呢？菠菜根儿？

我说的是五谷，小笨蛋！

现在想起来，他那时每天都在教给我东西，可我什么都没学会。我就是享受着他对我的宠溺，无忧无虑，没心没肺。每当爸爸要把我带走时，我不肯，他也就顺着我，说：

再跟我长长，他还小。

再长就荒了。

荒不了。这孩子，根儿正。

您看看他的成绩！

人这一辈子长着呢，不在这个。学问在万物。

十二岁那年，我和小伙伴们打架拌嘴，听到他们骂我，说我命硬，是个克娘鬼。回家后我问他：是我把妈妈克死的吗？他半晌没言语，后来把我揽在了怀里，说：别听他们胡咧咧。儿生日，母死时。天下的母子都是一样的。我孙子这不是命硬，是命苦。更值得疼。他摸着我的脑袋，粗粝的掌心发出轻柔的嗞嗞声：你要替你娘好好活。

咋算好好活？

不亏人，不亏心。做自己喜欢的事，长大了养活自己。

前一句，我到现在也不怎么明白。后一句当时就挺明白的。我问他：我跟您一样，当厨师中不中？他呵呵笑着，眼睛里闪着暖暖的光，说：咋不中？中。

爸爸却说不中。他说这是低端劳动服务行业，没地位，没前途，爷爷当初选择这个是没办法，我要再选择这个就是没出息。为了这个不中，我跟爸爸一直干仗，干到他死。他对我而言，一直是陌生的。从小陌生到大，从大陌生到死。

他死了，我不能说自己很高兴，却也绝不多难过。在火葬场，我捧着他的骨灰盒，心里憋得满满的，可是一滴泪都没掉。

掉不出来。

这小子多毒啊，爹死了，都不哭。

——周围没人说话，可我知道他们心里都在这么说。可我就是哭不出来。哭不出来就哭不出来吧，也不想哭出来给谁看。反正我不是个好儿子，他也不是个好爸爸。尽管他死了，我也还是要这么说。所以我没有多难过。有必要难过吗？所以赵耀这么体贴地把我接到这里，还真是多此一举。不过，来就来呗，反正暂时也没什么事好做，反正那些来路不正的房子都查封了，只剩下了那栋老房子。

　　老房子绝对不能回去，爸爸就是在那里跳楼的。所以说他真不是个好爸爸呀，死了都不能给我留个清净的地方，让我想起那个老房子就闹心。

　　对，是闹心，不是伤心。

　　我不伤心。

6 唐珠：你有病啊

　　住在这里的第一天，我就在天台上坐到了半夜。浙江有个天台县，县里有个天台山，宋朝的时候我就听说过那个地名，不过那时这个词是属山属水的，怎么会想到有一天这个词会密切到自己身边？在最没有诗情画意的城市楼顶，那一片赤裸裸的水泥地，直面天空，是谓天台。

　　十一米宽，十二米长，除去楼梯间所占，算起来天台的面积不过一百平。可是在这拥挤的都市，它已经足够安静，足够阔大，足够珍贵。那个夜晚，我在露水的渐渐润泽中，躺在楼板上，仰望着天空。天空上闪烁着可怜的几颗星星。当然，无论看见的星星有几颗甚至一颗都没有，我都知道：星星就在那里。如果换个地方看，比如到内蒙古的某个草原，在新疆的某片戈壁，我就一定能够看到。

　　——活得越久，不相信的就越多，相信的也越多。因为这些相信和不相信，我就活得越来越从容。能让我慌张的时刻，非常非常少。还会有吗？我简直怀疑。

　　深夜雨来，隔着窗都能感受到雨声的沉硕。我准备停当，提步上楼。路过二楼时，留神静听了一下，没有任何响动，睡着了吗？真知趣。

推开楼梯间的门，粗直的雨线密密地砸在楼板上，噗噗噗噗。如果是在唐朝乡间的路上，这样的雨线一定能够砸出小小的尘烟。可是这里没有。这样的城市，这样的楼板，没有尘土，也就没有尘烟。我转到右侧的墙边，楼梯间顶棚的装饰檐很宽，足足留出了一道一米左右的廊。墙上已被我粘好了一排挂钩。当然，在做这一切之前，我早在天台门上装了一把传统的铁锁。这个时刻必须把门锁得牢牢的，任谁也别想打扰。

在廊下站定，我脱掉所有的衣服，连同浴巾一一挂到钉子上。把水桶放在流势凶猛的滴水檐交集处，雨水很快聚集了起来，漫过了桶底。我先把毛巾蘸湿，上下擦拭。很久没有下雨了，这样大的雨，气息有些凉，要慢慢适应一下。忽然想，这个过程，是不是如同做爱之前的预热？呵，因为从没有做过爱，我的思维都很饥渴了吧。

擦过几遍之后，我来到雨里。先是激灵灵地打了几个冷战，便是一阵彻骨的神清气爽。没有闪电，没有打雷，只有雨。这真是再好不过的甘霖之浴。哗哗哗的大雨尽情尽兴地下着，天像漏了一般。雨是云，云是气，气是水，那些水又是从哪里来到了这里，让我有缘沐身其中？据说大脑有很多种喜欢：喜欢色彩，颜色能够帮助它记忆；喜欢气味，薄荷柠檬都能让它保持清醒；喜欢音乐，音乐能有效对它进行调节和放松……我的大脑，它喜欢雨水。不，不仅是大脑，大脑只是我身体的一部分，是我的身体，我这吞食了珠子的身体，它喜欢雨水——不，不是喜欢，而是需要，且是必需。

呵，在这雨里，我想唱歌了。曾唱过"空山新雨后，天气晚来秋""夜来风雨声，花落知多少"，唱过"渭城朝雨浥轻尘，客舍青青柳色新""小楼一夜听春雨，深巷明朝卖杏花"，唱过"青箬笠，绿蓑衣，斜风细雨不须归"。也唱过"山河破碎风飘絮，身世浮沉雨打萍""夜阑卧听风吹雨，铁马冰河入梦来"。今天晚上，脱口而出的是苏夫子填的《定风波》。这韵位均匀的双调，又名《卷春空》《醉琼枝》，无论哪个名字都合我心。其纤徐为妍，声情迫促，为我深喜，只是许久未唱，生涩许多。

"莫听穿林打叶声，何妨吟啸且徐行。竹杖芒鞋轻胜马，谁怕？……"

偶一回眸，赫然看见一个人站在那里，黑黢黢的，寂寞无声，如同鬼魅。

好吧，我怕。我尖叫起来。一边尖叫一边下意识地护住身体——其实什么也护不住——一边想着该怎么办，那人却已经朝我冲过来，我往最近的南女儿墙那边奔去，这一瞬间已经想好，不行就跳楼。这房子每层高不足三米，这天台总不过八米多高，下面还是松过土的菜园，跳下去应是小劫，料无大碍。

他倒是手疾眼快，闪电一般一把把我抱住。他的喘气声粗壮急促，能听到他的心脏正扑腾扑腾地狂跳。我当然不能束手就擒。一丝不挂地被人抱着，这简直到了失节的边缘不是？只能作困兽斗。我一边拼命撕咬揪扯，一边观察情势。眼看蹭到了南女儿墙边上，跳是不可能了，那就撞墙吧，把头撞破，做寻死状，吓唬他。无论对别人还是对自己，亡命之徒的疯狂都很可怕。

你干吗?! 他吼。

是他。方才回过神来。这栋房子里，除了他也没别人。

放开！我也吼。

脱离他的怀抱，我三下两下穿上衣服，有什么穿真是好啊，此时的衣服仿佛铜盔铁甲，我顿时觉得安全无比。

喂，你怎么回事？

不应答他。只是有一点也让我好奇：你怎么上来的？

你怎么上来的我就怎么上来的。

我明白了。他先上来的。上来后他就待在了楼梯间的左侧，雨声又大，所以他没听见我上来。算是各吓一跳，扯平了。

他拉住我的手，奔向楼梯间的门，想要拉开，却是徒然。锁着呢。我说。我拿出钥匙，打开锁，做了个请君滚蛋的手势。你，还要在这里吗？他讶异极了。我点头。等一场这么大的雨容易吗？喂，你这个人！暗夜的雨光中，他喊：你有病啊？我再点头：对。

　　重新锁好门，又把整个天台查看了一遍，我脱光衣服，再次回到雨里，雨却好像被惊没了似的，越下越小，终于停止。我擦干，穿好衣服。两只桶里的雨水几乎都快接满了，一次拿不下，只好先拿一只。还好，这次的雨量够我一周之内再擦洗一次。

　　三楼通往天台的楼梯拐角处，金泽赫然在那里坐着，仍是一身湿衣。看见我，他慢慢地站起来。木木的、呆呆的，有点儿睡眼惺忪待要醒又醒不过来的样子。

　　我怕再有别人上来。他说。这个人情还是要承的，虽然无效。我点头致谢。他指指我手里的桶：这水留着干什么？我说有用。怎么用？老脏脏呢。他说。

　　"老脏脏"，这童稚的句式有点儿熟悉，似乎在哪里听到过。我想笑，却强忍住。我说这是我的事。他抿抿嘴唇：好吧。随便你。我说今天这事，你肯定不会对别人说，对吧？这个嘛，是我的事。他阴阳怪气。我说以你的身份，去说一个用人的闲话，不会这么掉份儿吧。他说和掉份儿不掉份儿没关系，主要是我没有这个恶俗嗜好。

　　小小的沉默。

　　你，真的有病？他又问。

　　喜欢淋雨而已。

　　这就是有病。

　　那你上天台干什么？是不是也是淋雨？也是有病？

　　我那是……跟你不一样。

　　肯定也是有病。

　　应该是击中了他的七寸，他怔住了。过了好一会儿，方又开口：

你，叫什么名字？

唐珠。

是不是"极致"那个——思乐泮水？

对。难为他记性这么好。

你哪一年生的？哪里人？爸妈做什么的？他问。

你哪一年生的？哪里人？爸妈做什么的？我也问。

他愣在那里，没有回答。当然我也不需要他回答。这种反问只是一种抗议，不需要答案。

回到卧室，我砰地关上门，长长地松了一口气。乍想是有些奇怪，今天这件事情，我对他居然是如此不客气，不客气得近乎亲昵。我不过是女佣，他到底是客人，这不合常理。可是再一想，这也合我的常理。经验告诉我：当断不断，反受其乱。我要明明白白地在彼此之间划清楚界线，立好规矩。得罪了他也无所谓，大不了一走了之。活了一千多年，跳了那么多次槽，还怕再多这一次吗？

这件事情也让我有了个基本判断：这个金泽，他起码不是一个坏人。当然也不能就此说他是个好人。不过无论好坏都不重要，重要的是他别打扰我，让我安安静静地把日子过下去。

7 唐珠：安胃

一个人孤身在世，一直一直活着，活到周围没有一个亲人，这是什么感觉呢？——镜子的感觉。

我看着镜子。每天晚上，我都会久久地看着镜子。鉴，这是镜子最早的名字吧。比我更古的古人以水照影，称盛水的铜器为鉴，鉴就成了最早的镜名。汉代的时候有了铜镜，鉴也渐渐被称为镜。而到了唐朝，《旧唐书·魏徵传》有段话人人皆知："夫以铜为镜，可以正衣冠；以古为镜，可以知兴衰；以人为镜，可以明得失。"能拿镜子来打比喻，可知此物已经成为家常。

葡萄镜、花鸟镜、盘龙镜、双鱼镜、八卦镜、圆镜、葵花镜、菱花镜、镏金错银镜、贴金贴银镜、螺钿镜直至如今的水银玻璃镜……一千四百多年来，我不知道照过多少面镜子。尽管我每过两百年就给自己加一岁，现在已经号称二十一岁，但是毫无疑问，无论照多少面镜子，这张脸似乎永远都是当时十四岁的相貌：圆脸平眉，耳厚唇丰，额头高亮，下巴饱满。

镜子里的人，就是我。这个世间，只剩下我。每当照镜子的时候，我都会这么想。父母的容颜早已经模糊，我要常常照着镜子，看着自己，才能依稀想起他们的模样。无论如何，我总该有些像他们的吧？或者，作为女子，我应该更像母亲。母亲仿佛比我漂亮，比我高，比我白，我似乎什么都不如她，除了才学。

论起来，我是该比她有才学。颠沛流离中，我走遍了中国的所有土地，不，也许应该说，我走过的版图面积比现在的中国还要大得多。月亮缺了又圆，圆了又缺，中国的面积多了又少，少了又多，从西域到东海，从南疆到北国，我辗转流荡，吃过各种各样的食物，穿过各种各样的衣服，住过各种各样的房子，走过各种各样的道路……因受"封建礼教的严重迫害"，清朝之前的女子最重要、最主流、最正当的事情就是嫁人，除此之外的选择实在有限。因为不能嫁人，我便让自己在这有限里做到极限。剪云镂月，做过绣女；炮凤烹龙，当过厨娘；能弹会唱，习过艺伎；在一个医生家当帮佣时顺便还学了一些医术……起初学东西的时候，我很努力。后来慢慢淡下来。在这世上，想要万寿，就不能成名成家，就只能做个平凡的人，淹没在人海里。既然要淹没在人海里，有的没的学那么多做那么好干什么呢？学得再多做得再好又怎么样呢？让那些不能万寿的学吧做吧，让他们成名成家吧。

我只要万寿。

虽不再努力致学，但慢慢经见着世间之事，三十六行即使不能全知，却也都能算得上半解。而于人前，我通常只是一副未解的样子。在女子职业空前多样化的当今，也只选择最无奇的行当，免得麻烦，比如帮佣。粗算起来，我在各种各样的人家里当过少说五六十次丫头。最近一次是在六十年多前，上海，一个国民党军官家。那一天，他和太太慌慌张张地收拾了金银细软，说要出趟远门，嘱咐我好好守家——后来我知道他们去了台湾。我一直给他们守到了上海解放，守到解放军把他们的宅院接管走，然后，我就成了"劳动人民"。

从那以后到现在，我就没有再给人当过丫头。先是有很长时间不允许请用人，再有钱的人家也不行，说这是剥削。从唐朝以来，再没有这么长时间，家家户户不请用人。那个时候，我才发现，最起码对我而言，当用人真是一个上上之选。原因很简单：东家日子不错才会雇得起用人，用人不用为自己基本的生活资料操心。至于受委屈嘛，生而为人，在哪儿能不受一点儿委屈呢？而比起江湖上五行八作的老板，一个好东家给你的委屈一定是少之又少的。原因也很简单：用人适应东家、东家调教用人，这都需要费时费力，智商和情商成本均不低，因此一旦确定了信任关系，若无太大意外便不宜破坏，我尽可以数载之内稳定无虞，安心吃饭。

　　说来好笑，年年岁岁花相似，岁岁年年我相同，这世间很多事情于我而言都失去了新鲜感，对吃却依然兴致如初，基本到了"上不吃天，下不吃地，中不吃空气；死的好吃，活的好吃，死活都好吃"的境地。为何如此？想了很久我才有些明白：人生大事无非饮食男女，男女份儿上既是无缘，那饮食就成了特别重要的福利。最起码每天早晚的粥的稀稠冷热都不一样吧，每天每顿的菜的酸甜咸辣都不一样吧，百种千样的它们每天都会妥妥帖帖地进到我的肠胃里交融沉淀，和我的血肉亲密接触，给我欢愉，让我踏实。而让我惊叹了又惊叹的就是：这世界上居然有这么多好吃的食物啊，来安慰我千年的身体和千年的心。

　　这么多年来，所谓安慰，在我的词典里一直是"安胃"。

　　没吃的我会饿死吗？好像不会。挨过很多次饿，我都没有死掉。最近一次挨饿是在半个世纪前，1961年深冬，那种感觉……太难受了，还是打住。

8 赵耀：被她打了脸

喂？

喂。

金泽呢？

一早就出门了。

干什么去了？

不知道。

怎么又是不知道？

我不好问客人这么细吧。

我一会儿到。

好。

她自然是不知道。

她不知道的事，其实我知道。

"男人没一个好东西。"常听女人们这么骂。男人是东西吗？要是男人是东西，女人也是东西。

女人这种东西，有意思起来，也是真有意思。

既然是直男，就总得有女人。当货车司机的第二年，我十九岁吧，在一个路边店，被老板娘给破了童子身。她只要了二十块钱，要说真不贵，她人也周到，活儿也好。可是不知道怎么的，当时我就觉得自己吃了亏似的。后来想想，可能是觉得该配个处女，呵呵。

之后就是一路野花野草。"十个司机九个嫖，还有一个在治疗。"只要有点儿钱，解决基本的生理问题就不是个事儿。直到进土地局开车，有了单位。一旦有了单位，就不好随心顺意地胡来了，作为一个有单位的人，且是一个懂规矩又守规矩的人，你就得拘着规矩。不拘着能行吗？你不是你，你的脑门子上贴着单位，你的脊梁后面站着领导啊。

既然拘着了规矩，也就想按照规矩成个家。可是这个念头动了一下就灭了，知道不现实。自己眼界挺高，能看入眼的女孩子都不错，追求呀表白呀这类的酸事儿也没少做，有几个甚至都到了打情骂俏谈恋爱的地步，末了还是有花无果。一句话到底：没钱没权没势，谁跟你呀！

那就单着吧，不急。到了现在，什么都有了，经手的女人越来越多，就更不急了。结婚这事是正经事，就得找个靠得住的。怎么叫靠得住呢？外貌总得周周正正，身体总得皮皮实实。心性呢？说了归齐，最重要的一点儿，就是得懂事儿。一个女人要是懂事儿，就一定脾气好，就一定够聪明，就一定好相处。那能省多少心啊。

唐珠这丫头看着倒像是个懂事儿的。不多说也不少说，说出来的话从不掉板。不多干也不少干，交代她干的事都很妥当。既不愚笨，又守本分。不见嗔喜，平和稳重。以她这个年纪，能拿捏出这么好的劲儿，配得起我给她的这份儿工资。不过她在我这里也算是一份美差吧，这种待遇，这种工作量，别处肯定是不好找，她应该是挺珍惜的。

——看着像个懂事儿的，也只是看着像。到底懂不懂事，谁知道呢？懂事儿懂事儿，总得经事儿才能知道。有多少看着懂事儿的人，一经事儿就现了原形。

且先试试。

唐珠正在客厅打扫卫生，我冲她笑笑，直奔二楼，进了金泽的房间。翻衣柜，翻行李箱，翻抽屉，最后翻的是纸箱，箱子正口的地方还用透明胶布牢牢地封着，只好去开箱底儿。手劲儿有点儿猛，哗啦一声，东西摔了一地。都是一些家常零碎：毛绒玩具，军棋象棋，乒乓球拍，几本影集，一个相框，相框里装着老照片……没有我要的那个东西。

也是，那个东西哪能这么容易就现形呢？

过来帮个忙。我打开门喊。唐珠很快上来，等着我的意思。看见这情形，她也就明白了，利落地把地上的东西捡到箱子里，把箱子底儿扣好，开始清扫地板。我下楼，在客厅里边喝茶边等着她终于忙完，坐在我的对面。

唐，珠……嗯，你这名字真不错。这么取名字有什么讲究吗？我没话找话。

我们兄妹四个，分别叫珍珠宝贝。可能是我爸妈穷疯了吧。

这回答我很满意。有点儿幽默，还提到了穷。

我是来看看金泽缺不缺什么东西。他只说他不缺，我不大信。我笑：他，怎么样？

您指的，是什么怎么样？

我便细细问，吃饭怎样？睡觉怎样？哭过没？笑过没？看不看电视？打电话多吗？有没有人来看他？

她只答吃饭，说其他的都不清楚。

你还是要多费心。我不能常过来，常过来呢，以他的性情，他也不自在。所以你就是我的帮手，要替我周全照顾。不会让你白辛苦的。我长叹口气，说金泽也不容易，如今正在坎儿上。

他，有什么事吗？

我又叹口气，给她叹出一本故事：金泽的爷爷做饭手艺不错，是个好厨师。金泽母亲生金泽时难产，儿生母亡。此时爷爷刚刚退休，便把孙子带回了老家。隔辈亲是铁律，爷爷把孙子惯得一身毛病，不过爷孙两个倒也其乐融融。金泽直到十五岁那年爷爷去世才来郑州跟着父亲生活。"金局"，我这么称呼金泽父亲，说十来年前我正给金局当司机，金局在重要部门当得好领导，却领导不好正在青春期的叛逆儿子，父子两个争端频起，对抗渐烈，到后来几乎不能正常说一句话。金泽高中勉强毕业后又自己报了烹饪学校，把金局气得半死，几乎是派人押解着送他去了法国读书，想着花大价钱起码能混个外国大学文凭，孰料他到法国没多长时间便自作主张去上蓝带学校，金局立马断了他的财路又把他逼回国，父子两个对峙升级至最高峰，成了不共戴天的仇人。金局无奈，索性对金泽放任自流，随他晃荡，直到前些天自杀才算了结这段父子孽缘。

自杀？小丫头惊诧了。

抑郁症好几年了。还有，早就传出风声，说上面要查他。这种事情一般没有空穴来风的。今天，是他百日。

她垂下眼睛。心软了吗？我说金局去世前跟我托付过好几次，说自己万一有了什么，让我念着旧情帮他照顾照顾孩子。我自然也是劝了又劝，想着他不会较真儿去死。可是这世上的事，谁想得到呢？至于金泽，他就是不托付我也会照顾的。我比金泽大十岁，一直觉得他就是我的小老弟。怎么会干看着呢？金局人已经过世，虽然不再追究刑事责任，可是非法所得还是要追缴的，所以金泽现在什么都没有了，除了多年前金局分配的一套福利房。那套老房子多年不住人，还是顶楼，夏天热冬天冷，没法子住。前些天我把那房子给装修了一下，又添置了些新东西，算是像个样儿了。就是得跑跑味儿，所以我把金泽安顿在了这里……我顿了顿，观察着她的神情：

金局就是在那里了结的。在那里的天台。

哦。她垂下眼睛。眼圈红了吗？是感慨于金泽的辛酸家世还是感动于我的高尚品德？毕竟世事凉薄，十来年前的司机还能在旧主遭难之际对他的亲人慷慨出手，我这也算是情义犹存道义温暖吧。

是时候进正题了。我说你觉得奇怪吗？刚才我在金泽的房间里找东西。她不答，只是看着我，等着我说。我干咳了一声，说：我是在找东西。她说：哦。这么一个感叹词后，还只是看着我。我只好接着说：金局去世前告诉我，他的东西里，有一样是金泽不该看到的，要是他看到了会对他非常不好。他要我找到，处理好。这事对我是无所谓，我主要是受金局之托，为了金泽好。

哦。

可是你看，我不大方便。诚恳柔软的语气：你能帮帮我吗？也是帮他。

金局，他为什么不把那个东西事先处理好？

这个么，我也不清楚。应该是想处理的，可能是自己也记不得放在哪里了吧。

是个什么东西？

一个文件。我淡淡：内容嘛，我不知道。你也不必知道。

我压根儿没兴趣知道。她也冷着脸，样子还挺酷。

看得出你是个可靠的人，所以拜托你也最放心。我停顿了片刻，继续说：文件可以放在U盘里，可以放在移动硬盘里，可以存在手机里，也可以存在笔记本电脑里。金泽的手机我已经查过了，没有。电脑硬盘和移动硬盘也全部拷贝查过了，也没有。

她没说话。

我想，很大的可能性是U盘，U盘很小，不易察觉，可能金局会把它无意中塞在了哪个缝隙里，事情的麻烦之处也在这儿。怎么样，能帮忙吗？我故意不看她，免得她不好意思：等麻烦解决完了，我给你发奖金。

她保持沉默。是在琢磨奖金数吗？

不会亏待你的。一定是大红包。先给你一万，怎么样？我说。

抱歉，她终于开了玉口：我不偷东西。

偷？啧啧。被她打了脸，用这么狠的一个字。可一时间我居然不知道该说些什么，也不知道该怎么把握自己的表情。不能恼，也不能笑。

但也不能这么僵着。

你这孩子怎么这么说话？……得，当我没说，我自己来。请你保持沉默，免得金泽误会。明白吗？

她点点头，起身去了厨房。

这么好的挣钱机会她竟然放弃，还不怕得罪我这个东家，看来这个姑娘挺任性，不懂事儿。也是我想得有点儿简单了。小门小户出身的孩子，也不能一律小看，她或许真有什么大气性？

我不舒服，很不舒服。可是，有点儿奇怪的是，不舒服的同时，又有点儿舒服。像按摩。按的时候又疼又麻，按完了倒有点儿觉得浑身通泰。她现在中立着，不偏不倚，这让我放心。最起码证明了她有主意，不浮躁，不会被钱一拳打倒。也意味着将来一旦站到我这边，就会比较可靠。

以后要慢慢地在她身上下点儿功夫。她值得。可今天这事儿也不能就这么了了，我得自己给自己一个台阶下。

9 唐珠：雪亮的钝刀

　　终于明白了那个大雨之夜金泽为什么会在天台，也终于明白了赵耀的目的。

　　当我活得足够久，当我看到一个又一个人在我眼前十年二十年老去，当婴儿变成少年，少年变成青年，青年变成中年，中年变成老年，或者某些少年青年中年老年没有征兆地死去，变成骨灰，我看到的，就是一个又一个"人"的过程。"日光之下，并无新鲜之事"，日光之下，也并无新鲜之人。人事人事，所有的事都在人的身上路过、体现、沉淀和爆发着，说到底，事的根基还在于人。唐宋元明清民国直到今天，很多人只是身份不同穿衣不同语言不同，他们制造的那些事只是时间不同地点不同外壳不同，但是，本质却是相同。如果说世相的外在是流星赶月风驰电掣，那么人的本质就是在原地打转，甚至是把原地踩成了一个越来越深的坑。

　　在人间，没有神。所谓的神话，水落石出之后，就是一个笑话。所以赵耀善待金泽这貌似的神话，很容易就露出了笑话的马脚。"他，怎么样？"这口气听着是在关切他的朋友，但必然不会这么简单。关切是不必拐弯来问我的，直接问金泽岂不是最好。既然拐弯来问我，必然有这么问的用意。还有，缺不缺东西的话虽是贴心，我却也不大信。有一种说不清道不明的东西种在心里，让我觉得好像哪里有一点儿不太对劲儿。纵是最不谙世事的傻丫头，我从唐朝活到现在，哪怕十年多一个心眼儿呢，也该有一百多个了吧。虽然一般情况下我只用一个，不过在适当时候，那些多出来的心眼子也会自动开开窗透透气儿。

因此，等到他说到"这事对我是无所谓"，那一点儿不大对劲儿的感觉终于落地生根，茁壮成长：金泽，这个落魄的人，现在所有的人都离他十万八千里，唯有赵耀暖他于酷寒之中，管吃管住管伺候，又尽心竭力地要替他的父亲清除一件有可能伤害到他的遗物。有这么好的人吗？有这么好的事吗？好至于此？我便可以确定，一定是大有所谓。而"为了某某好"，基本上都只是为自己好。如无特例，事情的真相应该是：赵耀对金泽所做的一切，终极目的只是为了这个文件。这个文件对他来说太重要了，所以他才这么处心积虑地来找它，还要亲自来找。而诚如他所判，在这件事上，相比于其他任何人，我是最适合的助力者。

当然不能帮他的忙。当然要拒绝。

但我会保持沉默。

经历了这么多事，我发现自己最会做的事情，大概就是沉默。没办法，沉默常常是最好的选择。是隐忍，是中立，是观望，是底线，是智慧，是狡黠，是抗议，是妥协，是接受，是婉拒，是肯定，是否认，是犹豫，是笃定……可以是一切，也可以不是一切。因为涵盖了所有的方向，因此沉默总是对的。

所以，我只沉默。任他去吧。金泽，说到底，他关我什么事呢？再说到底，这世界上的所有人，都关我什么事呢？别人都是千江有水千江月，唯有我，是那万里无云万里天。

打了个寒噤。突然觉得冷。人在世上练，如同刀在石上磨。因为练了太久，我已经把自己练成了一把雪亮的钝刀。钝是刀鞘的表情，雪亮是刀刃的锋利。锋利也是虚拟的锋利，其实也没杀过人，至多只是在第一时间里洞悉，然后用刀鞘来保护自己。

要想活得长，最重要的是不能让别人伤害我。不让别人伤害我的最重要前提就是不去惹事儿。为了做到这一点，我察言观色，谨小慎微，按照每个人的喜好留神收声，循规蹈矩。惹不起的人坚决去躲，躲不起的人坚决要逃，逃不脱的人坚决能忍，不好处的人坚决不处，好处的人也坚决不长处。处得再好又如何？好得再久又如何？一二十年过去，他们容颜大易，老态日显，甚或鸡皮鹤发，"发短愁催白，衰颜借酒红。"而我依然唇红齿白亭亭玉立，成为一个例外，我和他们怎么面对？我怎么对他们解释？难道说我整天整容？

——多年来，我之所以一直到处流转，漂若浮萍，一是容颜不老让人生疑，二是为了不至于和人太过深情地结交。若是结交得太深，一旦到了不得不永诀的时候，就会伤心。

不想伤心。

脚步声响，赵耀跟过来了。是要补台吗？

你别想太多。其实找东西的事，也不多要紧。倒是另有一件事，还想请你帮忙。之所以安排他在这儿待一段，我的主要目是想让他缓一缓。不过他到底是这么大的人了，总窝着也不合适，得多出去走走，找个工作什么的，先让心情秩序恢复正常。就是不找工作，出去会会朋友也行，挣钱不挣钱的倒在其次，反正我会保证他的卡上有足够的零花。可是让他出去这话我不能说。不能显得人家没了父亲，就得我来管教似的。要是你们投缘，能多说上几句话，你就开解开解他，假装不知情劝他几句，说不定他还能听进去。他笑着拍拍我的肩膀：怎么样？这个忙能帮吗？要是能劝他多出出门，我也给你发奖金。

大红包？

大红包。

好啊。

黄昏时分，金泽回来，进门就上楼，说不吃饭。想到今天这个日子，不吃便不吃吧，我只给他泡了一壶玫瑰花茶送了上去。他在屋里一直闷到第二天晚饭时分才下来。那天晚饭我做的是最简单的两菜一汤。菜都是素菜，锅塌豆腐、清炒西兰花。粥是百合粥，另有一道红枣甘草汤一碗蒸蛋。手工蒸的白馒头。

这个很不错。温水调的吧？他吃了一口蒸蛋，问。

对。

什么道理？

不知道。只记得老话说的，温水调鸡蛋，凉水蒸馒头。

他倒是知道。他说水过凉或者过热，调出的鸡蛋便又碎又瀣，还不好消化。热水蒸馒头，内外气压不均衡，馒头皮容易裂开……不知不觉，水话聊开。吃了一千多年的饭，喝了一千多年的水，在这个话题上，他自然跟我不能比。炖河鱼适合用凉水，炖海鱼最好用热水。因为河鱼骨头软，好炖，海鱼骨头硬，得用热水把它泡酥。蒸饭一定要用河水，因为河水照到的阳光比井水多，蕴含的太阳真气自然也多。造酒呢最好就用泉水，因为泉水比较甘甜，造出来的酒也甘甜，但是切忌使用那种流得太急的泉水，否则造出来的酒不醇。雨水冲茶？当然也是可以的。古人都这么做，因为雨水轻浮——轻浮在此是个好词。但是不会用暴雨的水，因为蕴含的戾气太多，冲出来的茶会很有杀气。对了，清明节、中元节和寒衣节的雨水也不能用，阴气太重……这个年头，除了养生专家，想碰到个对水性有兴致的人聊聊，也还真不太容易。

突然发觉自己的话似乎过量，连忙打住，收拾碗筷。

你知道的，还真多。

女人是水做的嘛。我打哈哈，话锋一转：你就这么整天宅着吗？怎么不找工作？

我工资太高，没人出得起。他冷下脸。

哦？你会做什么？

什么都不会。他看着我，有点儿挑衅。

要是什么都不会那就去学。你这么小，学什么都来得及。最起码给自己挣口饭吃。

你什么意思？有什么资格来训导我？谁授意的？赵耀吗？

这家伙，简直是秒变刺猬。

只是说句实话，没什么意思。我有什么资格来代表东家？不过和你一样，寄人篱下而已。好在咱们还是略有不同，我有工资。

他煞白着脸，起身上楼。第二天开始便频频出门。也不知道去干什么——看情形应该是在找工作，因他偶尔会带几张招聘启事回来，和别人的通话问答中也透露着这方面的迹象：房地产、证券、电子商务……左不过是这热门的几样，却仿佛左左右右都不中他的意。倒也总是照着钟点回来，一日三餐必吃。我也更认真地做，无非是家常饭，只是更精心。醋椒土豆丝、凉拌三片、油焖笋、锦绣卷、尖椒牛柳、凉拌茭白、红烧肉、排骨莲藕汤、苦瓜鲫鱼汤、绿豆小米粥、玉米粥、千层饼、牛奶馒头……一个大男人，若要认真吃起饭来，那还是值得一做的。而且看他吃的劲头，似乎也并不嫌弃我的手艺。

10 唐珠：守山粮

但我还是想再看看那张老照片。

是张合影，照片已经微微发黄。一共四个人：中间是一个老爷子正襟危坐，抱着一个孩子。一男一女分立于老人旁边。女人稍微年长一些，站在老人左侧。男人站在老人右侧。

那个老人应该就是金泽的爷爷，孩子是婴儿期的金泽，没错。男人应该就是金泽的父亲了吧，金局。女人应该是金泽母亲，和金局眉眼相肖，还真是有夫妻相——不，不对，不是儿生母亡吗？那就不应该是金泽母亲。这女人和老爷子也是眉眼酷肖，那该是金泽的姑姑吧。突然觉得……我贴近照片细看，老人下巴颏和下嘴唇之间的正中位置，稍稍靠一点点右，微微的一点暗色，是那颗痣。

——那对父女，就是他们。

1961年深冬，饿殍遍地时，我在原阳。足足六天，没有吃到什么正经东西，我决定离开。向南过了黄河还是平原，向北就是太行山。山那么大，总还应该有点儿什么吃的。判断一下，我便往北去。一路人烟寥落，连逃荒的人都很少——后来才知道，上面不准逃荒，说怕引起社会动荡。主要还是怕丢面子吧。

走了三天，我到了太行县城。县城大街上也是一片死寂，这种死寂是以前只有战争过后才能看到的怪异。偶尔会碰到一两个人有气无力地走着，要么面黄肌瘦，要么衰竭浮肿。我甚至看到有一个老妇人走着走着一头倒了下去。我过去摸摸鼻息，她已经死了。

饿。很饿。越来越饿。饿到后来，我两腿打飘，颤颤巍巍，连呼吸都成了负担……无从知道死是什么感觉，我只能想象，也许饿到了极点，那感觉就等于死了吧，要不人们为什么会有"饿死了"这么一句口头禅呢？

或许这么下去真会饿死呢。死了也好。死了也罢。这么贪吃的人，活该当一个饿死鬼……可是，心底里总有那个沉渣般的愿念泛起，你连男人的滋味都没尝过呢。真是吃货呀，想男人用的词也是尝。也是，若不是此等吃货，怎么会把珠子当果子吃下去从而托那波斯人的福一直活到今天？尽管他的这份厚礼在很多时候更让我觉得是遥遥无期的惩罚。

让我吃点儿什么吧，随便吃点儿什么，只要能吃。我在心里絮絮念叨着。老天啊，哪怕你下点儿雪呢。我知道自己这么想有点儿造孽，可是也顾不了那么多了。雪对别人而言是落井下石，对我却是天赐之食啊。

天可怜见。薄暮时分，果然下起了雪。于是，纷纷扬扬的雪中，我坐在街头，迫不及待地收拢起一把一把的雪，放进嘴里。雪下得太小了。还能再大点儿吗？我甚至这么更造孽地想。好在是一街的死寂，即使有人路过，也没精神多看我一眼。我在这个街面上，不过是个饿极了的疯子吧？

爹，看。

一个小女孩的话音。童声清脆，底气十足。我抬起头，二人入目。小女孩绿棉袄，黑棉裤，羊角辫上扎着红头绳，面如满月，目如点漆。男人三十出头的样子，正抱着小女孩。肩上还挎着一个灰塌塌的布包，皮肤黑黄，眼神洋溢的气息却也很健旺。

还有心情看闲景，这两个人应该都没被饿着吧。我羡慕了一下下，继续吃雪。

男人把小女孩放在了地上，走过来，从包里掏出一样东西，递到了我的面前。这东西有点儿眼熟呢。

守山粮呀。我接过来，轻呼。

果然，是久违的守山粮。真有意思。这是多古的东西呀，还有人会做它？

细论起来，方便食品的历史其实很长，绝非开启于所谓的方便面。清朝有一种方便食品叫耐饥丸，做法是把糯米炒到发黄，倒石臼里晾着，再将适量红枣蒸熟，剥皮去核，也倒石臼里晾着。然后用大杵使劲捣，把石臼里的糯米和红枣捣烂捣匀成糊状，再挖出来团成鸡蛋大的丸子，在阳光下晒干晒透即可。吃一丸，保半天不饿。比耐饥丸更早的方便食品就是明朝的守山粮。加工起来也挺容易：大萝卜洗净，剁掉根须，刮去青皮，锅里蒸熟，冷却后倒盆里，捣成泥，挖进模子，脱成砖坯，摞起来，自然风干，然后用来筑墙。这墙没事儿是墙，有事儿时就成了粮。一旦灾年来到或者战火燃起，耕稼无收或颗粒无有的时分，便可从墙上凿下一块砖来，扔锅里熬粥喝。或者直接啃吧啃吧充饥。因为贵能防守，所以叫"守山粮"。

1961年，一块守山粮的意义，和当下一根金条也差不多吧。我道了声谢，便直接咬下去。就着雪花片，吃着萝卜泥，嗯，这风味还真是独特。

你认得守山粮？不简单。男人道。

爹，老冷冷呢。小女孩慢慢地走了过来。不，是蹭了过来。她一腿长一腿短，也便一瘸一拐的，步子又小，便是蹭了。她这病症，彼时称小儿麻痹，很久以前叫做痿症或痿躄，由风湿热之邪内蹿经络所致。运气好的话也会有可能康复，不过大多数人也就这样了，这一辈子自然就比别人多了许多瘸拐，大打折扣。好在以她这个年纪，若是精心照应仔细调养补益肝肾温通络脉，尚有指望完好。

上紧给孩子瞧瞧，或许还来得及。我说：该用虎潜丸、活络丹或金刚丸。

这世道，父母尽心，儿女由命吧。男人苦笑着把孩子抱起。

突然，我手中一空。一个灰色的人影从面前跟跟跄跄地掠过，看背影是一个女人，我本能地站起，追了两步，黯然停下。当然是能追上她的，可是，还是算了吧。

爹，老香香呢。小女孩又说。我朝着小女孩微笑，知道自己此刻芬芳洋溢。"珠有异香长相随"，且香气的浓淡和我情绪的浓淡总是同步，随得有趣。

男人从布包里又掏出一块守山粮，递过来。

给别人吧。我说。

拿着。男人说。守山粮在我面前，纹丝不动。

我接过来，没有再道谢。要记住这个人。我对自己说。我用力地看了他一眼。他的脸上长着一颗痣，位置和毛主席的痣一模一样：下巴颏和下嘴唇之间的正中位置，稍稍靠一点点右。

那块守山粮就着雪，我熬过了近百年来最难熬的几天。也因着那块守山粮，年景好了之后我又去过两次太行县城，想着要是能邂逅那对父女，可以回报一下——对于恩情，只要有可能，我是一定要报答的。君子报仇，十年不晚。对我而言，君子报恩，百年也不晚。当年给我珠子吃的那个波斯人，他去世三十年之后，我终于找到了一个他的同乡，给了那人一笔充裕的安葬费，让那人把他的遗骨带回了故乡。

我当然也知道碰上他们的几率很小，可反正怎么着都是打发时间，闲着也是闲着嘛。自然终是没能碰上，倒是又重温了那个ＡＢＢ的句式："老高高""老低低""老白白""老黑黑""老丑丑""老俊俊""老穷穷""老富富",双音节形容词也能搭配:"老简单简单""老复杂复杂""老可笑可笑"……听起来既淳朴又娇憨,让我过耳难忘。要说豫北方言的地域性虽然强,但也不是那么清晰。经常是几个县的方言混淆相融,差别不大。但唯有这个"老××",除了太行县的人,别的地方没人这么说。

蓦然又想起了天台雨浴那晚,金泽的那句"老脏脏"。

——这老爷子和这个女人,他们就是金泽的爷爷和姑姑。

这是个冷酷的世界,很多事情没有机会回头,很多人没有缘分再聚。但是,这也是个神奇的世界。我曾经和一些故人辞别多年后又数次邂逅,虽然从未有过相认。甚至对有过心动时刻和缠绵情愫的男人也是如此。那些男人都已老去,如果以旧交女儿的身份去和他们短暂重聚也未尝不可,但我全都放弃。

有什么意义呢?

不过,命运安排我和金泽如此相遇,也真是一件有趣之事。

更有趣的事来了。蓦然间,门被推开。金泽倚在门边,我面前的箱子倒敞着口,我手里正拿着这个相框。

怪不得一直觉得有人动了我的东西。他冷冷地看着我。

难道以为我是个惯窃?啊呸。

可是,此时此刻,他这么想,是对的。这是常识。这无厘头的浑小子总算有了点儿处世常识,也好。

很,很抱歉。按照常识我必须解释,那就解释吧。只是却有些磕巴起来,已经很久没有这么磕巴过了:其实,我只是想看看照片。

被抓了现行还这么嘴硬?心理素质够强悍。

我沉默。那次先欢后烂的"水谈"之后,我和金泽之间就越来越沉默。基本无话。这沉默如同玻璃,透明,亦隔绝。而玻璃一旦被打破,通常都会稀里哗啦碎上一地。

怪不得急着撺我出去找工作。他又说。这是宜将剩勇追穷寇吗?

充分利用优势的道德权利。我在沉默中掂量：是不是该把赵耀供出来？他会不会信？以赵耀和金家多年的交情，他有可能信我吗？

很快决定：随他怎么去想吧，只是应当潜藏赵耀。对他而言，我只是个无足轻重的女佣，赵耀则要重要得多，尤其他现在这个状况，赵耀几乎是他最重要的社会关系，他和赵耀之间的关系不能破坏，尽管他丝毫不知道赵耀的居心叵测。不知道就不知道吧，有时候不知道最好。如同大雾天攀爬险峻的山峰，看不到两岸的万丈深渊，反而能平安地通过，否则脚一打战就粉身碎骨。

他走过来，用钥匙唰唰几下把其他那些纸箱子正封口的透明胶带一一划开，然后把钥匙一扔。别那么费劲，正大光明请你看。他说。

当然不会看。也无言可答。

我没钱，也没什么贵重东西。他用眼睛捉住我的眼睛，又很快移开：这些就是我的全部家底。你可看清楚了，别再打什么主意。

除了照片，我没动你其他东西。我终于说。

那是谁动的？赵耀？

反正不是我。

拿什么来证明？

是的，我无以自证。

不会是赵耀。他很坚定，微微讽刺：不要担心，我不会告诉他。不过，下不为例。

回到房间，泪水落下。已经很久没有这么受委屈了。有的委屈是薄霜，转瞬即逝。有的委屈是冰块，需要慢慢消融。此时此刻，他给的委屈就是冰块。这种感觉太难受了。

难受也得受。即使告诉他所谓的真相又能如何？况且凭什么你认为的真相就是他认为的真相？自古以来，人人心中都有着自己的真相，或者说有着自己愿意承认和面对的真相。宋朝时有两份报纸：一份是"朝报",官府公办,一脸团结紧张严肃的主旋律神态。一份是把活泼包揽下来的"小报",为民间所办,极其擅长引爆"朝报"不愿报或者不敢报的宫廷秘史、名人八卦等给力消息,特别博人眼球。由于是私人经营,没有政府补贴,也没有友情赞助,那时又不流行打广告,所以"小报"赚钱的唯一手段就是扩大发行。为了提高销量,"小报"老板们开发了一大批专兼职狗仔队员,每天定时蹲点,采集各色新闻,进行娱乐播报。狗仔队员们各显神通:有专门找太监宫女打听皇帝和他的嫔妃之间的情感纠结,即所谓的"内探",也有到朝中各部打听官员任免情况、受贿与否、有没有养小老婆的,即所谓的"省探",还有到各衙门特别是到监狱大牢打探凶杀案进展情况的,即所谓的"衙探"……小报的真相和朝报的真相往往大相径庭。我迄今记忆犹新的有两件事:一、朱熹的头条。"小报"称他曾引诱两个尼姑做妾,出去做官时都带着她们;他的大儿媳在丈夫死后却怀了孕,等等。宋宁宗降旨要贬朱熹的官,朱熹吓得赶紧上表认罪,不仅承认了纳尼做妾等事,连几十年正心诚意的大学问也不讲了,说自己是"草茅贱士,章句腐儒,唯知伪学之传,岂适明时之用",表示要"深省昨非,细寻今是"。可他的铁杆粉丝们始终为朱熹喊冤,说这些都是小人因为对朱熹在学术上的成就而羡慕嫉妒恨,因此造谣污蔑——那时我正在给其中一个粉丝当丫头,亲眼看见他红着眼珠子说,如果找到了这个造谣的人,一定:"碎尸万段方解大恨!"而宋徽宗时候,"小报"也制造了一则新闻来印证民间想象的力量:有人假冒徽宗的口气发布了一则抨击奸臣蔡京的诏书,说"蔡京目不明而强视,耳不聪而强听,公行狡诈,行迹诡谲,内外不仁,上下无检",还报道说,蔡京及其同伙已经被皇帝一网打尽。这些消息在百姓中广为传诵,简直是普大喜奔,搞得蔡京同志百般无奈,连开 N 场新闻发布会,才使得这欢乐的浪波渐渐平息了汹涌的荡漾……

如果不澄清真相,默认这份委屈,我和金泽就再也无法相处。已然到了分开的时候，我该一走了之。可这仿佛有些辜负和他们金家的缘分，辜负他爷爷给我的那两块守山粮。再者，好歹和金泽相处了这么一段时间，被他落了个如此结论，我也有些不甘心。我鄙视的人也鄙视我，我无所谓。我不鄙视的人鄙视我，我就是不甘心。当然，最重要的还是：若赵耀再找一个人来，又会如何对待他？恐怕不会像我一样。况且，不戳破赵耀，对金泽来说就一定对吗？赵耀对金泽如此居心，除了打发几个小钱还能给他什么本质帮助？而金泽终得离开这里，终得学会长大，终得明白：活在这个世上，唯有依靠自己。

如此，将艳若桃花的肿疮之病尽早挑开剜净，长久来看，竟是好事。

我突然发现：自己似乎想要惹事儿。继而又惊奇地发现，一直以来，我似乎就在等待甚至酝酿着这个时刻。恒常和稳定到底还是容易的，可太多了便过于无趣。若有充分的理由支撑，偶尔惹点儿事儿，和他人博弈一下，这似乎能有效地地凸显出我的存在感：你还生猛地活着呢。

——证明我活着的，还有泪水。照着镜子，看着自己泪光盈盈的眼睛，我突然笑了笑。哭了，我居然哭了。已经多久没哭了啊，至少有一百年了吧。我以为自己都不会哭了呢。现下拜金泽所赐，我懒惰到麻木甚至僵死的泪腺似乎又启动了功能。

这一哭，也有点儿意思。

赵耀再次过来的时候，我盯着他上楼的背影，给金泽发了一条一字皆无的空短信。金泽很快回来。我在门边候着。他进门的时候，拿着手机，看着我，一副要我解释的样子。我什么也没说，只是抬头看了看二楼。他径直上了楼，脚步很轻。我听见他推开门，又关上门。几分钟后，赵耀出现在楼梯口。我在擦地，一下一下。赵耀在拖把前站了几秒。

真巧哪。赵耀说。

是啊真巧。我抬头微笑。

赵耀走后，金泽也下了楼。

要是今天我没有这么快回来，你怎么解释你的空短信？

按错了键呗。

我不会这么想的。

为什么？

因为你从没有给我发过短信。这是我们之间的第一条短信。

相视一笑，有温热的欣悦泛起。一个字儿都没有的空短信，装了太多的内容。他居然能够领会，不曾浪费。这孩子还真不是太傻。我心甚慰。

11 金泽：物性

　　做菜对我而言，是一件心爱的事。可能正是因为做菜这事过于心爱，我从不轻易为别人下厨。我不想让人把我当成厨子。厨子，这称呼可真够难听的，鄙俗之气扑面而来。我曾经一万次地想，如果有一天我真的到饭店掌勺，碰到有人敢这么叫我，我一定把刚出锅的紫菜蛋花汤浇到他的脸上，然后撒手出门。

　　说句矫情的话，做菜这件事，对我而言，最不重要的就是挣钱。一想到用它来谋生，我就觉得难受。我宁可去干点儿别的，来养着这件心爱事。

　　是不是有些变态呢？

　　今天为唐珠下厨，是有点儿心血来潮，却也不全是。明天就要离开，她为我做了这么多天菜，我为她做一餐，也是应该。再说她也值得一谢。也是奇怪，虽说我认识赵耀的时间比认识她要长，她认识赵耀的时间也比认识我要长，可是我们还是选择了更信任彼此。人和人之间，有时候真说不清是什么缘故。

　　四个菜：荸荠炒木耳、清炒小白菜、西芹炒百合、紫苏蒸鱼头，汤是莲藕花生煲猪骨汤，粥是红枣桂圆黑米粥。刀工差强人意，味道却也还行。眼看已经进入了初秋，秋燥伤人，百合、红枣、桂圆都养胃生津，是最适宜的秋菜。紫苏尤其配得得意。紫苏辛温，理气宽中，解毒祛湿，既可入药，又可食疗，配鱼头自然也是极好的，使得鱼头更加鲜香软滑。

除了能可心可意地满足自己的口腹之欲，对我而言，做菜这件事最大的魅力就是有意思。各种食材，千变万化，千搭万配，变幻无穷，然而这变也还只是它的壳，它的核可是铁打的江山，那就是它的物性。爷爷说，所有的食材都有物性，物性不会说话，它也不用说话，它的颜色、气息、质地都明明白白地在替它们说话呢，说的还只能是再实不过的实话。只有先懂得物性，你才能把食材做好，因为物性是食材的生命。好好寻思一下你就会发现，许多东西的物性本来就是一个自洽的世界，比如西瓜瓤上火，西瓜皮却去火。瓜皮翠衣苦夏宝嘛。橘子肉上火，橘子皮却去火。十年陈皮贵似金嘛。所以老祖宗留下一种说法："以物循性，以性循法，以法循烹。"

小时候，我常跟爷爷去买菜。爷爷只去专门的面店买面，专门的青菜店买青菜，专门的鱼店买鱼……不约而同地，那些老板就会把最好的东西留给爷爷。他们说，爷爷是最懂物性的人，把这些好东西给爷爷，就是给了对的人，这也才不会糟蹋好东西，因为这些好东西在爷爷手里会做到最好。不，他们给爷爷的价钱一点儿都不高，都只是成本价而已。他们说和钱没关系。他们不会多赚爷爷的钱。他们在意的是：爷爷承认了他们的好东西是好东西，这证明他们也是行家。他们就有资格在业内骄傲地宣称一句：老王爷都会在这里拿货呀！心里倍有底气面儿倍有光，这就够了。

懂得了物性，也就掐住了食材味道的关键。食材的好味道有两种，一种是简单的，原则是食材的本味就很好，很完美。你吃了就知道，哦，这是大白菜的味儿，这是小白菜的味儿，这是春荠菜的味儿，这是夏荠菜的味儿，这是土豆的味儿，这是山药的味儿，这是红薯的味儿。这些味儿很单纯，厨师要做的是体现出它本来的美味，让你吃了它就是一个感觉：好吃！

另一种是复杂的。这种食材的味道往往很个性，它的优点很鲜明，缺点也会很鲜明，像羊肉的膻、猪肉的腥。它们有缺陷，需要把这种缺陷去掉，也就是给食材扬长避短，这就得用调味料来平衡和协调，越突出的个性越得平衡和协调。就像一座好房子，你就那么一栋，孤零零地矗立在荒郊野地里，有什么意思呢？得有溪水，有园林，有草地，推开门也得有左邻右舍，这房子的好才能扎下根来，成为能亲近交往的好。不过千万不能忘了，调料存在的唯一使命就是为主料服务，就是为了让主料的味道更好，所以一定要用得适度。当你吃到某道菜觉得调料太重的时候，如果不是厨师水平有问题，那一定就是食材本身有问题，肯定是不够新鲜了才会需要重调料来遮蔽和哄骗食客，对，就是遮蔽和哄骗。调料是为了衬托和修饰主料，而不是遮蔽和哄骗。这是一条根本性原则。

还有一条根本性原则：加入调料的目的是为了让食材的味道丰富，但这丰富绝不等同于混乱，一定得很有层次很有秩序。要做到什么程度呢？你要细细回味，你要再三品味，你会觉得它不仅仅是好吃，它还耐品。你会觉得它不单薄，它是有宽度和深度的。如果拿女人来比较，味道的简单之美就像是小萝莉，味道的复杂之美呢，就像是徐娘半老。

突然想起了唐珠。想起初识时她背"乐泮思水"的样子，她在小花圃里种菜的样子，她聊起河水雨水泉水的样子，用那句"好在咱们还是略有不同，我有工作"戗我的样子……她初看很简单，像小萝莉，处起来就觉得复杂，有点儿像徐娘半老。这个女人，需要反复琢磨和品味。要说美，她也不多美，我见过的女孩子如过江之鲫，她也就是个中人之姿，是因为她有些和年龄不符的见识吗？这也只是让我多看一眼罢了，不，不止一眼，那天晚上，她在天台上一丝不挂的时候……呵，瞧我这点儿出息，这么心有邪念。

不过，怎么就是邪念了呢？她单着，我也单着，我惦记惦记她，怎么就是邪念了呢？

七点钟，央视《新闻联播》的序曲伴宴，佳肴上桌。开餐之前我换了衣服：深蓝西装，浅蓝衬衫，正蓝领带。三种蓝如三重唱，既整体一致又层次丰满。

红酒斟上，碰杯，饮一口，放下。是该说点儿什么的，可是说什么呢？谢谢之类的话，一出口就太俗了。还是聊天吧。好在跟她还有的聊。她说小白菜是她亲自种的，说小白菜还有一个名字，叫早菘。我问有晚菘吗？她说有。就是大白菜。晚菘的典来自南北朝时，有一人名叫周颙，不食荤，只茹素。有人问他三餐吃什么，他答："赤米白盐，绿葵紫蓼。"又有人问他最好吃的蔬菜是何物，他答："春初早韭，秋末晚菘。"因答得实在好，后人夸他："词韵如流，听者忘倦。"

你的贡献是早菘。我的贡献呢，就是这两瓶拉菲古堡干红，我目前最贵的财产。和你分享它们，还真有点儿心疼。我说。她抿了一口，问了一句最俗气的话：多少钱？我说我也不知道。回头查一查，你出一半哦。她白了我一眼说：我是被迫陪酒好吗？用小费抵了。

开始吃菜。她只是吃，不评价。我只好问：怎么样？她筷子不停地答：比我想象的好很多。五年前本人已经持有中华人民共和国二级烹调师证。我得傲娇一下。哦？她看样子挺意外：真不愧是跟着厨师爷爷长大的。你知道我爷爷？我也很意外。她说赵耀跟她提过，如此这般。我握着酒杯，静静地听完，不由冷笑道：原来在他的版本里，我家是这样的。

不是这样吗？

我说其他的我也不想多说，可爷爷的历史却不能如此轻飘略过，值得郑重详解。爷爷他老人家岂止是手艺不错？他十二岁就开始学厨，解放前，在开封"又一村"，赫赫有名的业界泰斗赵廷良、苏永秀他们都在那里主厨，爷爷聪敏好学又肯下功夫，结结实实得了他们的真传。1949年开封解放，他在街头支锅给邓子恢做饭，他说高兴得勺子都在跳舞。解放后他参加全省名厨技能比武大赛，得了第一名，人称金状元。省委招待所多少次想调他进去，他都不去，嫌不自在。那一年，毛主席来视察黄河，他被召去做菜，被表扬了好几次，后来就被省委硬留了下来，先当热菜组长，后来成了厨师长，又成了总厨师长……很多国字号的人都夸过他的手艺，陈煮鱼、酒煎鱼、砂锅香肉，都是他年轻时候打出来的招牌菜。爷爷名讳单字旺，烹饪界称他为旺爷，后来又称为王爷、老王爷。你说，他怎么可能仅仅只是手艺不错？以爷爷在业界的地位，要是不想退，他可以一直做下去。可是他六十岁那年有了我，他就退了，说想含饴弄孙。他不喜欢郑州，就和我在老家待着，我就跟着爷爷长到十五岁，直到他死。

　　所以他们都叫你小王爷？

　　打住！我现在脸正红着呢吧？爷爷越厉害，就越显着我无能。我给爷爷丢人了，我给他丢人了……我听见自己的话语末梢带着颤音，袅袅消失在空气中。很想爷爷，椎心刺骨地想。

　　对了，你们在楼上见面后是什么情形？怎么没听见你们的动静？她很知趣地引出新话题。

　　先是大眼瞪小眼，然后就是几句话，那会有什么动静，难不成还会打一架。

　　说了什么？

　　他说想看看要不要给我添什么东西，怕我客气不好意思提，只好自己来看。我告诉他，不必解释。他的解释我不相信。就这些。

　　你不好奇他在找什么？

好奇。但他要是不告诉我,我也就不问。让好奇归于好奇、秘密归于秘密吧。我举起酒杯,晃着杯里的红酒:有一点可以确定:他感兴趣的东西,一般我都不怎么感兴趣。所以他要真找到了拿走了,那也无所谓。

为什么这么确定?

我认识他太久了。金局的司机,跟金局行事风格很接近。我呷了一口酒。风味浓郁,酒体丰满,酸度怡人,清新明快,真是好酒。这好酒,是两年前爸爸给我的。

金局。爸爸在世的时候,我就常常以如此讥诮的口吻称呼他。现在,这个称呼脱口而出,仿佛他还活着。就着一口接一口的红酒,我简述了赵耀和我家的渊源。司机对领导的重要性不言而喻,做司机时的赵耀几乎成了我家的一分子,不但把车开得妥妥帖帖,把金局伺候得舒舒服服,还360度无缝隙为我们家打理一切,连油盐酱醋手纸牙签都不曾忽略。金局任国土局局长后赵耀下海去做房地产,虽然是背靠大树好乘凉,可赵耀却似乎总在树荫外站着,和大树没有什么牵扯。金局出事后,根根梢梢带出了好多人,他却如去污粉擦过一般洁净。也正因为此,我才以为他纯粹是出于旧情来帮衬他,没想到他还是有所图谋。

金局没有留给我什么昂贵的东西和阔绰的资产,以土豪的标准来衡量,我其实什么都没有。我说:我知道很多人都不信。

我信。

为什么?我还曾经不信你来着。

不为什么。

我笑起来:真难得。还有人信。

她也笑。

说说吧,你为什么对我家的老照片那么感兴趣?

听赵耀讲过你家的事后，对你家的人有点儿好奇。

不会是喜欢上我了吧？

你想多了。

暖意渐浓，伤感亦渐浓。唉，这么打牙逗嘴的，都有些像朋友了。可是，难道不已经是朋友了吗？比一般的朋友更朋友。

我什么都没有……我重复：以后恐怕也没有什么女人会喜欢吧？我举起酒杯，透过杯子看着她：对吧？

她微微笑着，和我碰了一下杯：高和帅，还是有的。

我也笑。这个女人，真灵透。没错，高和帅我还是有的，只是没有富。而有意思的是，富这个字，恰恰在高和帅之间，可见是多么核心的支撑。这简直就意味着，如果没有富，就相当于什么都没有。

准备去哪儿住？

那么多房子都在出租，哪儿不能住。

你家不是还有一套房子吗？

不要。我不想回那儿住。像被这个建议蜇了一下似的，我快速反应。

总有一天得回去。

可以把它卖掉。

卖掉也得你经手，你也总得回去。你总得去面对它，至少一次。她看着我的眼睛，那眼神深不见底：只要能面对一次，就能面对两次、三次、无数次。

不想面对。

迟早要面对的事，拖延也是徒劳，不如早早面对。

真扫兴！我唰地站起来。

她依然气定神闲地看着我：我原本就不是个助兴的人。

两个人对峙了一会儿，我重新坐下来。好男不跟女斗呗，况且自认识她以来，她确实经常用言行来证明着自己就是个扫兴的人，得习惯她，宽容她。如果拿食材来比照的话，她这也算是一种物性吧。我也得"以物循性，以性循法，以法循烹"？……好吧，邪念又来了。

你还应该赶快找个工作。她立马又开始扫兴。

我这几天出去找工作，才发现自己什么都不会，什么都干不了，就是个废物。

去做厨师不行吗？

不行。我回答得又快又重。

为什么？既然你得过爷爷的真传，自己也那么喜欢做菜。而且很客观地评价，就今晚的几道菜来说，味道还真不错。我觉得……

闭嘴！我控制不住地厉声呵斥：你以为随便这么做几个菜就可以去当厨师了？十万八千里！我只会吃，只能吃！要是这点儿本事就觉得自己能当厨师，那就是不要脸！不要脸！

她果真闭嘴，静静地盯着桌子。看来今天又是不欢而散。少顷，我意兴阑珊地站了起来：我明天一早就走。你好好休息吧。来日方长，后会有期。

晚安。她冷冷应着，起身开始收拾餐桌。

12 唐珠：五条铁律

第二天早上，尽管他手脚很是轻敏，我也全程听见了他离去的动静。

躺在床上没有动。不想送他。惯用的告别语当不得真。来日固然方长，后会多半无期。这便是人世。那么，不送也罢。

但他似乎是认真的。几分钟后，他便打通了我的手机：我走了。你接下来怎么打算呢？这里肯定也没法待了。

到他撵我的时候再说呗。不撵就继续装傻，这么好的房子，白蹭一天是一天。

——当然会尽快离开的，在他离开之后。对他表现出白蹭的无赖相只是想让他多点儿心理安慰。我不想让他觉得亏欠了我什么，也不想让他觉得我多高尚。

小心些。还是尽快离开吧。

好。暖意升腾。

一旦打算辞职就立即告诉我。他的口气突然强硬。

告诉你了又怎么样？你来给我发工资不成？我腹诽着，还是答了一个字：好。

起床之后，洗了把脸，我先去了"长安"，在出租车上给金泽发了告知短信。"长安"老板利落地把我收下。正和老板聊着，手机短信响了，是金泽。他发了一个地址：有空的话请来帮个忙。

我：什么事？

他：见面再说。

和老板最后谈的是住宿问题。老板的口气显然很是自满："欢迎入住员工宿舍，是免费四人间。很多企业都是八人间。不住白不住，没有补贴的。"

我点点头："谢谢，我住亲戚家。"

从"长安"出来，我站在大街上茫然四顾，无拘无束地发了一会儿呆。去哪里，我根本没有想，也不用想，反正是不能住员工宿舍。如果不是别无选择，我绝不愿意再过这种和陌生人同室起卧亲密接触的集体生活。左不过是孤独而已，于群体中孤独，又何如一个人孤独更为干脆？"江湖久独行，凛冽若孤松"，如此是也。

屈指算来，我不知道住过多少所房子。蒙古包外，狂风暴烈，像一头咆哮的巨兽，随时要把包掀起来一样。我躺在那里，也就那么睡了，睡梦里都能闻到草的清香和牛粪的味道。牛粪其实并不臭，只是一种陈草的气味。也住过乡村的泥房子，小小的窗户，永远也打不开的样子。起初是纸糊的，后来换成玻璃。还在北京城住过王爷府，给主子们伺候上夜。卷一卷厚毡子，坐在他们床头两尺远的地方，候着他们喝茶解手的指令，当然也不得不听着他们的龙翻凤滚。唉，说起来，以贴身侍女的身份，我明目张胆地听过多少次房啊。古往今来，这女人还真是难做。单说叫床，女人叫呢，男人就骂浪货。女人不叫呢，男人就骂木头。我就为难：在浪货和木头之间，到底是个怎样的分寸？也许女人和男人一起叫才是最好的吧——也曾碰到过一对，两人好得不得了，互称"知心人"。

呵，知心。男人和男人，女人和女人，男人和女人，都可以用这个词。这个词可以用得很容易。可是人与人之间，如何才算知心？知了多少才算知心？此时知彼时不知，或者此事知而彼事不知，那算不算知心？有多少曾经的知心转眼就成了碎心？

……

胡思乱想了一会儿，我伸手打车，决定先去金泽那里把那个问号了结。

倒是离"长安"不远，一个很小很旧的小区，二号楼二单元六楼东户。最高层也不过是六楼。

这就是他家的老房子吧。这孩子还是把我的话听进去了，乖。

看到我的一瞬间，他有些拘谨。

帮什么忙？

你先看看房子。他说。

我粗粗浏览了一下，是个三室一厅。因为刚刚装修过，很是光鲜干净。电视电脑空调什么的都是崭崭新。这家伙要我做什么呢？打扫卫生？显然不用。朝北两间卧室，有一间已经铺好了床，肯定是他的地盘。转悠进去，我赫然看到那幅带框的老照片，已挂在床头正上方。

怎么样？

还行。

就是一个人住有点儿浪费，想要找人合住，赚点儿房租。你要是辞了职也正好没房的话，你看，你没房有钱我没钱有房，这不是资源共享黄金搭档嘛。既省得我去跑中介，彼此也知根知底。

就是这事？我恍惚了一下。

对，这可是大事。

原来是想挣我的钱。

不给钱也行，可以用劳动力抵租金。他笑意盈盈。

我当然知道他是在变相地还我的人情。我要接受这份还情么？赵耀当然也不会善罢甘休，在这里住我就要继续掺和他们的事。我要继续掺和么？这个小孩，还居然说彼此知根知底。

要不你先住几天试试，觉得不合适就再找房子。

这话倒是合心。起码这里可以容我过渡几天。我点点头：谢了。

谢什么。朋友嘛。

朋友？在这世上，我已经越来越谨慎地去结交朋友，尤其是异性朋友。亲朋亲朋，一朋就容易亲，一亲就容易爱，一爱就容易……死。所以想要不爱就要不亲，想要不亲就要不朋。不然还能怎样呢？可是就这样不朋不亲不爱地活着，似乎也不对……不想了。现在，我常常觉得自己是个无对无不对的人。没法想。

我端详着那幅老照片。好吧，那就先住下吧。既然这孩子是如此有诚意，既然我和他家的缘分是如此深沉。遇故虽是危险，却也不乏欢悦。活在这世间太久，孤独太久，能有这么一个人陪着过上一段日子，也还不错。虽然需要忌惮碰到他的姑姑，可是当年那个小女孩那么小，会记得什么呢？

——原来，自己也不知自己的心。尽管我如此拒绝和他人亲密接触，但不得不承认，只要有机会，只要有可能，我也还是渴望有个陪伴。"或许我自己太有意思，无须他人陪。祝你们在对方身上得到的快乐，与我给自己的一样多。"说这话的是谢尔顿，美剧《生活大爆炸》里那个物理界的高智商天才，生活中的白痴，他的这句话曾经甚中我心。但扪心自问，这话于他或许是无比由衷的肺腑之言，于我则是过于牵强的自我劝慰。

有个陪伴，总是好的。且这人还是金泽。他这样的人，我暂时不想拒绝。

当然，即使是他，我也不会破我的戒。经历了那么多，关于自己和男人，我用经验总结出来的，有这么五条铁律：一、绝大多数男人是需要和女人睡觉的。我是不能和男人睡觉的。二、我这样的女人最好再去当尼姑，可我不想再去当尼姑，所以我最好离男人远一点。三、这个世界上的男人太多了，实在不好远离的时候，若是那人意趣合心，与之相处一下也不错。四、处到某个阶段，就回到一。五、离开。

行李呢？

还没收拾。

今天能过来吗？

应该能。

需要我去搭把手吗？

不用。

他递过来一把钥匙：朝南带阳台的那间卧室，你的。你肯定喜欢那间吧？

何以见得？

很简单啊。他说。下雨的时候，你这样把手一伸，就可以接雨水洗澡。

13 赵耀：毒药

走近偌大的别墅，明知这房子里只有唐珠一个人，我脑子里却蹦出一个词：他们。

不想说点儿什么？

没什么好说的。她笑笑。这丫头，居然还笑。

比如解释一下什么叫吃里扒外。

有话直言。她直直地看着我。

如果你不给他报信，我肯定不会被撞见。我微微停顿一下，观察着她的表情：你可以不帮我，但是，也不可以帮他。

如果无凭无据，那就只是诛心。

我倒笑了。诛心，这词儿用得好。

凭据嘛，会有的。我说。

她转身进房，拎出收拾好的行李。她会主动辞职，这个我没想到。以前只是伺候金泽一个人就够清闲了，现在她连金泽都不用伺候，我简直可以说是白养着她，她还这么耍脾气？

我想生气，也知道自己该生气。可不知怎么，却生不起来。

急着跑路？这么心虚？

您话都说到这个份儿上了，我怎么还能在这里。

新工作不好找的。

也不多难。

你看看你，我惋惜地叹气：本来你可以好好在这里待下去的。

哪儿都一样。

还挺有脾气。

是人都有脾气。

如果，我不准你走呢？我逼近一步，逗着她。

她退后一步：你不会。

我越来越觉得，你很有意思。从上到下，我饶有兴味地扫视着她：你跟我见过的所有女孩子，都不一样。

她冷着脸，沉默。我也由着她沉默。对女人的口味，这么多年，我也是变了几变，拐了好几道弯。当货车司机的时候，年轻气盛简单直接，和路边店的女孩子们都是开门见山钱货两讫。后来身份不一样了，就好上了小桥流水曲径通幽，觉得这才有品位有情调。经了几起事才明白，这些女人都是心机婊，小桥流水流的是淫水也是银水，曲径通幽通的是阴道也是钱道。这未免更让我恶心。

唐珠这个丫头的言行做派，有时候像是开门见山，有时候又偏于小桥流水。无论是山还是水，我最中意她的就是她眼前这个样子，这也是她最如常的样子：大方，沉得住气，有一种和年龄不相称的老成。对于一个打工妹来说，这太难得了。我没有从任何一个打工妹脸上看到过这种神情。她的冷静淡定常常会让我的焦躁有效地削减一些。这种风格最近好像有一种形容，叫"禁欲系"，她是不是就毕业于禁欲系？

其实，你找那个文件，只是为了你自己，是吗？她终于开口。

我点点头：对。

你，确定有吗？或许根本没有，金局只是在吓唬你。你根本不必当真。

她这是宽慰我吗？我领情：眼见为实，我才会这么上心。

以我的判断，金泽手里一定没有。其实，以你的心计你该早就明白，金泽这个样子，他爸爸很可能不会把这么重要的东西留给他。留给他，很不合适。所以，你也不用太上心。

哈，看来这小丫头真的是在宽慰我呢。是心疼我了吗？我知道她的话不无道理，但我也知道，我的判断更准确，因为我的理由更充分。

这个，我也想过。即使金局不会把东西留给金泽，他也一定留了这个东西。我跟了他那么多年，我了解他。我说：所以，金泽现在一定还不知道，但他一定会有。即使现在没有，将来也一定会有。

连着用了三个"一定"，是因为不得不这么笃定。怎么能不笃定呢？他死的前一天晚上约我见面时的情形，我只要活着，就忘不掉。他把那些东西在电脑里播放给我，录音、视频、银行转账的电子收据……全都是我和他共同的秘密。那时候我还不知道他想做什么，直到他亲口说出来。

我愤怒得要疯了。我一直以为，在离开他单独创业之后，和他达成了互相掣肘的合作关系之后，我在他面前就不再是弱势。这一瞬间我才明白，这只是假象。以最大的自控力，我抑制住了想要掐死他和砸碎他电脑的冲动。我说我们是平等的合作伙伴，你不能这么欺负我！他笑了，他说：别幼稚了。世界上的任何合作都没有绝对的平等。我又问他，你有我的把柄，我也有你的把柄。难道不怕我跟你同归于尽吗？他说我不怕。他说我太了解你了。在把柄的拥有上，你跟我固然是旗鼓相当，可是我想死，也敢于死，而你不想死不敢死。如果说不平等，这就是你最不可能跟我平等的地方。

我再也无话可说。我知道，如果说我是要疯了的话，那么，这个和我说话的人，他是已经疯了。他还是个已经疯了的将死之人。和一个已经疯了的将死之人，是不能讲道理的。死让他拥有了特权。这是他在这个人世，最后一种特权。

现在，这个疯子死了，他的计划却还活着，还在神出鬼没地控制着我，没人能知道，这是一种怎样的痛苦。——这个混迹官场多年的老油子，他早已下决心在死后也不让我安心，我也果然在他死后也不能安心。那些东西是我的毒药。既是毒药，便也是灵药妙药。持药的金局怎么可能不把这个东西留下呢，给金泽。虎毒不食子，他和金泽再不睦，金泽也是他在这个世上唯一的宝贝。也因此，尽管金泽还没有见到那些东西，甚至他很可能还不知道那些东西，我也要跟着他的踪迹追索。哪怕有一丝微渺的可能性，我也要追着这个可能性。我不允许这种巨大的致命的把柄留给除自己之外的其他任何人，我一定要找到它，消灭它。

可是，这样的"毒药"对于金泽这种人，确实也降不住，用不了。这个人，连份合适的工作都找不到，怎么会有能力去对付"毒药"？知子莫若父，金局也明白的。所以，他一定不会把东西直接留给金泽。

不过，不留给金泽，他还会留给谁呢？他还会相信谁呢？

他一定会留下。

他不会直接留给金泽。

但这东西一定还要为金泽所用。

可是他也很难相信别人。

……

这水真是很深啊。

以我的浅见，将来有了再说，反正现在金泽没有它，你这种提前的紧张很浪费。小丫头还是打算尽力让它变浅。

你知道吗？头顶的石头真砸下来的时候，那还真顾不上紧张，忙着搬石头就是了。最让人紧张的就是不知道石头什么时候会砸下来。这种紧张可不好节约呢，除非石头根本不存在。

嘴里开着玩笑，心里却突然一动。他们前后脚地离开，她又这么兜着圈为金泽说话，莫不是他们之间有了什么？要说金泽不该。现在这个节点，爹刚死了没多久，他自己又前不着村后不着店，应该没有这个心劲儿。不过，也难说，这个公子哥儿一向是个不按常理出牌的主儿。这丫头呢，会不会有点儿动心？毕竟金泽又年轻又帅，虽然没什么钱，好歹有一套房子，对一个乡下丫头来说，这条件也就不错了吧。她这可是失算了。她该知道我和金泽比起来，谁更能依靠……唉，我这也是不靠谱，拿自己跟金泽比什么呢，为了一个乡下丫头！

准备去哪儿高就？

找找看吧。

她不会去找金泽吧？也不是没有这种可能。如果真是去找他，这事儿就更有意思了。人去不中留，那且放她去。我要看看这条小鱼是不是会游到金泽的池子里。若是果真如此，那就把她做成一条香饵。他们俩之间，就是有点儿情意也不怕。那一点儿情意，太欠火候，总不至于情比金坚。所谓的情比金坚，我相信，那只是因为金不够多。只要下到了功夫，金一定比情坚。

不过想到她就要走了，还真是有点儿舍不得。

你，用的什么香水？

没用香水。

好像是玫瑰香，只是有点儿太浓了。不知怎么的，我有点儿逗不够她：你应该用香奈儿五号，我回头送你吧。

谢谢，不用。她摩挲着自己的胳膊，起鸡皮疙瘩了吗？

我笑。嗯，我就知道她会拒绝。她要是要了，就不是她了。

她拒绝的这股子劲儿，我也喜欢。

14 唐珠：惊黄瓜资格证

生活很快进入常规。我每天到"长安"上班，早出晚归。金泽仍然在忙着找工作，却也一直没有结果。这倒成了我的福利。常常的，我晚上回去，一开门就闻到了饭菜的香气。虽然样数不多，但每顿都会有属于他的那点儿风格和想法，让我百吃不厌。

怎么能这么一直吃下去呢？尽管不担心把自己养成肥猪，可是这么下去，也是不好的。不过再一想，老天肯定不会允许我这么一直舒舒服服吃下去，好日子通常都不会太久。那就别想那么多了，能吃就吃吧。

虽非耳鬓厮磨，也算朝夕相处，总免不了要说些话。一般来说聊天需要棋逢对手，你一句我一节，你一段我一章，互相生发碰撞，才能聊得欢快尽兴，但我和他不是。他话本来就不多，我说了千年的话早已说够。就话语的量而言，我们两个都够弱，而话茬之间的接榫就更是困难。好在我们有一个最好的共同话题，那就是吃。有一天轮休在家，我做饭。做了一道红烧鲤鱼，自己觉得还可以，他却说还差得远。说这鲤鱼一定不是正宗的黄河鲤鱼，火候也没把握好，所以把鱼烧破了相。地道的做法应该是把生鱼处理好，码上基本作料、拍粉、下到六成热宽油里，炸至外金黄定型，然后辅以高汤，大火滚开撇沫，中火有序调味，小火煨制酥透，如此出来的红烧鲤鱼才会鲜味十足且骨香柔嫩，酥烂脱骨而不失其形。等到消受完鱼肉，再把残料劈刺滚汤甩入蛋花，这一碗酸辣利口汤又是一道解酒开胃的美味。

餐桌上还有一道拍黄瓜，也被他批评，说我拍过了头：你肯定回刀了。

回刀又怎的？

所谓拍黄瓜，讲究的就是要干脆利落一次搞定，绝不能回刀，要手执刀柄，刀背着力，啪，啪，啪，拍成三截，然后再横切。

要是黄瓜太短，不够拍三截呢？

别打岔，这事很严肃。他比画着：对了，黄瓜在案板上摆放的位置要和肚脐眼平行。为什么？因为肚脐眼是人体黄金分割点，和肚脐眼平行的位置拍的时候可以气沉丹田，运力最为得宜，这样拍出来的黄瓜刚刚被榨出水分，水分却还被黄瓜噙着，没有流失出来，口感最好。

真够矫情的。

有时候，矫情就是水平。

真有水平才不这么矫情。

真有水平，肯定矫情，只是不说罢了。不说你就看不出人家矫情。说到底，还是你没水平。

我瞪着他。

内行人从不说拍黄瓜的，你知道他们怎么说吗？

怎么说？

他们会说，把这根黄瓜惊一下。我从小听的就是这个。

惊一下？我仿佛看到了黄瓜的表情，暗暗叹服着，嘴角却撇了撇。

无知了吧？告诉你，这道菜，我是有证的。

什么证？

惊黄瓜资格证。现在，每个行业都细分得厉害。

哦。我有些狐疑地表示了惊讶。从来没有听说过这种证呢。

他大笑起来。我方才明白。一脚踢过去：滚！

可是这么被他忽悠了一下，真让我开心。太开心了。活了这么多年，我早已懒得忽悠人，谁想忽悠我也是难于上青天，所以现在我最经常的状态就是冷眼旁观忽悠和被忽悠，已经基本不参与忽悠本身。现在突然被他带了进来，简直笑得想要失禁。

他的笑容渐渐收拢：真的，我有证。

确切地说，是一张画。厚厚的图画纸上画着一个穿红色衣服的小男孩，他拿着一把刀，站在桌子前，桌子上是一根翠绿的黄瓜。左下角落款处是几排朴拙的小楷：惊黄瓜资格证。持有人：金泽。颁发人：金旺。

我轻轻地摸了一下证上的字。这是金旺的字啊。

你真的很适合当厨师。我说：你一定是个好厨师。最好的那种。

他把画收起，放进塑料文件袋里密封好，做这一切的时候，他不看我：你知道吗？泡妞和结婚是两码事。我可以随便泡妞，但不能随便结婚。对我来说，抽空就琢磨琢磨做菜，这是泡妞；去当厨师，就是结婚。

难道不能和你泡的妞结婚吗？

别说这个了。他笑笑。

那就说点儿别的。我们聊唐朝时的清酒和浊酒，聊宋朝的麦饭，聊冰壶珍、蟠桃饭、黄金鸡、百合饭、傍林鲜，聊着聊着，拐弯抹角地，他就拐到了爷爷那里去——

爷爷学历不高，可是只要跟烹饪有关的书，他都会想办法找来看，也让我看。有一段时间，我迷上了《山家清供》，爷爷就带我进山去认识山野菜，我们走得有点儿远，回去的时候，天都黑了。天黑了，可是山里的小路是月白色的，我们就在路上那么走着，我突然一抬头，看见了满天的星星，大大小小的星星都亮晶晶的，就在我的头顶闪耀，好像搬一把梯子就能摘下来。我对爷爷说：星星真好看呀。爷爷说，那就看吧。我就在一块大石头上躺下来，枕着爷爷的腿，不知不觉就睡着了……

他的声音越来越低，眼帘也低垂着。我转过头，朝窗外看去。

我们上天台吧。我说。

他怔了一下，用"你又犯病了"的眼神看着我：今天没雨。

我知道。就是想上去坐坐。今天没有雾霾，一定能看见星星。

动不动就看什么星星，女生就是女生。他鄙夷。

我知道他不会很快应答，或者根本就不会应答。和他同屋了这么多天，每到半夜我都能听到他的响动：在客厅踱步，看电视，去厨房，去卫生间……他睡不着。这是他家的老房子，是他父亲自杀的老房子，他怎么可能那么没心没肺地香甜入睡？

可是，这么煎熬着也不是办法。所以得让他上天台，越快越好。

我就想看，不行吗？绅士一点，陪我吧。我边说边起身拉他。

他像被钉住了一样，僵在那里。微微尴尬中，我有些后悔强迫他。是不是该缓一缓？毕竟我已老朽，他还娇嫩。转念却又想，已然如此，正因为此，反正如此，那就继续强迫吧。这紫陌红尘，容不得人一直娇嫩。

走啊。我催促。

你一个人不成吗？

人家人生地不熟的，你不陪着谁陪着呀。很久没有这么嗲地跟人说话了，还真是酸得牙倒。

他推开我，走向卧室，把我晾在那里。撒娇失败。我正犹豫着是自己也回卧室呢还是硬着头皮再去试试，他拎着一件衣服又走了出来：

走吧。

15 金泽：坦白从宽

通往楼顶的台阶，有二十三级。

自从搬回到老房子，每次从外面回来，往上爬楼梯的时候，我都很小心。我怕自己一不小心就会爬向楼顶。可不知怎么的，有一次还是爬到了楼顶，直到看到那个铁锈斑斑的小铁门，我忽地出了一身冷汗。

也许，不该回来的。都怪唐珠，这个可恶的丫头，总是一副振振有词的样子。她的话却又仿佛是针灸，每一针都能扎到穴位。若不是她，我也许永远也不会回来，更不会今晚一步一步上到这个天台。

以楼梯间为界，天台分为两大块。左侧是我家的屋顶，上面以一个个的门字为结构铺了一层隔热砖，风吹日晒，砖的颜色驳杂晦暗。在砖缝和砖缝之间，稀稀落落地长着几根杂草。这砖当初还是赵耀找人铺的。

她在我后面站了一会儿，慢慢地越过我，踏到砖上。有块砖坍塌下去，她趔趄了一下。

这是你在郑州的第一个住处吗？

是。

站在她身后。我看着她。天台本身没有光，但四周的光源漫射到这里，让这里也有了淡淡的光。星星也有微弱的光吧，这几样光让她看起来像罩在一个为她量体定做的水泡里。

她的背影，让我的脚有了些前行的力气。我走到她身边。

你……

侧对着她，我举起左手，打出一个恳求的手势。别说话，别说我爸爸，别说他。我害怕，我恐惧，我不想。我用这个手势表达着这些恳求。

你爸爸他……

我徒劳地放下那只手，慢慢地蹲下来。

这些天，你都没有睡着过吧？

我沉默。

我也没有睡好过。总觉得头顶有脚步声，觉得是他在走。她说：在跳下之前，他肯定犹豫了很长时间。

憋在心里许久的，最满满的那一块，终于被她的针刺破。

她真狠。

别无选择。那就开始语无伦次地奔涌吧：

妈妈生我的时候难产去世，那时候他还在出差……我一直怨恨他，觉得妈妈的死他有责任。他也怨恨自己，可我觉得他怨恨得很不够……我也怨恨自己，觉得是自己害死了妈妈。我一直反对他续弦，他一表示出这个意思，我就跟他往死里闹。跟他来郑州以后，和他更是势不两立。我很后悔自己跟他来郑州……就不该跟他来郑州，就该待在老家，爷爷在哪里，我就该在哪里……爷爷不在了，就跟着姑姑也挺好……很想爷爷……很想……

我就想当厨师，他不肯。他给我安排的那些路，我也不肯。他怎么逼我我也不肯，越逼越不肯。除了逼，他对我就是惯，整天给我钱，在物质方面无上限地惯我。我也混账。他的情，我不领；他的钱，我海花。我不在乎他的钱，反正这些钱就是不当得利，就是造孽钱，放在家里也是祸害，反正我就是总被别人黑的官二代，反正这钱也不是我挣的，我干吗要在乎这些钱？不如痛痛快快花呢。那时候，我就是常往外扔钱。大把扔。这钱对我没意义，我给清洁工，给服务员，一高兴或者一不高兴就随便给。他们拿着这些钱最起码能买件不错的衣服吧，我觉得都比自己拿着有意义。

是的，我知道，他一直都想给我好的，最好的。作为爸爸，他一直都在对我竭尽所能。他也竭尽所能地委屈着自己，无论我的要求多么不讲理。我不让他续娶，这么多年来，他就不续娶。每次出长差的时候，他都会告诉我他的银行卡密码，他怕自己会死，留下我一个人，没办法过日子……那是他最柔软的时候。他最柔软的时候，我也是坚硬的。他坚硬的时候，我比他还要坚硬。又臭又硬。

那个时候，我就是破罐子破摔。不知道自己能干什么，反正最想干的他不让我干，那我就混日子呗。我这一年装病，那一年装失恋，再一年突然跑到国外旅游……就这么和他耗着，一直耗到他死。

他最想给我的，就是他给我认定的前途。我最不想要的，就是他给我认定的前途。那种前途，从来就不是我心中所愿，离我太远了，十万八千里。我的心中所愿，离他也是一样远。为了这个，我和他吵了无数次胡搅蛮缠的罗圈架。他说君子要远庖厨。我说反正我不是君子，你要有本事就让君子们把嘴巴都挂起来。他说厨子就是伺候人的，你伺候不了。我说那可不见得。说不定我伺候得比谁都好呢。他说那你先伺候一下我吧。我说就你这种人我不伺候，我没法子伺候。因为你不是人你是领导。他问我领导不是人是什么？我说整天装腔作势，狗苟蝇营，拜高踩低，钩心斗角，这就是领导。领导是世界上最奇怪的物种，没有之一……

他气得脸色发灰，却对我没有办法。我越长大越痞他越没有办法，因为连打也打不动了。名义上我是他的掌上明珠，其实却是他的心中荆棘。他总说"等你长大了就知道了，你等你长大了就知道了"。这句话，他不知道说了多少遍。他总在煎熬中等我长大，可他没有等到这一天。我早已经过了十八岁，却始终没有长大。他之所以要从这里跳下去，也是因为等得绝望了吧。

他不是个好爸爸，我也不是个好儿子。对他，我一直都很恶毒。那天，在火葬场，抱着他的骨灰，我一直想跟他说声对不起，可是我说不出口。我无法想象要是对得起他，自己该是什么样。他，一直……对我特别失望，我对他，也一直……特别失望……

我捂住脸，终于号啕大哭。我从不曾如此明白：他爱我。无论他是个多么贫乏的爸爸，也无论我是个多么荒唐的儿子。他一直在爱我。无论他的爱多么不堪，那就是爱。

她在我身边坐下，任我哭。自从爸爸去世以来，不，可以说，自从爷爷去世起来，我都从没有对谁说过这么多话，这种最不愿意说的话，这种最难启齿的话。

这种话，像是罪犯的坦白。

——坦白过后，我才明白了什么叫"坦白从宽"：坦白会引发疼痛。越彻底，越疼痛。越疼痛，也就越彻底。最坦白处过后，最高峰的疼痛也会过去，然后，便渐有霁月清风。

如果一切再来一遍的话，你会怎么样？等我止住，她问。

宛如大雨后的道路，我的脑子此时格外清凉：如果一切再来一遍，我可能还是得对不起他。我不能违背自己的心。

可是你也没能顺着自己的心。

总是想不明白，所以没办法顺。我说：我喜欢厨师这一行，喜欢极了。可是，我又很怕把它当成职业。尤其是现在。我怕做了以后，爸爸他在九泉之下会不高兴。还怕做不好，爷爷也不高兴。还有，如果不把它当成职业，就是自己的小兴趣做一做，做不好总还可以自我原谅。反正我就是业余嘛。可是如果当成了职业，就一点儿退路都没有了。

她看着我。暗夜的微光里，她的脸甚至还有几分稚气，这稚气尚存的脸，却是格外庄重。

不要想那么多。她说：顺着自己的心，好好去做。你一定能做好。只要你做好了，爷爷一定会高兴。爸爸也一定高兴。

爸爸……为什么？

因为在那个世界，爸爸一定会孝顺爷爷。

我破涕而笑。

还因为他们都已经死了。死了就是死了，你的人生就是你的人生。傻孩子，你最应当做的，就是抓紧时间把自己的人生过好。

说这话的她，可真像个老人啊。

第二天早上，我们在卫生间门口见面，她刚出来，我微微偏了一下身子，站住，清晰地嗅到她脸上洗面奶的香气，玫瑰香。

我决定了。我说。

什么？

厨师。

泡妞和结婚可以一码事了？

看我点头，她胡噜了一下我的脑袋，笑得很灿烂。

16 唐珠：时间这个东西

我在"长安"的工作很顺遂，甚至可以算作愉快。客流量不多也不少，很适中。以文化人居重，都有些雅，或者说酸，一旦喝了酒，就会来兴致，吟诗念词热闹得很，偶尔也会拉我助兴。这我自然是不怕。唐诗宋词元曲总是通的，那些轶事掌故也颇有存量，稍微应答一下，足够用了。老板目睹过几次之后，对我越发另眼相看，我也便很快成为服务员里的翘楚，升至领班，若非客人点名要求，便不用再具体伺候散座和包间。逢到有特别重要的场合，老板才会时不时地让我隆重亮相，算是把我推成了"头牌"。

北方有佳人，遗世而独立。一顾倾人城，再顾倾人国。宁不知倾城与倾国，佳人难再得。

春花秋月何时了，往事知多少，小楼昨夜又东风，故国不堪回首明月中。雕栏玉砌应犹在，只是朱颜改。问君能有几多愁？恰似一江春水向东流。

怒发冲冠凭栏处，潇潇雨歇，抬望眼，仰天长啸，壮怀激烈。三十功名尘与土，八千里路云和月。莫等闲、白了少年头，空悲切……

大江东去，浪淘尽，千古风流人物。故垒西边，人道
是，三国周郎赤壁。乱石穿空，惊涛拍岸，卷起千堆雪。
江山如画，一时多少豪杰……
　　……

　　这些词句，一字未变，于我的歌喉，从往昔唱到了今宵。唱着唱
着我就会如在梦中：我是在唱它们还是在唱自己？是在唱自己还是在
唱时间？
　　也许，我只是在唱时间。

　　无数次，我在茫茫无尽的时间里漫游，琢磨着时间是个什么东
西：时间是冬穿棉夏穿单春秋穿夹衣的四季，是逝者如斯夫的河流，
是一条一条生长起来深刻起来的皱纹，是电话响了电影来了电视飞入
寻常百姓家，是黑白照相机彩色照相机单反照相机微单照相机的更
迭，是牛车马车轿子轿车轮船飞机火车动车高铁的轨迹，是鸦片战争
甲午战争护国战争抗日战争解放战争的鲜血，是《曹全碑》《兰亭序》
《黄州寒食帖》《祭侄文稿》的墨痕……时间，也许就是这些东西吧。
　　时间也意味着选择权和自由度，我曾经这么以为。作为一个可以
一直年轻的人，我曾经觉得，拥有无穷无尽的时间，就等于拥有了一
个随意下单的超市。可是，慢慢地，我才知道，不是这样的，不是。
我在宋朝的所知，不能回到唐朝去践行；在清朝才明白明朝那个人是
可以托付的，转眼已经到了民国……在这个超市，有的只是不能返程
的拣选。所以，我活的一千多年，和别人活的几十年，其实一样。所
谓的不同也只是表面：多吃了多少饭，多走了多少路，多见了多少
人，多经了多少事。对了，还有一点，让我还不如他们。他们知道生
而有死，所以活得紧张、焦虑、珍惜，也活得战战兢兢、兴兴头头、
有滋有味。而我呢？

时间是一条河，我是一条鱼，在河里漂流。别的鱼活着活着就老了，老了老了就死了，死了死了就在河里烟消云散了。可是我还在着，一直在，一直一直在，活成了一条鱼精。作为一条鱼精，我眼看着无数人一生下来就走在通往死亡的大路上。有的婴儿夭折，有的少年早逝，有的青春如灰，有的壮年崩塌……百年寿数的人瑞，在我这里也是婴儿的婴儿的婴儿。因为过于从容松弛，常常已经了无生趣。

　　时间过得太快，是一种惩罚。

　　时间过得太慢，也是一种惩罚。

　　时间静止不动，更是一种惩罚。

　　总之，只要感受到了时间，这就是一种惩罚。

　　对我而言，时间本身的存在，或者说是不存在，就是最大的惩罚。

　　如果说这人世不过是一场虚妄。那么活得短，是短暂的虚妄。活得长，就是漫长的虚妄。

　　——再漫长的今生，也只是一个今生。而这个今生，也不过是"人生如梦，一樽还酹江月"。

　　口碑越来越好。渐渐地，我便有了一些固定的捧场客，也附带有了一些小麻烦。有时晚上下班，会有客人纠缠着要送我回家。金泽知道后，便开始每天晚上过去接我。他说他忙了一天，正好顺便散散步。另外，作为房东，在能力范围之内，他愿意为房客的安全略尽绵薄之力。——决定做厨师之后的他很知道自己该忙什么。每天除了去逛蔬菜、调料、海产、干货等这些批发市场，就是在网上下单买书，都是关于烹饪的。《饮之语》《物之语》《食之语》《专业烹饪》《翻糖大全》《大厨小招》《基本训练》《吃透面点》《寿司笔记》《食全酒美》《蒸鲢》《菜市场里的大厨》《中国居民膳食指南》《药食同源日常应用》……我从不知道烹饪方面会有这么多的书。

　　这也太多了吧？

书可不就是越读越多。像我这种学渣早就该好好恶补了。

别读迂了。

读迂那是读得不对。

做菜做菜，总得出去学做吧，得实践。

没有理论，实践走不远。理论照亮实践。

实践打算怎么学？爷爷的很多徒弟都开着非常火爆的饭店，我掰着指头数给他听。

不跟他们。

那跟谁？

你会知道的。

每次他都穿得衣冠楚楚，虽然都是旧款的大牌，但大牌就是大牌，旧款也很能衬出光彩。果然是富二代出产的败家子，他走进"长安"，俨然就是一个 VIP，男人们对他白眼，女人们对他色眼，我心头则是隐隐得意的小心眼：这是来接我的人，是我的人。

可是，是我的人吗？

是谁呀？男女同事们都纷纷打探。

表哥。

哦，表哥呀。

不是。他否认。

那是什么？

看不出来吗？男人。

众人嬉笑。我瞪他，他便很不正经地笑。他笑起来真是好看——起码比哭好看。总是想起那晚在楼顶，他的痛哭。很久没有见到男人哭了。因为各种缘由，我经见过男人各种情态，或忠直英武，或狡黠机巧，或疏阔散淡，或污浊猥琐……所在多有，不一而足。却少见如此痛哭，不管不顾，用泪水让自己赤裸。

拉他上楼顶，也许就是为了能让他这么哭一场。无论如何，能哭出来就好。能哭出来多少，心里的炎症就会消减多少。

　　渐渐地，他对我的管束也越来越多，时不时地就冲我的穿衣打扮指手画脚，说我裙子太短，腿露太长，领口开得太低，眼睛稍微一拐弯，什么都能看见，一二三四，等等。我当然不服管。武周时候襦裙半臂，宋朝时候头巾褙子，明朝时候袄衫云肩，清朝时候偏襟短衣……我穿了多少种衣服啊，捂过一身痱子，也闹过一身湿疹，还有满后背的红疙瘩，尤其是夏天，规矩大的时候，整天从头到脚包裹严严，汗臭烘烘。好不容易熬到了一个清凉世界，我干吗还要委屈自己？看见就看见，让他们看见了又能如何？据说长寿的好处之一就是随心所欲不逾矩，我理解的意思便是，活到了一定年头儿，就是可以任性。现在，我就是要顾忌少一些，任性多一些。怎样？

　　你走在大街上，不是也喜欢看别的女人穿这么少？

　　一码是一码。她们和我没关系。

　　我和你有关系吗？

　　当然，你是我的……房客。你这样显得我家教不好。

　　我绷着脸，忍住笑。这点儿小干醋，闻一闻还是挺香的。

17 赵耀：喝茶

来个什么茶呢？正山小种吧。

昨夜没睡好。太风情的女人也是个问题，似乎不是我操她，而是她操我，那一副要把我吃干抹净的气势，不免让我觉得索然无味，真他妈的。

如今，想找个合胃口的女人是越来越难了，更别说我的理想型处女。这种理想说来也是俗气，可是拍着胸口说实话，有多少男人不喜欢开发处女呢？没有几个例外的。

好好歹歹的，我也算经手过几个真处女，可仔细想，也算不得真。这些女人往我身边凑过来的时候，拐弯抹角地给自己标价的时候，我就知道她们都是什么东西。她们那层处女膜是没破，可是她们在心里早就把那层膜给破了。她们都是身子处，心不处。我不稀罕。我想要的，就是一个纯处女，从身到心，从外到里。

越来越近的，唐珠的声音传过来。想到马上要见到她，我不自觉地想坐正一点儿。这个丫头，无论是在我家里，还是在"长安"这里，都是那么清清素素、从从容容、平平和和，真不像她自述的那个悲惨的乡下丫头。尤其让我意外的是她方才应酬隔壁包间客人的本事：无论多么古的曲子，她都能拿得起，无论多么文的词儿，她都能接得住。笑起来的时候，神情也总是那么明明净净，一副处女的样子。她走路的步态也真像个处女：两腿并得紧紧的，踩着一条线。想起她在我家的时候，我有意无意地想碰碰她，从来没有得逞过。她总是在第一时间里就能成功躲开，身体的防御感很强。

这真是一个不寻常的小妖精。

礼多人不怪，不能空手。我买了个贵宾卡，挂在她的业绩上。待她走进来，再递上一个信封：

还有十八天的工资没结，就按一个月算吧。

她没接，我放在了桌子上。

怎么找到这儿的？

世界很小。只要想找，总能找到。我再把信封推过去：再说还欠着你的钱呢。我不喜欢别人欠我，也不喜欢欠别人的。

还有事吗？

喝茶呗。

喝茶之意不在茶，在她。在她之意不在她，在金泽。在金泽之意也不在金泽，在那个文件。但在终极目标抵达之前，要从她这里开始。我明白，她也明白。

那就喝茶。白金卡的小包间，光线风景都最到好处。白瓷茶盏里的汤色明亮红艳，衬着茶台上芦荟的润绿，很是养眼。倚着深蓝底儿红白碎花纯棉靠垫，我且逗着她。

在哪儿住？

她抬眼看着我：金泽家。你早知道了吧？

我笑。当然，我早知道了。可我知道是一回事儿，她亲口回答是一回事儿。

是特意去继续照顾金泽吗？

暂时没找到合适的地方，过渡一下。

收房租吗？

没谈。先住着再说。

住着怎样？

很好。

看得出他很喜欢你。

她垂眸看着脚下。

那些古诗词，你清唱得还真不错。有这才艺，做家政是可惜。

谢谢。

这是个好机会。我喝一口茶。口感香醇清甜，应是上品。

什么机会？

你懂的。

即使一贯对我冷言冷语，可这丫头却没让我灭了指靠的念头，她似乎很能让我心里踏实，哪怕她现在靠的不是我。可她肯定也没靠金泽，不然不会辛辛苦苦来这里上班。话说回来，金泽那副德行，也不是那么好靠的，能不靠她就不错了。

——目前为止，也没有更好的人可以指靠。既然她已经知道了所有的底牌，那她就是这个牌局里的人了。想出这个牌局，没那么简单。除非我允许。

现在你也算是进入到了他生活的内部，只要那个文件出现一点儿蛛丝马迹，你就能找得到。到时候你开个价就行了，我保证你可以赚一大笔。

不怕我贪得无厌，一大笔接一大笔敲诈你？

你不敢。我和蔼可亲地看着她：你也不会。

不错，我是不会用这种方式来发财。

我点头会意，放下茶杯：这么忠心耿耿？

无关忠心，只是良心。

不是喜欢上他了吧？

她的眼神突然锐利起来。

不是。

我朝着她探出身子，迫近她的脸：做我的女朋友吧。

这个弯拐得很大，她显然有点儿蒙。

有主意，一根筋。你这样的人我喜欢。

请别开玩笑。

不开玩笑。我很认真。我知道我的脸上是大写的认真：在生意场上我看了太多的交易。你这种人，太少了。

我和你，不可能。

为什么不可能？我未婚你未嫁而且我们都没有意中人，当然就有可能。

绝不可能。

为什么？

因为不可能。

看着她的身影走出小包间，我微微笑起来，收拾东西出门。却正好碰到了金泽坐在大堂里，他一边翻着报纸，一边用眼神寻觅着。看着我和唐珠一前一后走出来，原本云淡风轻的神情顿时冰雪封面。

好久不见。也来喝茶？我寒暄。

来接人。他放下报纸，起身去卫生间。

他生气了吗？这让我很爽。

18 唐珠："好朋友"

是第一次吗？

嗯。

不信。

信不信由你。

他这是什么意思？

喝茶呗。

干吗非来这里喝茶？还找你服务？

可能觉得我好歹算个熟人吧。

熟人个屁！他的熟人千千万呢。他的语调迅速抵达愤怒：他就是在泡你！

他这样子，真是可爱啊。

他是客人，要来便来，我总不能拦着。

那你不许陪。

谁让我陪我都得陪，这是我们的工作要求。

要求个屁！你马上给我辞职！回去待着！

仿佛我是他老婆。我简直想大笑。

凭什么呢？

凭我不高兴！

凭什么你不高兴我就得辞职？

因为你，他简直是吼着：你笨蛋！！

街上行人稀疏，他前我后走着。迎面两个醉汉，东倒西歪而来。他停下来，把我护在左侧，等那两个人过去，又和我分开。当他接近我的时候，我鲜明地感觉到他的气息，他的干净的强烈的男人气息。当他离开我的时候，那气息便跟着他在空气中轮廓分明地游荡。我做了一个又一个深呼吸。这是他的气息。我喜欢这气息。我喜欢这气息里的温情、热烈和嫉妒。

可是，又能怎么样呢？回顾来径，再望前路，一眼便看到了底。

当然，起初是看不到的，什么也看不到。被珠子的惊奇所笼罩，我在混沌、困惑、紧张和忐忑中适应了两百多年，那两百多年间，安史之乱、元和中兴、大中之治这些大事我是后来读史书才知晓的，身在其时，只知道玄宗、肃宗、代宗、德宗、文宗、武宗——直至景宗，大唐完了。大唐完了，这世界还没完。不但没完，简直是刚刚开始：后梁、后唐、后晋、后汉、后周……还没记住这个呢，那个就来了。这让人应接不暇的五十来年，人们称之为"五代十国"。再然后就是旖旎繁华的宋朝……江山易帜，波乱纷纷。改朝换代，兵戈铁马。其间是我辗转流徙朝不保夕的小日子。在这一个又一个的小日子里，我一点点地确认着珠子的神奇：异香真的能长相随吗？雨雪沐身真的有助于保持青春吗？守节真的能长寿吗？

一次次确认之后，我终于踏实下来，开始想男人这回事。——既想要守节长寿，就不该惦记男人，我当然知道。可是越不该的事情就越是想，还真是没有办法。已然活了两百多岁，我已经觉得自己很够本了，若是碰到了值得的男人，这条命嘛，不要也罢。

值得的男人在哪里呢？

就像在一片田野里想找一个最好的玉米棒子，我找啊，找啊，找着找着，我渐渐发现，碰见的人越多，我就越不满。越不满就越失望，越失望就越挑剔……很有些恶性循环了。我告诉自己说，既然等了那么久，当然不能将就，一点儿也不能。有什么关系呢，反正你有的是时间，就慢慢找吧。

——当然，多多少少，我也曾经和爱字沾过几次边儿。雍正三年，在南京秦淮河畔，我那时最中意的男子，他微醺后告诉我，他之所以想娶我为妻，是因为我的健康。他发现我从不生病，他觉得我乳高背厚，臀丰肩宽，能好好地为他传宗接代，给他的万贯家财诞生一个优质的继承者。二十世纪八十年代，在洛阳关林，一个男人追我追了很久，一副死心塌地的样子，他是个中年男人，丧妻无子，很会疼人，我都有些动心了。直到某次和他晚餐，他喝多了点儿酒，我探问他为何会对相貌平平的我如此钟情，他道："所谓的青春美貌，青春本身就是美貌。你的年龄就是美貌呀。你不知道，我现在看你这样的女孩子，那真是个个好看。"

我悄无声息地逃离了他们。知道他们不值得。

怎么才算值得呢？

他爱我要胜过爱他自己。

可这怎么能够？

除非爱到不行，除非爱到最爱，除非爱我爱到发疯。——我有什么值得人家这样？从头看到脚，再从脚看到头，眉如翠羽，肤似凝脂，秋波湛湛，春笋纤纤……这些形容词一样也用不到自己身上。没有美貌，颜值一般，就这一点儿就不可能让男人豁出去爱。"吾未见好德者如好色者也"。孔老师早就把男人这个穴位瞄准了。既不美，且还穷，等于什么都没有。我这样的人和"值得"有什么关系？就像两块钱和一千万六合彩的关系吧。

而要我爱一个人胜过爱自己，也除非我爱到发疯。可我这个疯更不可以随便发，这个疯我发不起，因为发这个疯我会死，所以我一定得明察秋毫，锱铢必较。所以如果那人有一点点不妥：身高、长相、谈吐、身份、气度……哪怕只是一个眼神不对劲，我就会退缩回去。就这么着，我退缩了一次又一次，成功地把自己退缩成了一个纯粹的孤家寡人，理智几乎淹死情感，孤僻自私深入心机。对这个有好感，对那个有兴趣，但骨子里最深的必然还是自己。只要想到和这个人好就会送命，我就想在没开始时便远离他，在开始之后便抛弃他。无论他如何风采翩然颠倒众生，我都可以斩断情丝，相舍江湖。

让我安慰的是，事实无一例外地验证了我的自私很正确，因为那人对我的态度，也往往不过如此。

所以啊所以，这个"值得"之于我，太难了。幸好也因为这难，我才得以一直活下去。对此我并不哀怨，十分坦然。一个人再爱另一个人，也是有限的，总不会多过自己去。"人不为己，天诛地灭。"真是对极了。人的一辈子那么短暂，不好好爱自己怎么成啊？即使像我这样一个拥有无穷无尽时间的人，一个似乎可以永远活下去的人，爱别人也不能胜过爱自己呢。

——如今，我终于敢于面对这样一张底牌：为了继续活着，即使是碰到了那个值得的人，最大的可能性也许就是，我会厚颜无耻地告诉自己，他不值得。

第二天早上，到了上班时分，他过来敲门，敲得不疾不徐，具有一种矜持的节奏感。用这矜持来表达距离，好。

我没开门，只是告诉他我请假了。

抱歉。静了一会儿，他在门那边说，我可以想象他吐出这句话的艰难：昨天我过分了。

没关系。我说。道歉是最得体也最安全的退路，聪明。当然得接受他这歉意。他已经不止一次说过他什么都没有，这是对我的试探。

我又有什么呢？除了一层千年的处女膜，而这恰恰又是我不能给他的。他给不了我的，他认为很重要，没有就不能开口。我也一样。

你该上班还是要上班。

我沉默。

我不是说不可以让别人追你，我没那么霸道，也没这个资格。只是赵耀这个人不行，我明白，你也明白的。是吧？

明白。

那，去上班吧。

我只好从床上爬起来，打开门，告诉他，我不能上班。

为什么？

因为我的好朋友来了，很难受。

他一怔，脸红了。

不得不信服，珠子的作用是很神奇。这么多年来，我四肢健壮，元气充沛，胃口好，头发密，大便一天一次，指甲一周一剪，两颊永远是粉扑扑的红，眼睛永远是晶莹莹的亮……这具肉身，不仅像被喂养了防腐剂似的保持着青春，它还扛热扛冷扛疲扛累，正常得不能再正常，也正常得不能再不正常。

当然，它也不是什么都扛，除了吃货本色难改不扛饿之外，它不扛的还有来例假的时候。每月此时，我必定会胸胀腰沉，冷汗满身，小腹内千转百回痉挛，宫腔里力道疯狂撕扯。尤其是前两天，什么也做不了，我必须静养，忍受这酷刑。

可我喜欢这酷刑。我喜欢每月月事来临之时，那汩汩流出的鲜血。这血让我欣慰。呵，这些血。它们洇过草纸，洇过黄土，洇过锅灰，洇过棉条，洇过丝绸，洇过粗布，现在，洇的是舒适熨帖的卫生巾。这些血的颜色，永远是由最初的暗红到逐渐的鲜红，然后又消逝于淡淡的粉红。这些血的流量，永远是由最初的艰涩黏稠，到后来的汹涌喷薄，再到后来的袅袅余音。

　　与其说是喜欢或者欣慰，不如说是习惯。我真是太习惯它了。它以前的说法是"月信"，现在的女孩子们叫它"好朋友"。于我而言，它还真是"好朋友"：它用按时按量的探访来让我放心，让我知道自己还可以安全无虞地活下去，活下去。只要我愿意，我就可以一直这么苟且偷生千秋万代地活下去……活到都忘了自己还在活着。

　　一个又一个夜晚，我捏着自己紧绷绷的肌肉，抚着自己吹弹可破的皮肤，用提醒或者警告的语气问自己：你确定你还活着吗？

　　就这么一直一直活吗？

　　其实也一直一直在死。

　　我无比清楚：我的身一直在活，我的心却一直在死。

　　但吊诡的是：无论一直在活还是一直在死，到底都是活，而不是死。死离我，终是一件遥远之事。也许正因为此，我喜欢想象自己的死，除了失节之死和饿死之外其他各种各样的死：十字路口被车撞，夜遭劫匪被刀砍，大风刮倒了广告牌而我正好路过……这种想象是一种特别的自娱。不，我从不想象自杀，更不会去实践。从割破手指会流血我便知道，体内的珠子佑我千年的前提除了守节之外，还有自保。在托福珠子的同时，我也必须得相信科学。面对一次次外来的覆巢之灾，我首先必须得让自己成为一枚完卵，才能配得起珠子的恩泽。

　　当然，无论多么缤纷的死之想象，最后都要落脚到坚实的地面上：想象死是因为觉得活着没意思。可是死就有意思了吗？没意思的活，再去没意思地死，就有意思了吗？怎么着也应该活出点儿意思再去死，这样才会甘心吧？虽然到时候也许我已经舍不得去死，然而正因为这样，正因为舍不得去死的死，这样的死不才正是一个正常人的幸福吗？

　　那点儿意思在哪儿呢？

忽然想起了那次同性恋。靖康二年，我栖身的汴京被金兵攻陷，百姓纷纷流亡。我躲进了洛阳深山的一处尼姑庵里，那里大致是三类人，一是真心皈依，一心向佛，了断尘缘，恪守戒律。二是年老色衰的妓女无路可走，在这里聊度残生。再就是我这一类人，为情势所迫，暂时栖身。庵很小，尼姑们都两两相依睡在一起。与我同铺的尼姑很年轻，身材健壮，言辞爽利，和我很是契合。过了一段日子，她便对我表白，说对我有意。那时，看着青山碧水，翠竹白云，我想，反正也不能和男子交合，在这乱世，有此女子相悦相伴，十年也罢，二十年也罢，总是一段缘分。可当一个月圆之夜，她带着性的欲望来接近我时，我终于还是不行。那种感觉太怪异了，周身都是晦暗的阴沉的油腻和不洁。我还赫然发现，同性恋也是要性交的。当她扮成一个假男人，戴着假性器，想要进入我的身体……触碰我的底裤就是触碰我的底线。这不行。绝对不行，万万不行。

　　闲极无聊的时候，我会拿着一面大镜子，放在两腿之间，看自己的阴部。"阴阜圆润，牝户柔腻，牝毛疏秀"，过去的酸文人赞美女人的这个部位的时候，这是常用词吧。我用轻轻抚摸它，阴唇饱满，湿润紧致，指尖抚过之后，还有着淡淡体液的腥气……这里面有一层处女膜呢，有一层千年之久的处女膜呢。这么想着，我就忍不住要笑起来。

　　——也曾自渎过的，不过很快厌弃。觉得索然无味，且充满羞耻。说到底，天生此处，不是为了让自己独戏，而是等待和男人合欢啊。

　　如果没有这一点儿限制呢？如果和男人们随意欢爱并不妨碍我长寿于世呢？我也曾无数次想过这个问题。越想答案就越明晰：当真如是，那么，我必定早已经对这世界淡漠至绝望，早已因此而自尽。

　　这一小方千年之久的处女之地，这一小方让我胆战心惊的处女之地，这一小方让我唯恐失去的处女之地，它对于我最重要的意义，除了保障着生命的延长，也许还有一点就是：它让我觉得，我还没有老透。它证明着这个世界还有我空白无知的部分，还有我未曾抵达的部分。因这些部分的存在，我便对这滚滚红尘，还保有着最后一点儿好奇之心。对这滚滚红尘里的男女情爱，还保有着最后一点儿处子之心。

常常的，我摸着自己的阴部，悄悄地问它：

喂，你的"好朋友"，它在哪儿呢？

它会来吗？

它什么时候来？

——毫无疑问，男人的阳具，就是它天造地设的"好朋友"，最好的"好朋友"。而也恰巧是这个最好的"好朋友"，会终止我的活。

虽然对这个"好朋友"充满了想象，但是我实在也不知道，它来临的时候，我该以什么样的姿态和立场来面对它。当然，也许我根本没有什么机会来面对它。毕竟千年过去，童贞仍在，且像古董一样刻于我的身上。这是刀凿般的事实。我收藏着这可笑的童贞，似乎是一副要委之大用的姿态，可实际上，却从不知道什么时候会用，又会用给谁。

"收藏就是使物无用"，这是谁说的话？还有人说："无用乃是大用。"而我只知无用就是无用，不知什么是大用。

或许，根本就没有什么大用，有的只是无用。

19 金泽：表白

　　这两天越发忙了，因为给自己加了些课外作业，做了些特别研究。经过集中攻克，终于让唐珠及时享用到了女人在特殊时期最应该吃的各种美食：木瓜炖银耳、鲫鱼炖豆腐、桂圆红豆紫米粥、南瓜小米粥、红豆黑米粥、花生排骨煲木瓜、莲藕龙骨汤、黄豆猪脚汤、八宝乌鸡汤……她吐槽说，孕妇和产妇才会整天吃这些，我是居心险恶地在给她催肥。我说反正我做我的，吃不吃在你。她一边欢欢地吃着一边回嘴，说既然我做了若不给我捧场岂不是不厚道，再说靡费了美食那也是罪过。

　　说实话还挺对症的。喂，你怎么那么懂啊？

　　医食同源，药食同根，小病食疗，大病药攻。懂这个有什么难的。

　　是不是经常这么照料女孩子？这一手泡妞很有用吧？

　　我一声冷笑：那些妞只爱刷信用卡，谁像你这么能吃。

　　她被噎住，无话可答。我便得了意：交过这么会做菜的男朋友吗？

　　没有。

　　很好。一瞬间，我突然决定了。隔着餐桌，我一下子抓住她的左手，合拢在我的两掌之中，突兀的鲁莽和迅猛暴露出我的慌乱，可是管他呢，慌乱就慌乱吧：

我做，你吃。咱们组个 CP 如何？

你……她张着嘴巴，舌尖上沾着木瓜丝儿的金黄，我几乎能嗅到那热乎乎的混合着她的津液的木瓜的甜味。

和赵耀相比，我是一个穷光蛋。你介意吗？

这是表白吧？是。还要继续？当然。

我会努力的。虽然我的手艺现在还不行，但肯定会越来越好，顺利的话，在不远的将来，养活你应该没问题。

静默中，能微微地感觉到她左手的脉搏在我的手里跳动，一下，一下。她的嘴巴仍然微张着，看起来真傻，真傻。她的这种样子，真像个小孩子，一个很小很小的小妹妹。她一向强大得像个小母亲，这种情态，简直要把我萌化了。

可是，她被我吓傻了吗？久久无语。

说话啊。我有些没底了。

我们，不合适的。她终于说：你最起码还有房子，我才是一无所有。我们差距太大了。我来自农村……

不是跟你讲过了吗，我在乡下长到十五岁。一样的。我说：你的一切我都不介意，只要你也喜欢我。

她又开始沉默。事实上，她一无所有，她来自农村，对于这些，我一直怀着一种由衷的亲切和卑鄙的欣慰。难以想象，如果她的外在条件再好一些，我是不是还敢对她表白。

你也喜欢我，是吗？别否认，我有感觉的。

她依然沉默。

自尊微微受挫，我放开她的手：反正我的意思就是这样，有什么就说什么了。你也给我个明白话吧。

那将来……

将来什么样，谁都不知道。将来再说将来的事。无论将来如何，现在我确定想和你交往。

再笨我也知道此时该说甜言蜜语，比如地久天长，比如白头到老。可是我不想骗她。将来，也许她会变，也许我也会变……遥远的将来啊，此时真的无法预料。我能承诺的，只有尽我所能。我想去做的，就是在此刻让她知道：我喜欢她，依恋她，自从她来到这里之后，这所老房子对于我而言，才真正成为一个家。

的确，将来什么样，谁都不知道。这句话，有道理。说不定交往不了多长时间，我们就彼此嫌弃了呢。她终于说。

这是在拒绝我吗？我等待着。即使拒绝也没关系，还有下一次。

只不过是谈个恋爱而已，也没有什么可怕的，对不对？她像是自言自语，又像是在和我商量。

对。我点头。

虽然有些踟蹰，但她的左手还是慢慢靠近了我两掌之间的缝隙。我慢慢重新握住，如合上一团甜饴。

答应了，是吗？

她点头，眼含笑意。

一时间我居然有些茫然，不知道该做什么。按照情侣们的惯例，接下来最应该拥抱接吻吧，额吻、唇吻、舌吻、轻吻、重吻、深吻……隔着一张餐桌，我却笨怯得不好意思过去。罢了，名分既定，以后有的是机会，暂且饶了她。

只是，情话还是要说的，作为此时的标配。

为什么喜欢我？

这个，太庸俗了吧。

就想来这个，就想庸俗一下。

以后说可以吗？

不行，必须现在说。

那你先说。

为什么？

因为你先表白的。还因为我是女生。

好吧无赖女生。

不许说什么因为爱所以爱，也不许说什么缘分不缘分。

唉，好难……

说不说？

说，说，哪敢不说呀……其实本来就特别想说，谢谢你给我表达的机会。

呸。

放心，喜欢你没道理之类的话，我是不会说的。对我来说，喜欢一个人总是有道理的。就像一道菜，好吃总是有道理的。

还真是三句话不离本行。

我第一次见到你时，你在"极致"，你知道"乐泮思水"。我打赏给你的时候，你不太像一个服务员。你挺周到的，也挺仔细的，但是你知道吗？你不巴结，不谄媚，不是那种让人肉麻的热情，这个很特别。我打赏给你的小费应该不少吧，那时候，我手里的钱多得花不完，傻大方。我打赏给别人的时候，他们通常都笑得非常努力，是要对得起打赏的笑，有奴才相。可是你呢？没有。你特别淡定，淡然，就好像给你几百块钱跟几块钱似的。所以后来我又去了两次，不过好像不是那么回事了。

记性可真好！

嗯，记异性尤其好。后来我在赵耀的别墅住，你也是挺周到的，分内的事做得挺好，无可挑剔。不过有意思的是，要说你该是个下人吧，不过你老是表现出一个上人的样子来，反正那姿态就是既认真又无所谓。可以把事情做得很好，但也可以随时丢下，随时走人。拿得起，放得下，既世俗，又脱俗。还特有主意，什么都明白，只是藏而不露。还有，你冷冷的，也不是真的冷，是外冷内热，越走近越能感受到这冷中的热，不过，总体感觉还是偏冷……你就是这么一种气势和气质，有点儿奇怪。

她默默地笑。

我摩挲着她的小手：再后来，咱们俩又这样，我对你的认识也越来越清楚了。简而言之吧，你不势利，你简单，你干净。你知道吗？这就是你的美貌。对，美貌。你以为美貌就只在于鼻子眼睛？鼻子眼睛的美貌根本靠不住。我见过的那种美貌多了，都是假人儿。可是你，不一样。你的美貌，都在骨头里。

她只是默默地笑。

在下回答的，您还满意吗？

尚可吧。

嗯，我知道她很满意。芳心已定，该我立规矩了。

作为我的女朋友，以后不许你再搭理赵耀。

私下里不会搭理的，但他去喝茶我得应酬。

好。此时倒不妨大度一些。

突然又想起一件事。姑姑已经来过两次，都没见到她。

你明天还休息吧？正好姑姑要来，既然已经名正言顺了，这次你可得见见。

我明天上班。

能不能请一天假？

不能。

为什么？

已经连请了三天假，这是老板的极限。

怕扣工资？

不是钱的事。再请下午同事们都没办法调休了。

我沉默片刻：姑姑一直在老家县城生活。我小时候，照顾我的人除了爷爷就是姑姑，姑姑差不多就是我妈。她对我很重要。

再重要也是你的姑姑，又不是我的姑姑。

这么说话很伤人你知道吗？

她低下头，倔强地坚持着。

看在你年幼无知的分儿上，我不跟你计较。我继续大度：难道是她越重要你越是害怕见她？是吗？

是。我还没有准备好。

承认就好。那回头再说吧。反正躲得过初一，躲不过十五。

20 唐珠：聊天

恋爱的标志之一，是否就是至少有一个人会变成话痨？

以前都做过什么工作？

我沉吟，做思考状。从哪儿说起呢？计划经济时代，我在乡村到处赶集，混吃混喝。后来干脆跑到地广人稀的甘肃和新疆，那里没人问东问西，过日子最简便容易。大串联对我来说是段难得的好时光，拿着假介绍信，随便找个地方，吃住都有人管。再然后，八十年代当小倒爷，九十年代去南方打工，因太过想念面食又回来北方，这些年在郑州的网吧、饭店、歌厅……只要把自己当成一棵草，就哪儿都能活下来。

说吧，坦白从宽。

好吧，编造"90后"的履历难度实在不大：酒店保洁工、小饭店服务员、站马路边为小公司发传单、速冻食品厂包饺子……官方所说的传统劳动密集型产业，我皆跻身此列。低端工作流动性大，作为流动人口的我才好从中宽进宽出。工作的地方都有点儿偏，这也是我求职成功的关键。每到一个城市，每次从办假证的人那里拿到新的身份证和文凭，我找工作的目的地都是相对偏僻的城市边缘。如今身份证和文凭都全国联网，很多单位都审查得很严格，要找碗饭吃，还是这种地方宽松些——不由得有些怀念很久很久以前当青楼艺伎的时光。在没有身份证和文凭的年代，脂香粉浓的教坊司院是我最好待的地方，虽然不免会被客人调戏，但只要能弹一手上佳的琵琶月琴，能自如地混在花红柳绿的队伍里筝排雁柱歌按新腔，那就相当于有了硕士博士学位，足够安身立命。

你在郑州待多久了？

两三年。

喜欢这个城市吗？

还好。

怎么好？

人多。

这话听起来像玩笑，却是真的。居然能够经历一千多年的沧海桑田，平平安安活到现在，想想都觉得不可思议。如果梳理规避风险的经验，无非两条最重要：战乱时绝不住在繁华都市，时疫时绝不混迹于密集人群。而现在这个和平盛世，人口第一大省的河南自然最宜居。除了深更半夜，大郑州的街上永远是密密麻麻，拥拥挤挤，摩肩接踵，车水马龙。人最多的地方最好藏人，也最安全。相顾不识，满城陌路。繁华且荒凉，热闹且苍茫。我在这人世，仿佛初生，又仿佛末日。

什么星座？

处女。——都处女了一千年，还当不起个处女座？

生日哪天？

8月28。

怎么不问问我？

好吧，你是什么星座？

1 月 18。摩羯。

谁给你起的名字？

爷爷。我们家都是单字。父亲名讳是光。

我暗叹。这个名字起的，活到最后还真是够光的。

姑姑呢？

姑姑名顺。

她……今年多大了？

五十多了。

她……身体好吗？

挺好的。对了，她过两天又要来，见见吧，嗯？

算了吧。我这么……丑。

不想见姑姑，一点儿都不想。人生如戏，全在演技。按说我已经是个老戏骨了，但是我不想在这个时刻——好不容易准备开始谈一次恋爱的时刻——再见到半个世纪前的故人。因在这故人面前，把眼睛洗得彻底干净，假装自己从不认识她，一脸无辜地把自己伪装成一个新人，这真的很难。当然，短暂的掩饰肯定没问题，我有把握不露破绽。可这很辛苦。我不想面对这种辛苦。因为演得太多，我早已经任性得懒得演戏也不想再演戏。

还有很重要的一点：作为金泽最重要的长辈，她既然出了马就一定会表态。她不满意我，那自然很悲催。满意我呢？也很难以为继。我既见了金家长辈，金泽若要求见我的家人，又该如何应对？我有什么人来让他去见呢？在我的虚构里，我父母双亲俱在，兄弟姐妹共为珍珠宝贝四人，那珍那宝那贝呢？

只有我这个珠。孤零零的一颗珠。

我要拖延，能拖延多久就多久。

胡说，我相中的人怎么可能丑？

呵呵。

见见吧，嗯？

他肩膀斜过来，头靠过来，眼神蜜汁一样黏过来，撒娇。

真受不了这大男人撒娇。

好吧。

你要好好表现哦。

不会好好表现，只会正常表现。

你正常表现就很好。只要不裸体淋雨什么的就成。

去！

你……到底是有什么病？

禁忌话题。

开一下禁呗。

这个话题太复杂，不能开。

好吧，以后再说。那就换一个简单的，该你回答了。为什么喜欢我？

因为，你很会做饭。

说正经的。

这就是正经的。

要具体的，不能少于三点。

好吧，那就来具体的。我一直认为，一个好厨师，总不会太坏。一是他会很本能。民以食为天，食是最基本的。和最基本的生活层面打交道的人，就很本能。二是他会很单纯。食物最不会骗人，最让人有安全感和信任感，有安全感和信任感的人就会比较单纯。三是他总是充满希望：下一顿会更好吃。再赠送两点：他很充实，每天至少有三个时间段都是他的重要节点，而为了这三个重要节点他一整天都有事干。也因为这个，他不太有精力去嫖啊赌啊。最后一点最重要，我是一个好吃货。

这么说来，所有的好厨师你都喜欢了？

对。

换个人你也一样？

对。

成心气我是吧？想饿肚子是吧？

我错了我错了我错了，请大人恕罪。

其实，最重要的原因你自己都没发现。

你比我自己都知道？

对。不识庐山真面目，只缘身在此山中。

哦？说说看。

你之所以喜欢我，是觉得我和你一样，也不势利，也简单，也干净，这就是我的魅力。所以咱们两个在一起，还是挺般配的。

我瞠目结舌。还真不是一般的厚脸皮呢。

可是，我和他，怎么能一样呢？我的不势利、简单，还有干净，是有前提的。人生不易，难免势利。不易上一年两年自然会势利，不易上十年二十年也难免势利，不易到五十年半辈子当然更有理由势利。可是我，经历了千年浊世的浸泡，眼看着东风压西风、西风又压东风，今天是雕梁画栋，明天是陋室空堂……在一边冷冷瞧着，再去势利，就白活了这么长。大时间的概念里，势利无意义，尤其无意义。皇亲国戚又怎样？将来被除掉的时候让人下手更狠。春风得意又怎样？秋雨萧瑟的时候更为寒凉。

漫长的岁月如水，让我得以把自己的不堪清洗了一遍，又一遍。如今我已经被涤荡得无法势利。势利免疫。既不势利，就显得简单，既简单，就显得干净。我这干净，是杂质沉淀后艰难的干净。而他的干净，却是原生态的干净，是性情里的干净。最是难得。

当然，无论如何，干净就好。

其实，还有一条理由是我最想说的。说了又怕你生气。我说。

不生气，说吧。

因为，你傻。

就这个？

对。

我哪里傻？

我没有回答，只是笑。他这么问，更印证着他的傻。哪里傻？哪里都傻。傻在他这里，就是一种气质，一种风格。在这个充斥着聪明人的世界上，我已经很久很久没有见过像他这么傻的人了。可是，他傻得多么好啊，傻得多么年轻。——活得越久就越知道，老人是不喜欢老人的，越老就越喜欢年轻。我见过无数被滚炸多回的老油条，身体臃肿，大脑枯瘦。相比于他们，不曾被世事腌制过的金泽，简直就是一个大婴儿，却又是生活能够自理的大婴儿，可爱至极。

——忽然想，他那天之所以对我按捺不住地表白，是不是因为赵耀的刺激？事实他很可能对我没有多喜欢？而这种事实连他自己也在蒙昧之中？如若如此，他真还就是个大婴儿。当然如此就更好，因为以后更容易了断。

和一个大婴儿谈恋爱，想想就有乱伦之感。好在，也只是谈谈恋爱。

那一天，下班时分，下雨了。是丝绸般的微雨，我们没有打伞，牵手在雨中漫步。

这样也能治病吧？

能。

也好，省了药钱。

很久不曾这样淋雨，淋得神清气爽。幸亏这是下了晚班。如果是白天，还真不能这么故意淋雨，必须衣冠楚楚。做人有多难？

身旁不断有自行车轮慢慢地碾过雨洼，那润润的声响听着都觉得悦耳。我微微闭上眼睛，突然想起一首歌，歌名忘了，只记得歌词：

小雨一缕一缕打在我脸上
像你在身边轻声唱
自由自在每一天都是天堂
什么让人不一样
小雨一缕一缕打在我脸上
无忧无虑地歌唱
你的双眼藏着蔚蓝的海洋
爱情让人发了狂
小雨小雨打在我脸上
你有什么话还没有讲
……

"你有什么话还没有讲"，这句词写得最好。嗯，我还有太多话没有讲，也不打算讲。

在想什么？

下雨，真是最可爱的事情之一。

还有什么事情最可爱？

下雪的时候不打伞，鞋子在雪地上踩得咯吱咯吱响。

还有呢？

我没有回答。

——如果下雨下雪的时候，他都这样和我在一起，那便是最最可爱的事情。没有之一。

21 金顺：我兄弟

看见小泽就像看见了他爹，我兄弟。这爷俩儿是一副脸，不管他们多么不能照脸儿。打小就听老人们说，谁和谁不对劲儿，就叫做不照脸儿。这爷俩儿就是不照脸儿，可再不照脸儿也是一副脸儿，胎里带的性子也一样地倔。当爹的不倔，就不会一条道走到黑，最后是那样的死法。当儿子的不倔，也不会是一条道走到黑，铁了心要当厨师。没办法，这就是嫡嫡亲的亲爷们儿啊。

总是想起和我兄弟见的最后一面，一闭眼就想起来，怎么都忘不了。要知道那是最后一面，我拼了命也得留住他。可谁知道那是最后一面呢？人没有前后眼。

我只这一个兄弟，他也只我这一个姐，要说该是很亲的，也真的亲，可搁我来说，也就是心里亲，面儿不亲。心性隔得远，面儿就难亲。我从小到老都在一个小地方，守着小地方的规矩。他是越走越远，行的是大地方的格式。我们姐弟俩就像两条路岔开了道，我慢慢地看不见他的梢儿，他也慢慢地忘了老家的根儿。兴许是这样吧。

那最后一面，现在想来就是突然。不年不节的，他就进了门。我给他冲了碗鸡蛋茶，他也没喝两口。两人就对坐着，说些闲话，你撂一句，我撂一句。

鸡蛋也不能多吃，都说蛋黄胆固醇高。他说。

也没多吃。一天一个。

哦。

咋有空回来了？不忙？

不忙。你咧？

也不忙。回来有啥事？

也没啥事。

晌午吃啥饭？

刀拨面吧。

刀拨面我还算拿手，只是做起来有点儿啰嗦。先要和好面，醒好面，然后擀成面坯，把面坯再层层叠起来。到了用刀的时候，要紧握刀柄，让刀刃跨在面坯上，由远及近下刀，一切一拨，刀起刀落如斩蚕丝。切好的面随即下锅，三翻两滚，把面捞出来，条条散离，不连不粘，再配以青葱红椒，热油浇淋，那种爽滑劲道，没法子说。以前我常做，如今嫌麻烦，轻易不做。再说牙口不好了，嚼着也嫌费劲。没想到他还惦记着。亲兄弟开口了，哪能不做？

中。

我就去和面，他随我到厨房，跟屁虫似的。我盛面，舀水，他拢着手看着，愣愣的，一脸呆相。

傻看啥？

我来和面吧。

他这么一说我倒想起来了，多少年前，他在白案上也是有点儿功夫的。

你还中？

他没搭腔，去洗手。我就把面案让出来，去街上买菜。买菜回来，再到厨房一看，老天爷，他和了满满一大盆面！

咋和恁多？

水跟面老弄不匀，就成这了。

我哭笑不得。手生就是这呀。

没成色！我骂他。

真没成色。他也说。他的脸上还沾了些面，有一点儿面还扑进了眼下的皱纹里。我的兄弟，他也老了。

我凑近他的脸：眼里咋红红的？哭了？为这还犯得着哭？

他有点儿不好意思地笑笑，出了厨房。

我揪出一小块面，开始忙活。一直等到面做好，端出来给他，他却只吃了大半碗。

一碗面都吃不了？

吃不动了，是真没成色了。他说。

今儿走不走？

走。

歇晌不歇？

不歇。

那你坐着，我去歇晌。

姐。

他叫我。我看他的样子，该是有事。

有事就说。

他从口袋里拿出一张银行卡：你拿着。

我有钱，不要你的。

他眼巴巴地看着我：不是给你的，是给小泽的。

那你给他。

你先替他收着。

也是，小泽是个有一块花两块的败家子，不能把啥都给他。我接过来。卡汗津津的，他是一直揣在手里的吗？

你咋不替他收着？我猛地想起了这茬。

现在这形势……你先拿着。

我只好拿着。

姐。他又喊。我觉得纳闷了。他从来没这么勤地喊过我。我又坐下来，看见他的手揣在口袋里，一动一动的。

还有啥事？

我想去坟看看。

不清明不寒食的，去坟干啥？我怪他。

心里难受。他说着，眼里憋起了泪花。

那去了不是更难受?! 我来了气，吵起他来。不论他在外头是个啥人物，在我这里，他就是我兄弟。我就是看不得他这种没成色的样儿。是，我也知道不容易。听说现在的形势紧，但凡是个官儿，都在担惊受怕。可在外头混世界，哪有容易的？哪能总是容你吃香喝辣耀武扬威？享得了福，就得受得了罪，堂堂一个男子大汉，哪能随随便便就把自己给打倒了?! 退一万步讲，就是你有了错，组织上要惩罚你，那你也得骨头硬硬地接着，这才是你的本分！

我就是用这些个话责骂着他，教育着他。他一声不吭地听着，泪花也没了。似乎是听了进去。

姐，你说得对。末了，他没有分辩一句话，乖乖巧巧地说。这倒把我的心给一下子说软了。我的泪掉了下来。

那，我走了。他说。

我就这么撵走了我的兄弟。听到他凶死的信儿，我脑子里蹿出好多过去的事儿。我打小就脾气暴，有一年过年，他哭闹着要穿新衣裳，我打他，打得屁股上红红的巴掌印儿，几天不散。"要有志气！"我跟他吼叫。那些年，家里事事不如意，总是低人一头：一是成分不好，二是我不争气。我的腿脚现在虽是看不出来什么了，那时候却还是很带样儿。三是他抽条迟，十岁时在同辈人里还是小个子。有了这几样短处，就有小孩子欺负他，编成曲子骂他："爹是厨子，姐是瘸子，地主崽子，是个孬子！"那些孩子们压着他的肩膀，让他弓起背，像骑马一样骑他。有一回，他一身土一手血印子回到家，憋着气不说话。我让他哭，他不哭。他说："我长大了要骑他们！骑死他们！"

爹说，人身体里有毒，就得排出来，不排出来，就会有病。人心里有毒，也得排出来，不排出来，也会有病。兴许就是从那时候起，他就有了想当官的心思吧，就成了官迷，就中了想当官的毒。官大一级压死人嘛。能多往上爬一层，就能多压一层人，一层一层这么上去，就会有瘾吧。可是，我的傻兄弟啊，人常说，挣钱多少是个够？你就不想想，官当多大是个够？你就是当个省长又能咋的？

不想了，想得头疼也想不透。

他死了以后，把他火化完，我和小泽把他的骨灰盒埋进了祖坟。我看到爹坟前的乱草都被仔仔细细地清理了一遍，才知道，他那天还是来了坟地。一个人。

他肯定也是想不透。要是想透了，他最后也不会走上那条路。

我的傻兄弟，说到底是个可怜人。如今他死了，最可怜的就是我傻侄子小泽。没爹没娘，我就是他的亲。他的大事，我得替他操着心。听他说谈了个对象，还住在了一块儿，我是喜忧参半。喜的是他有了伴儿就不那么孤单了，忧的是如今这世道横七竖八没个章程，对方也不知道是个什么面貌品格，可别闹出什么乱子才好。我有空就勤着往郑州跑，一心想见见那个姑娘。这一双昏花老眼穿针引线虽是不济，看人却还算是有些准头儿。

22 唐珠：认亲

正在上班，手机铃响，是金泽的短信：姑姑已到，尽快回家认亲。

心里一紧。终于来了。

该来的总会来。

在回去的路上，我不由自主地设计起来，该以何种面目出现。无厘头还是小清新？天真调还是淳朴派？或者干脆就混搭风？越想越多，越想越乱，打开钥匙开门的时候，脑子里还是一团糨糊。看来人生虽然如戏，却也不能太过设计。干脆心一横，反正她已经来了，反正我和金泽也不能长处，就随其自然到哪儿是哪儿吧。

照片上的小女孩子坐在客厅的沙发上，俨然已是接近老年的妇人。她膝上放着一件金泽的衬衣，正在缝扣子。手边是针线盒。我走过去问安，她停下手中的活计，对我微微点了点头。我们互相打量了一眼。她体态消瘦，头发灰白，举止安详，神态清冷。

打过了招呼，我便去洗澡，洗了很久。洗得越久，聊天的时间就会越短，这是一定的。走出卫生间，他们两个依然都在客厅里端坐，静静地看着电视。金泽看了我一眼，一副请君入瓮的架势。

只好过去坐下，陪聊。其实是回答角度多维语气微妙的各种问话。年龄、属相、祖籍、父母贵庚、兄弟姐妹几人、学历、学校、专业，和金泽认识的过程……面面俱到，事无巨细。看金泽时的表情是百分百的慈爱，看我时的表情就只是微笑，最多只有慈，绝对没有爱。就连慈也只在表面敷衍了事地飘散着，稳固的底色便是警惕和审慎。既是妈妈，又是老鹰。

去过太行吗？

没有。

什么时候我带你回去。金泽说。

好。

姑姑也很会做菜，到时候让姑姑秀一下手艺。

我可不会做啥菜。姑姑淡淡道。

不是自谦，而是回绝。这不是什么好兆头。

终于聊至十一点钟，我努力打出了一个哈欠，说去给姑姑收拾一下卧室。

已经收拾过了，谢谢。姑姑又淡淡道。

这么客气，也不是什么好兆头。不过，荒唐如我，即使有好兆头又能如何？再一想，以姑姑为理由，将来分手也多了一份借口，会分得更利落。那么此时的坏兆头，对将来倒是好兆头呢。

那，您去休息？

好。都歇着吧。姑姑说着便起身，起得有点儿慢。

如蒙大赦。我也站起身，去扶她。

您的腿脚……还挺好吧？

挺好。她说。突然着意看了我一眼：我的腿脚向来都好。

第二天下班，接我回去的时候，金泽的话少了许多，有些郁郁。

姑姑，她怎么说我？

说你不错呗。

骗人。我说：她对我很不满意，我能感觉得出来，她对我的第一眼就是不喜欢。

唉，在她老人家眼里，我再不成器也是天下第一好，她对哪个女孩子能满意？好菜慢慢做，好饭慢慢吃，我很自信，对付姑姑还是胜券在握的。小同志，迟饭是好饭，不要急呀。

滚，我才不急！

姑姑其实是对我更不放心，她总觉得我还是个孩子。

是不是觉得我很老成，怕你上了我的当？

胡扯。她可不知道为了勾搭你这个臭丫头，我费了多少心。他一下子把我揽在怀里：她只是说，看上去你的性情有些冷。

——冷。忽然想起，表白那天金泽便对我用了这个词，还有热。冷和热，他用这样的温度词语来分析我，真可谓别致。曾经的我是多么热啊。想做这个，想做那个，奇思妙想，兴致勃勃。待到世事看多，便渐渐冷却，却也并没有冷透，不过是时冷时热而已。碰到顺眼的人和遂心的事，会热一下或热一时，然后再度冷却……身体里的细胞似乎分成了冷热两大阵营，如同山的阴阳两面，阳面万物生长，阴面冰雪覆盖。虽然时不时会短兵相接厮打一番，但更多的时候是冷热两界分明，互不僭越，彼此对峙，秋毫无犯。常常地，热的这部分哗哗地投入着，冷的这部分静静地看着，看着，看着，直到热的部分也冷下去。

恕我直言，她老人家也挺冷的。我笑。

她多大？你多大？她能冷，你不能冷。他训斥着，又笑了：不过，没关系，时间长了，她一定会知道你有多热的。

我也默默地笑。被他抱在怀里，听着他的安慰，数着他的心跳，我蓦然有些游离。你这是在做什么呢？不但当了他的女朋友，还见了他的至亲长辈。那老太太还是你五十多年前的旧相识。这是作死的节奏吗？

过两天跟着我再去认一门亲吧。他忽然又说。

谁啊？

松爷。

去中牟的路上，金泽简约给我讲了松爷的事。说他是爷爷的师弟，都在"又一村"学过徒，松爷尤其学到了赵廷良的麻腐菜精髓。他的"麻腐海参"可谓一绝：先将绿豆粉芡用水化成糊备好，锅内兑入清汤，加盐、姜汁、料酒，待汤烧开后陆续倒入化好的粉芡，不停搅动至粉芡透明光润，之后将锅端离火口，徐徐注入芝麻酱搅匀，盛入汤盘内晾凉，片成大卧刀片，再与发好的海参片间隔着装入盘内，另将小磨油、盐水、料酒等兑成汁浇上即成。炎热的暑天，三五好友，把酒叙旧，食清凉可口的麻腐菜，深为惬意。

松爷的手艺不在老王爷之下。若不是后来摊上了事，名望自当和老王爷并驾齐驱。这事当事人自是鼎镬翻覆惊心动魄，但我听来也不过是一曲寻常的白云苍狗谣：1938 年 1 月，蒋介石在开封南关袁家花园以召开军事会议为名，诱捕韩复榘。松爷和两个师兄弟奉命去做菜，被军车接到禹王台。当时蒋介石及随行的国民党委员李宗仁、程潜、刘峙、宋哲元等军政要员吃了他们的菜都很满意，颇为风光。但这风光在解放后便成了隔夜菜，迅速变质，且被来回翻炒，几乎丧命，老爷子到八十年代末才渐渐被再次发掘起用，当过大豫饭店和中州大酒店的总厨。

亏得他还在，不然我不知道该找谁去。金泽说。他说松爷前几年得了一场病，味觉和嗅觉都已明显退化，不再做菜。不过到了他这个份儿上，已经不靠味觉和嗅觉了。松爷现在就是人菜合一。合到什么程度？即使隔着门听厨房里菜下油锅的响声就能判断出菜的成败。

在松爷那里，我第一次见到金泽的厨师穿戴。款式和一般的厨师服大致相同：白衣，小立领，长袖，双排扣。只是领口、袖口和帽檐上都镶了窄窄的黑白方格边儿，围裙也是黑白方格。整套衣服做工精细用料考究，既精神又俏皮。

好看吧？高端独家手工定制。

还真是会败家。

手艺要是不中用，衣裳越好看就越丢人。松爷说。

金泽悄悄地朝我做了个鬼脸。

这四合院一看就有些年头了。不知怎的，现在的四合院都是屋大院小，满当当里透着紧张局促。这院子倒还是屋小院大，是我久违的格局。青砖二层小楼，墙都有些被雨洗白了，显见得是二十世纪八九十年代落成的。金泽说这院子是松爷的老宅。想来也是，即使是在郑州远郊的中牟，若非老宅，以如今的行情，想有这样的院子也已是奢侈。

松爷坐在院子里晒太阳。他胖胖的，脸膛黑红，坐在那里就像一块可爱的红烧肉。院子里开着几垄菜畦，菜畦旁边还有一个小凉棚，凉棚下面是一台小水泵，旁边插着电源。金泽说，松爷家凡是和吃有关的东西都用这水：淘米、煮饭、洗菜、浇地。

这么讲究。我咂舌。

是太多人都太不讲究，就显得我讲究了。只是想用点儿可用的水，我这哪里可算得上讲究呢。松爷悠悠地说。

别理她，您老快给我上课，上课上课。金泽从后面搂住松爷的脖子撒娇。

松爷呵呵一笑：唉，咱爷俩儿，上啥课呢，就胡扯吧——

23 松爷：厨师课

我跟你爷那时候在"又一村"，才叫上课呢，苦上课。不，我们不指定跟哪个师傅。那时候"又一村"的风气，不是单个儿拜师学徒。徒弟是大家的徒弟，师傅是大家的师傅，这样不容易拉帮结派，也能多学多教。我们一帮小伙计先学宰杀，学物料分档，也就是分档取料。比如牛羊猪肉鸡，虽然都是肉，可一物是一物，物性各不同，它们每个部位的用法也都不一样，把它们按部位分解开，就是分档。我们最开始学着给鸡分档，鸡有十二个分档。脊肉不老不嫩，切丁合适。腿肉肉厚，切丁切块都合适。比起来里脊肉自然最嫩，切片切丝都是好的，斩茸也好……这些你都知道，不说了。学会分档后，一只鸡我很快就分得利利落落。后来学着给猪分档，学会后，一条猪后腿我一袋烟的工夫就能分好，那感觉老美。一袋烟多长时候？算起来也就是四五分钟吧。那时辰我就知道，做菜的享受可不是油锅里那几下，能把一个猪后腿利利落落地分好，那也是享受。

蔬菜也一样得分档。比如白菜。过去冬天没菜，白菜是主要的蔬菜，哪个厨师都得学会料理白菜。白菜帮、白菜叶和白菜心都得分开做。白菜帮做酸辣白菜、醋熘白菜、白菜炒肉片、白菜炒肉丝。白菜叶做白菜汤、白菜卷、白菜包肉。白菜心可金贵，有一道菜叫牛肉菜心。把牛肉切成很细的丝儿，白菜心拌进去，那就是上好的下酒菜。再比如芹菜。芹菜叶、芹菜秆和芹菜心都怎么做？芹菜叶是蒸的，芹菜秆是炒肉片、炒肉丝。芹菜心嘛，也是生拌最好。这些过去都分得一清二楚。现在可多饭店都不管了，都是不分青红皂白，一剥一剁就下锅啦。

食材长成不容易，都是天地精华雨露滋润的东西，得爱惜。分档就是教我们对食材要用尽，要用透。用尽用透了，这就是爱惜——个头儿过大，过于稀罕，或者看起来奇形怪状的，却不宜吃。比如鱼长到了上百斤，老鳖长得太有年头，身上都有绿毛了，这些就不能吃。这些东西都是成精的，不能吃——黄瓜皮，你爷爷把它剁碎，挤出汁儿，再和鸡肉配到一起，做成青果鸡，好看又好吃。茄子都做茄子肉，谁做茄子皮？你爷爷做。他把茄子皮切成象眼块，拖面勾芡油炸，然后搁笼焖蒸，做出来让大家伙儿尝，都说好吃，都不知道是啥东西。你爷爷还做茄子腿——就是包茄子底座那一块，茄子蒂，再带上那个柄。过去这一块也是舍不得扔的，要切碎，炒菜吃。它还是一味中药，治背疮病毒。咋做？我看村里的郎中做过，就是把它晒干，在锅里焙得焦黄，冷下来，再研成细末。人一生疮，就把它拌成稀糊，涂在疮上，七天就好了。不过制成药就不叫茄子腿了，我听见郎中叫它"天丹散"。

现在要找到好食材，可是不容易。人多，想要高产量，就要想办法，就有了大棚、化肥什么的，拔苗助长让它长大。现在的人也古怪，就爱吃奇巧新鲜，冬天的菜非要夏天吃，夏天的菜非要冬天吃，哪还分个春夏秋冬？还觉得这可好。说到底，吃菜还是要吃时令菜，时令菜就得在田里野长，比如白菜萝卜，它就是冬天长的，味道正，有营养，也价廉物美，叫人人吃得起，人人活得起，这是上天公平的地方，仁厚的地方，这就是自然法则，这就是天道天规。

人得守这天道天规，不能违反。你要是违反就得受罚，就有报应。所以，人定胜天，这咋可能呢？肯定不对。在有些事上人可以和自然斗一斗，咱们的很多科学发明都是斗争的结果，但是在大的方面，是不能和自然斗的，要守它，不然失败的肯定是人。就说吃吧，你要是乱吃乱喝，就是会得怪病。比如猪肉，猪肉就是要吃肥的，肥猪肥猪嘛，肥肉才好。你硬要吃瘦肉的，好吧，瘦肉精来了。牛羊肉呢就该吃瘦的，你非得吃啥小肥牛小肥羊，好吧，复合肉来了。再好的面擀的面条它的筋道也有个度，你硬要它筋道得扯拉不断，好吧，蓬灰来了……老天爷不会那么听你的话，你硬拗就是会有报应，还是让你搬起石头砸自己的脚，自己报应自己。

......

滑县的葱、中牟的蒜、博爱的姜，这些都是好食材。这些东西长得好，自然是得力于水土。水咸土甘生万物嘛。也是得力于风候好。说起来都知道有二十四节气，有多少人不知道还有七十二风候咧。庄稼不能光靠太阳雨露，还得有风，有风的营养——别看风空来空去的，它可是有大营养的！尤其是瓜果。如果种瓜果不透风，那肯定完蛋。所以种葡萄、西红柿、黄瓜什么的，都要搭架子让风刮过去。风跟风还不一样。院墙里的风，村子里的风，城市里的风，平原上的风，山沟里的风，结出的瓜果肯定两样。海边的风，河边的风，湖边的风也都有各自的脾气，它们养出的东西也都带着它们的脾气。这就叫风候。常听人说啥饮食科学呀，饮食文化呀，要我说，这就是科学，大科学。这也是文化，大文化。听说人家法国的厨师归文化部管，我觉得这太对了。咱们的？归劳动部。

玄？对我们这些内行人来说，一点儿也不玄。鱼翅鲍鱼这一类的干海货，我一摸一捏就知道这货是秋天收的还是冬天收的，是好还是赖，发了以后能出多少菜。当然，这是基本功。没有这点儿基本功还当厨师？这基本功也不是多难练，多经见一下啥都有了，这些东西自己都带着一方的味儿呢，它们往这一放，都带着一份明明白白的说明书呢，这说明书不是用字写的，就是让你下功夫来念的。就说黄河鲤鱼吧。咱们豫菜离不了黄河鲤鱼。按说鲤鱼就罢了，为啥非得讲究个黄河鲤鱼呢？这里面说头儿多了。没错，湖里也有鲤鱼，池塘里也有鲤鱼，可是我跟你说，鲤鱼还是黄河鲤鱼最好。一说："鸡吃谷豆鱼吃四"，这说的是池鲤。四是四月，就是春天。开春了，天暖了，池塘里能吃的小玩意儿多了，鲤鱼就开始活泛了。为了生养就开始大吃二喝，自然就肥了。到了四月，那肉厚味美是不用提了。湖是大池塘，地气足，水质肥，养分大，比池鲤就要好吃一层。又一说："瓜熟鲤鱼肥"，这说的是一般的河鲤。一般河鲤是六七月的好吃。夏天雨水勤，雨水冲着树叶、草籽进了河里，成了鱼们的好吃食，它们的膘就唰唰地长，没几天就是一道好菜。还有一说是"十月鲤，鲤上鲤"，这说的就是黄河鲤鱼。黄河原本就水流量大，含氧量高，到了秋季，黄河还容易涨水，水一涨，大水把两岸的杂草一淹，鱼在草里，就像进了大粮仓，那可是自在透了。秋天水也寒哪，为了顶冷，也为了储备冬天的营养，鲤鱼那是拼命地吃啊，吃啊……鲤鱼是两年熟，头一年的鱼苗到第二年的秋天正好长成一斤多重，一尺左右，这个时候，哪能不好吃呢？最好吃。"鲤吃一尺，鲫吃八寸"，这句话就是这么来的。还有一句：同是一斤多重的十月黄河鲤，雄鲤鱼味道要比雌鲤鱼好。为啥？雄鲤鱼不养孩子不分心，一门心思长自己个儿啊。

咱们豫菜的地位？那可是各菜系之母。都说豫菜很落后，数不着。还有豫菜吗？常有人这么问。这话问的，唉。八大菜系里，你想想，有东有西有南有北，能没有中吗？古人爱说南蛮、北胡、东夷、西狄，你听听这些名头，中原可不就是最核心的那个点儿嘛。所以，饮食的根儿肯定也是中原。不客气地说，中国整个饮食的萌芽期、发展期、形成期和繁盛期都是在中原完成的。豫菜的起源，就是宫廷菜。中国八大古都，河南占了四个。郑州时间短，就不说了。其他三个，安阳是七朝古都，开封是七朝古都，洛阳是九朝古都，光洛阳当都城就一千五百年！你想想，这些个朝廷往民间流传些宫廷菜，是多么顺便的事儿。

咱们中原，好地方啊。首先是咱们的物产丰富。不仅是只有大平原，咱们也有山有水，山是太行、王屋、伏牛、桐柏，还有秦岭余脉。水呢，别的不说，仅是古代四渎里，咱们就有三条：黄河、淮河和济水。所以山珍水产样样都来。食材丰富了，饮食也就好发展。因为交通便利，咱们的经济贸易也很发达，手工业也就发展得快。饮食的发展和手工业的发展也密切相关，比如有了冶铁后，就开始有了刀和锅，就有了刀法和炒制。你知道吗？厨师们的技能在炒之前就是炖啊、煮啊、烧啊、烤啊、炙啊，有了冶铁以后才开始了炒。有食材也有工具，再加上咱们那么多地方都当过都城，宫廷贵族引领的餐饮层次很高，九鼎八簋这些规矩都是从咱们这里立起来的。各国来使也在咱们这里朝贡，带来很多稀罕东西，所以咱们的厨师见识多，经验多，就汇总和创造了很多技法，饮食就越来越发达。尤其是到了宋朝，国力强盛，民众富裕，上下都很会享受，没了宵禁，有了夜市，放开了酒，这可不得了了。在那以前，酒是官卖的，酒是酒馆，饭是饭馆，各开各的，两不相干。酒和饭一放到一起卖，饮食就受到了很大的刺激，就更厉害了。

北宋南移以后，中原饮食的影响力才慢慢弱下来，淡泊了。中原逐鹿，仗打得勤。你看史书就知道，咱们这块地方的人就是韭菜，打一次仗就割一茬。有本事的人家，能养得起车马的就都跑了，这一跑，就把咱们豫菜带到了全国各处。就说粤菜吧，现在都说它多好多好，可是宋朝以前，广东还是个发配充军的地方呢，哪里能谈得上菜？如果不是中原一批又一批人到了广东，广东菜不可能有现在这个样子。可以说，咱们河南人走到哪里，就把豫菜带到了哪里。以豫菜为基础，人慢慢适应着当地的水土，菜的口味也慢慢被改良着，就有了如今的南甜、北咸、东酸、西辣。

豫菜嘛，甘而不浓，酸而不酷，咸而不涩，辛而不烈，淡而不薄，香而不腻……你别笑。豫菜做到了功夫，就是这么好。没特点？不，咱们有特点，咱们的特点就是甘草在中药里的作用，五味调和，知味适中。所以内行常说，吃在广东，味在四川，调和在中原——提起川菜，我就想叹气。现在的人整天说吃，却不会吃。吃得没有品位，没有滋味，也没有营养。很简单的，你放眼去看，满大街餐馆里都是麻辣，麻辣几乎就是第一味。这还能说会吃吗？麻？啥叫麻？介于疼和痒之间的，这叫麻。那是最难受的味道。说穿了，麻就是让你木的。所以医生用麻药止疼。是啥辣？是疼和烧之间的味道，就是刺激人不好受的。麻辣自古都是辅味，不能当主味。现在可好，都拿这些东西当主味了。还有的厨师就以为四川菜讲究的就是个麻辣，这就是外行话。真正的四川菜，百分之六十以上的都不是麻辣，一桌能有两个麻辣菜就不错了。

人心粗了，就吃不细了。

豫菜的关键？就是汤。这是豫菜的命根子。唱戏的腔，厨师的汤。有汤开张，无汤打烊。在咱们这儿，一个厨师不会吊汤，哪儿还能叫厨师？只能叫伙夫！为啥都得会吊汤？这得从海鲜说起。海鲜咱中原没有鲜的，只有干货。想把干货做好，就需要好汤入味，汤就成了豫菜的鲜味之源。豫菜吊汤是用老母鸡和肘子，三洗三滚三撇沫，先熬毛汤，一部分毛汤通过扫汤来得清汤，另一部分毛汤再加进棒骨来熬奶汤。用奶汤的料渣加水再熬，得二汤。清汤可以做开水白菜、清汤竹荪和酸辣乌鱼蛋汤。奶汤用来做奶汤广肚和奶汤蒲菜。二汤用来烧家常菜。最好的清汤叫"浓后淡"，看起来就像是一碗白开水。端上桌的时候，没见过的人都以为是涮勺子的水。但是，尝上一口你就知道了，这就是好清汤。好清汤有个说法，叫"清澈见底，不见油花"，好奶汤也有一个说法，叫"浓如牛奶，滑香挂齿"。

吊汤的味儿是什么味儿？所有的好汤，你喝了以后跟喝老酒一样，醇。你先用舌尖儿品，舌尖是尝味道的。然后汤就到了咽喉部，咽喉部是找感觉的。舌尖让你知道咸甜酸辣苦，但是真是找感觉，就是在咽喉。好茶，好菜，好饭，这些好东西到了咽喉部，都能把喉咙打开，都是能回甘的。

现在的汤吊得都不如以前了。一是猪肉不好了，二是老母鸡也难找了。过去的老母鸡，两三个小时都熬不烂，现在你把鸡切成块，一焯水二三十分钟就熟了——都是饲料鸡呀。想要真材实料的老母鸡也不是不行，你得去村里收。平日里自家吃，收个一只两只还行，饭店整天这么用，去哪里收那么多鸡呀？得多少人下去收呀？成本得多高呀？不现实。

食材不中，厨师水平再高也得往下落点儿。不过话说回来，纵使食材一般，要是厨师手艺好，也不至于把菜做得太差劲。如今为啥那么多人做的菜放不到正经桌面上？因为手艺不中。手艺不中可是最要命，能把上等食材做成中等，中等食材做成垃圾。

我学吊汤，就是在"又一村"。"又一村"的规矩，学徒先是几年分档，再是几年打荷，然后才能上灶吊汤和炒菜。我只在"又一村"挨过一回打，也是因为吊汤。那时候我已经学会吊汤了，被师傅们也夸过，想着自己快熬出来了，就有些马虎起来，觉得这也没什么大不了的。有天夜里，饭店不远处有一门大户人家给老太太祝寿，请了戏班子在门口吹唱。我是个戏迷，一边在厨房里忙活，一边听着外头的热闹，心里跟猫抓一样。我把水添满，烧开，把熬料放进去，看锅里的汤大开了，从炉膛里撤了几根劈柴，把火改小，锅盖半开，就偷偷溜了出去。这一看不打紧，就把汤忘得一干二净。是值班的赵师傅揪着我的耳朵把我从人群中拽回去的。那汤熬的，不能看啊。赵师傅一巴掌就掴到我的脸上，说："不下功夫，汤就不能熬到劲儿。非得叫你长长记性，叫你知道啥叫规矩！"那一晚我可没睡，从头去熬。整熬了一夜，熬了四大盆毛汤，两大盆清汤，一大盆奶汤。

打荷也可要紧，能学不少东西。我跟你说，厨房里的杂活儿，什么都得学会干，也什么都得干得好。咱这一行就是个勤行——勤快行当，不能手懒。即便你立志要当个最了不得的厨师，你也得有好手给你打荷，你要是不懂打荷，他可怎么服你呢，你可怎么调理人家呢？

……

说起来都是些老话，家常话，都没啥。不是老提什么传统吗？我说的就都是些传统。传统不看花活儿，越是传统越不看那些花活儿，越对手艺重视。都说咱们厨师就是"金手银胳膊"，所谓的"金手银胳膊"，就是手艺。手艺是啥？就是技术，就是基本功。现在的很多厨师都走偏了，不钻研技术，就知道搞公关，搞策划，要打造这个，打造那个……不是金手银胳膊了，成了金嗓银喉咙。有的还一门心思想当官——我眼看着你爸爸走的就是那条路。人和人的心性不一样，活法也不一样。有的人一当官，不但觉得丢了专业不可惜，甚至恨不得越丢越远。他觉得自己的专业说起来可丢人，就想洗干净，恨不得人家都不知道……不过有意思的是，他们退休后又回头去吃技术饭，纷纷去当什么技术顾问啦。

唉，你爸爸！想起你爸爸的事我心里就难受，他做菜也是有灵气的，是祖师爷赏饭吃的——哪一行都是这，有灵气的就是祖师爷赏饭吃，没灵气的就是自己到祖师爷那里求饭吃。咱们这一行，有的活儿能练，切菜配菜什么的这些能练。有的活儿不能练，比如火候和拿味儿。有的人做了一辈子厨师，这些就是不行。你这孩子，火候把得准，拿味儿拿得准，这就是祖师爷赏饭吃——你爸爸，他做菜做得好好的，不知怎么动了心思，就当了那个后勤科科长，这一当科长尝到了管人的甜头，就坏了，就想往上再走走，为这宁可把专业丢了。理解，我理解。咋能不理解呢？中国嘛，自古当官才是人上人。你爸爸他再有灵气，他就是觉得当官过瘾，就是觉得管人的快乐超过了炒菜的快乐，就是觉得管人的体面超过了炒菜的体面，这也没办法。你爷爷和我都心疼的是，他把手艺给扔了，越扔越远。他咋没想明白：你为什么能当上官？是因为你专业好！专业好，这才是你的贵重之处，这才是你的根本。当官能成为根本吗？可是这世上的事就是这啊。人一当上官就容易忘本，就容易把官当成了本——不过，或许在你爸爸的想法里，官就是本吧。

当年你爸爸为了进步，求你爷爷去说人情。你爷爷虽然不情愿，到底还是顺了他的意，你爷爷对我说，他当年只对你爸爸说了一句话，说：你一定要把我这点儿薄面擀顿面条吃，那你就擀吧，只要你吃了不闹肚子就成。可到后来，你爸爸他还是闹了肚子不是？

不说这个了。过去了，不说了。

……

想想真有意思。饭菜这东西，只要你做得好，就什么人都爱吃。不论什么朝代，不论谁当皇帝谁当领导，大米还是这么蒸才好吃，面条也还得这么擀才好吃。因为舌头牙齿它撒不了谎，骗不了人。所以我跟你说，技术饭是最经吃的，是能吃一辈子的，是吃一辈子也不会倒胃口的，是越吃越香的。所以啊，第一要紧的就是练基本功，这个基本功就是打太极拳的时候你扎的那个下盘，下盘扎得稳稳的你才能固根行气，上盘的花活儿也才耍得开。可是这个行当的孩子们现在谁还认这个？懒，省事，光想巧宗。

你认？我知道。你要是不认就不来找我了。你就说锅烧肘子吧，会的人是越来越少了。为啥？锅烧太麻烦。现在都是扣肘子和扒肘子——我跟你说，现在街上卖的都不叫肘子，都叫蹄髈。骨头都不剔都叫肘子，还真是好意思——锅烧肘子是什么？一定得是前肘，剔好骨，先把猪皮烧一烧，毛根儿刮净……一点儿小路都不能走，做出来的菜才是那个味儿。还有黄河鲤鱼焙面的焙面，焙面以前都是用手擀的，擀得薄薄的，然后再切丝，炸得酥脆。那面成以后，晶莹透亮，细可穿针，点火就着，入口即化。现在没有人擀了，都是直接拉。拉比擀易呀。可拉和擀，能一样吗？再说狮子头。狮子头看着好做，要做好可不简单。先把肥四瘦六的五花肉切成石榴籽大小，形状均匀，不粘不连，再加入南荠丁和蟹黄，加鸡蛋、粉芡、盐和胡椒等调味，然后用筷子摔打成剂，再烧开高汤生汆，这样一道狮子头，没有两个钟头做不下来。这样做出来的狮子头也才醇厚不腻，酥嫩入口。有个老主顾，喜欢你爷爷做的狮子头，得了重病，临死前两天医生说他想吃啥就吃啥，他就让人捎话给你爷爷，说：想让王爷再给他摔个狮子头吃。你爷爷就给他摔了个狮子头。他这走得就圆满了。

要说咱们这个行当，可算是上不着天、下不着地的。怎么讲？你想做好事，一碗粥就救人命。你想做坏事，你也能给人下毒，把坏事做绝。最低标准，你把饭做熟就行。如果你想求高，你不想只做饭，你还想把饭做成美食，那你得一辈子努力。学识上，技艺上，你就去下功夫吧。艺无止境嘛。你想做得大，就开成麦当劳连锁的那样，甚至一道招牌菜，比如卖个乡村鸡，你一年都能卖上亿。你要想做得小，那就只做一家，慢慢琢磨，慢慢研究。你要做得短，今天开门明天关，也是常事。你想做得长，那也由着你。只要你功夫到了，坚持下来了，这条路，你想走多远就能走多远，想走多长就能走多长。东来顺、狗不理，都够长的吧。就说"又一村"，日本人来了，把饭馆炸塌了，灶房只剩下半个了。要摘牌子关门，老客户们不让，说得留着。日本人走了，它就又开。后来国民党来了，也开，共产党来了，还得开。到了现在，虽然菜不中了，靠着这个名头，还能一年一年地养人。

……

今儿就到这儿吧。我动手是不中了，上课也就是说说这些老话，将来耍啥花活儿那是你自己的事儿，我能跟说的，就是这点儿传统。唉，你这孩子，给我磕啥头呀？别拜我，来来来，拜伊尹吧。这是厨圣，咱厨行的神仙。他还是药神哩。中医熬药是他发明的。我不管别人信不信他——也管不了别人的事——反正我信他。你投到我这儿来了，你也得信。你爷要在，也得让你信。

好了，起来吧。今儿就到这儿吧，就到这儿。我这把老骨头一年半载地散不了，咱们还能说好些回话儿呢。

24 唐珠：梦里也知身是客

　　墙壁甜蜜，地板甜蜜，电脑开机的提示音甜蜜，电视里的广告甜蜜，连厨房里的油烟味儿都甜蜜……情意臻浓的时候，就是这样的感觉吧？老房子里的一切似乎都是甜蜜的。这房子，它简直成了个糖果房。进得门来，这房子里只有我和他，只要不做菜不读书，他动辄便亲吻拥抱，把我们的二人世界搅成一团糖浆。好不容易腻缠结束，道了晚安，各处一室，他去餐厅倒水喝，也会再敲敲我的门。

　　睡了没？

　　没。

　　再说会儿话呗。

　　你有聊天饥渴症呀。

　　对，这病得你治。

　　先给五百万。

　　没钱，卖身好不好？

　　呸。

　　或者会发短信：

　　睡了没？

　　睡了。

你这是梦回复？

是。

梦里来见个面儿呗。

不。

……

黑暗中，我微笑睡去。

其实梦里还真没少见面。曾梦见大雪天里，我饿得不行，他突然递过来一个热乎乎的馒头，我拿过来就吃。他看着我狼吞虎咽，笑嘻嘻道："吃了我们家的东西，就来给我们家当媳妇儿吧。"我眼看着他一点点儿变小，心想，他这么小，我这么老，可怎么给他当媳妇儿呢。正愁着，就醒了。

还曾梦见和他在大雾中行走。能见度极低，简直一步路都看不到，寸步难行。他却很有方向感似的，大踏步地走着。我一边心怀恐惧一边又渐渐无所谓起来，想着反正是跟他在一起，没什么好怕的。走着走着，他突然停下来，说大雾对你的病好不好？我说只要不是雾霾就好。他说那就浴雾吧。我说那你呢，他坏坏地一笑，说我跟你一起呀，省得你说我看你裸体吃亏，你也看我的吧。说着就很利落地脱掉了衣服，我就傻在那里看他脱得一丝不挂。作为一枚千年老处女，虽然不曾和男人交合，却也因各种机缘目睹过一些男人的裸体，我得承认，数他最好看，还有他的他。在一片黑色的丛林里，他的它骄傲昂首，强健挺立。他孩子一般坦荡无邪地看着我说，丫头，来吧。我站着没动，他就上来帮我脱衣服，我也任他脱着，他几乎是在抱着我脱。他的它不时会碰触到我的小腹、我的大腿，圆端硕大光洁，柱体坚硬灼热……突然间，我的身体失去了平衡，眼看要摔倒，就醒了。

还曾梦见跟他在旷野里闲逛，他给我指着这个野菜那个野菜，突然前面有炊烟袅袅升起，他静下来嗅了嗅味道，大叫道："爷爷！

爷爷！"然后一把拉住我，往前狂奔。我边随着他跑边寻思，爷爷是亡故之人，亡故之人再现就是神灵，神灵都是认得妖异的，他老人家要是认出我是个妖异来可怎么办？不，绝不能过去。可是，我是妖异吗？好像也不能算。那不妨让他认一认，若他认不出我来，我就不能算做妖异，我和金泽也就成了吧。可是，成了又能怎么样呢……

"梦里不知身是客"，这是李煜。我却常常"梦里也知身是客"。于是每次梦到他，第二天再见面，我都想拿捏出一点儿"客"的矜持，他却愈发频繁地腻歪起来。门厅、厨房、卫生间、阳台，无论在哪里见面，他都要抱一下，吻一下。我若是不挣脱，他随时都能趁机把这些小亲密无限延长，而我也一次比一次犹疑地沉溺其间。他的气息，他的干净的男人的气息，真是好闻，好闻极了……我快成花痴了吧。

给他吧！

给他吧！！

给他吧！！！

……

每当一个念头澎湃而起，另一种念头也会后浪推前浪，潮涌而来，直至浪花拍打到滩岸的礁石上，发出冰凉的轰鸣：

然后呢？

我会死。

这简直是一定的。

我一点儿都不怀疑锦盒无题诗的绝对权威。经过这么多年的验证，除了不曾实践的后一句半，前两句半都准得不能再准。而这后一句半里，"若出体外归常人"最是虚无缥缈。谁能料到这颗神神道道的珠子会在什么时候又会以什么方式溜达出我的体外呢？不可预知，无从掌控，只能弃之不虑。那么唯一有意义的其实就剩下了那半句

"失即死"。

"失即死"。看看这三个字吧,多么言简意赅,不容置疑,简直可以翻译成另外三个字:杀无赦。

怎样才算是"即死"呢?古人的语言没有明确标准,常常是泛指或者虚指,弹性很大,一天,两天,八天,十天,或者迁延一年两年,都算是。总之很快就是了。完全可以想象得到,在我"即死"的时候,这场原本很像个样子的爱情,就会转性沦为一部虎头蛇尾的滑稽戏。面对速枯速萎速朽速灭的我,金泽又会多么恐惧、懊悔甚至嫌恶:怎么会碰到这么一个怪女人呢?怎么做一次爱就会死呢?真是倒了血霉啊。

所以不要。坚决不要。

也因此,简直是故意似的,每次和他卿卿我我的时候,我都竭力让自己分神,去回想那些有过交集的男人:那拉提草原上把我抱在马背上的少年,强劲的心跳如同热烈的小鼓;乡间的油灯下教我做衣服的小裁缝,他小心翼翼地丈量我的腰身,含情脉脉的温柔仿佛手中的软尺;一个体毛浓重的东北男人,他吻向我的时候,鼻息好似一个小型的风箱……他们的影像如电影胶片一样在我面前一帧一帧地闪动。我告诉自己:眼前的金泽,终有一天会成为他们之一,成为过客。

可是,无用。在金泽浓酽的气息中,我的分神总是很快失效,男人们的面容和神情总是很快弥散。事情的幽微之处也在于此:越刻意,越意味着艰难。因为这个正在进行时的过客,终究还是异于那些已经成为回忆的过客。那些过客走的是先近后远的直线,而眼前这一位走的却是徘徊往复的环线,他一圈圈地绕着我,越缠越紧。

那一天,在他的房间里,我们一起歪在床上看视频,看着看着两人就在床上纠缠起来——在床上纠缠可是太方便了,我几乎缴械投降。几乎。

可以吗？

不可以。我暗暗掐着自己的大腿，努力掐疼：不可以。

你没有过，是吧？

嗯。

很害怕？

嗯。

他紧紧地抱着我，抚摸着我的头发。

怕疼？

嗯。

我会很小心的。很小心。

这傻瓜。他怎么能想到呢，我怕的根本不是疼。

我有经验。我的技术，还不错。

我看着他。他窘迫起来。

其实也没多少经验……你不是嫌弃我有经验吧？我不纯洁了，不是处男了。你为这个嫌我脏吗？

我在他的怀里拱动着，想拱到他怀抱的最深处。真可爱啊。什么处男不处男，这一点儿都不重要。在我的心目中，他就是处男，最纯洁最纯洁的处男。

很难受。他说。也更紧地抱着我。他的它在我的小腹处，隔着一层布也能感受到它的硬热。

亲爱的人啊，亲爱的人。

是不是怕怀孕？他低喃。

我摇头。呵，孩子。我从没有想象过我会有孩子。我不可能有孩子。我早已为自己注定，不会有那种拖儿带女油盐酱醋同时也是血肉相融镂筋刻骨的生活。

你，还是嫌我脏吧。

怎么会呢？怎么会脏呢？他这样的男人，有过多少情史都不脏，和再多的女人上过床都不脏。一个人脏不脏，和上床这件事没什么关系。

没错，我之前泡了很多妞，不过这也不全是我的错。谁让你出现得这么晚呢？

没有比这更混账的责怪了吧，可是我喜欢听。

其实，也许……我以往的经验累积，都是为你准备的。

我默默地笑。这傻孩子。

嘲笑我？他撒娇着恼怒：你要是嫌我，我就还去找别人。

好啊，你去。

他松开我，坐起来。

真这么想？这么大方？

那怎么办？反正我不行。

我会负责的。他说。

我知道。可我，就是不行。

好吧，我等着。等到你行的时候。

他委屈着，有些楚楚可怜。这个笨蛋，这个笨蛋啊。忽然有些放弃地想，若他用强，我便半推半就，遂他也可。这条冗长的命已经活得太过贪婪，结束在他这里，也称得上是善终吧。

你，一定得等我说行吗？

那当然。可以主动，但绝不能勉强。对女生，我的原则向来如此。他脸上的线条骄傲，语调自持，可恨又可爱。——我承认，还是可爱的比重更大，大得多。虽然越可爱就越遥远。

要是有一天我突然不见了，你还会等我吗？这个问题，一直很想问他。

不喜欢假设。

别逃避问题。

这只是虚拟问题。

虚拟问题所面对的，可是真实态度。

懒得理你。

不过是个虚拟问题，就让某人不敢正视了。也是，古往今来的傻女人多了去了，男人死了，男人不要她了，她还熬啊熬啊熬的，几年十几年几十年地熬，有几个男人能做得到？

他慢慢松开我：那些熬着的女人，有几个心甘情愿？你，为什么要比这个？

我在心里捶了自己一拳。没错，真是油脂蒙了心，干吗要比这个呢？

好吧，我正视。他说：会等，但到底能等多久，我对自己心里也没底儿。很可能我等了三年五年就等不下去了，可是我愿意去做最大的努力，行吗？

我深深地埋在他的怀里，深深地嗅着他的体息。

有点儿明白了。你呢，是既不想和我做，也不想让别人和我做。总的意思就是我不能做。可是我再怎么表态，你也不会放心。喂，是不是我自宫成太监你才会百分百满意？才不会这么找碴儿挑理儿？他再度把我紧紧抱住，轻哂。

哈，太监。一百多年前，我曾在北京海淀暂住过一些时日，正赶上大清王朝破产，最后一批太监离开宫廷，我有幸碰到过一个。他当时有三十来岁，攒了不少金银珠宝，几番交集后对我很有诚意，人看着也很和善。可是，一个太监的诚意，还是算了吧。

有算命的给我算过，说我一和男人做，就会死。我说：他算得很准的。

我看着他的脸，密切地捕捉着他的表情。这个话题听起来像个笑话，可我不允许他把它看成一个笑话，因为这个话题设置的陷阱深处，有着壁立千仞的峻峭背景。

原来是这样。他还是笑了：你很信，是吗？

对。

看把你给吓的。他摸着我的脸：吃过松露吗？

没有。

回头买到好松露，一定做给你吃。

好。我有点儿晕。怎么就岔到松露上面了呢？我在他眼里就这么爱吃？用吃一哄就好了吗？

所有的菌类都是地上长的，只有松露在地下长，人看不到，不过它自有天敌，比如猪。猪能对付松露，能把松露从地下拱出来，所以松露还有一个名字，叫猪拱菌。他一笑：不过，得是母猪。

他这么一说我倒是想了起来，猪拱菌我倒是吃过的，两百多年前吧。

知道松露为什么需要母猪拱吗？现代科技研究说，松露含有雄性激素，所以只有母猪拱才行。在法国，他们的松露用的是鹅和狗，当然是母鹅和母狗。你说奇妙不奇妙？

哦。这真的是很奇妙。

四时阴阳者，万物之根本也。这是《黄帝内经》的话。男女也是万物里的阴阳，是阴阳就得交合，这是天意，也是人道。所以，别怕，没那么可怕。它是……很享受的一件事。这种享受，你只有做了才会知道。

饮食男女，人之大欲。我怎么会不懂呢？越是懂，他的谆谆教诲就越是可爱——他的一切都那么可爱。可是我不能沉陷于这可爱。我用眼角的余光看着墙角，那个逼仄的死角。

如果和你一做，我真的死了——我是说真的，真的——那你会怎么样？

他盯着我的脸，很久。

我没想过。他说。

这不是我喜欢的回答，可这个回答是诚实的，我知道。而我的问题在他看来太过荒唐，所以他更不喜欢，这个我也知道。

25 赵耀：谈判

沟赵、古荥、桃花峪……回太行的这条路，早年间跟着金局的时候，不知道跑过多少趟。从一般的省道到后来的高速公路，从三个多小时车程减至一个多小时车程，从桑塔纳两千换成现在的"揽胜"，今天再走，恍若隔世。这么多年过去，居然还是断不了和金家的纠葛，这是命吧？

金局死的时候，他的葬礼我没有参加。殡仪馆和坟地都没去。和他交往这么多年，我知道有人会说我薄情。管他呢，谁爱说什么就说吧，只要有力气，尽管去说。——有人问到脸上，我也有话回他们：正因为交往这么多年，我才更不能去送他。我悲恸欲绝，没心力去送。

今天农历十月初一，我特地回去，给他上坟，送寒衣。之所以捏着鼻子给死人来这么一出，自然是为了演给活人看。在这个显情显义的场域，说事应该会比较容易出效果。没办法，既然唐珠那个丫头死活不上架子，以她为主的低成本方案也只好暂时搁置。这个小丫头，虽然是个水晶心肝玻璃人儿，在这事儿上却真够不透气儿。她难道不明白吗？如果答应跟我合作，一旦找到了那个东西，她就掐住了我的脖子，掌握了绝对的主动权，以后的日子肯定是锦衣玉食。当然，被她掐住脖子，那滋味肯定也很难受。不过，与其被一个死人不知何时何地以何种方式掐住了脖子，我宁可被一个确定的活人掐住脖子，尤其是她。她那么小的手，我知道她没力气把我掐死。

有点儿遗憾。却也不是特别遗憾。还真是奇怪，她这种拒绝的态度，明明不是我想要的，我遂不了心，应该觉得失望才是，可为什么还会觉得隐隐的欣慰？莫不是在我的内心深处，一直期待的就是她的拒绝？拒绝和我合作的她，才是我理想中的她？

挺糊涂的。不想她了。今天，且让我用重金砸一下这个落魄的官二代，看看这位曾经挥金如土的少爷还留有多少清傲。

远远地，看见了金家坟，金泽正在坟前烧纸。我停好车，拎着两大袋子供品和纸钱，斜穿过田野，走到金泽身边。金泽看了我一眼，没起身，我蹲下去，摆供，烧纸，磕头。欲起身的时候，金泽拉了我一把。

这就对了。这该是孝子做的事。

你怎么来了？

一直想来的。在心里也来过很多次了。我掏出烟，然后给他一颗：最近日子怎么样？

还行。

到车上坐会儿？

不了。还要等姑姑，她一会儿就来了。

我就和他在那里站着。忽然想，就在金局的坟前谈判，倒也合适。

那就说吧。

我说起了那个东西，那个我最不想说却又不得不说的东西，那个我耿耿于怀却又不得不于怀的东西，那个真切存在却又不见踪影的东西。

那个东西，具体是什么内容，你清楚吗？

既然到了如此地步，那也没什么好犹疑的，我一五一十地告诉了他。

爸爸这么做的目的，到底是什么？

我哑然失笑。目的？当然是为了敲诈我，好让你子承父业地享受不当之利。但是，当着他的面儿，我还不能这么说。

天下父母心吧。肯定是为了你好。我说：以我的推断，他无非就是想给你留下一份能让你吃得长久的分红，也许他既是怕你自尊心太强，不好接受，也怕我觉悟太低，舍不得给你，所以才……其实他多虑了。说实话，他对我的不信任挺让我意外的。这都多少年的交情了，他就是不这么做，我肯定也不会亏待你。

我长叹一声：不能完全让他信任我，这真是我做人的失败啊。

金泽不说话，铁青着脸。

早些时候之所以没告诉你，是因为面对这么复杂的事，怕你有心理压力。其实我很想悄悄找出来处理掉，让你轻轻松松地享受爸爸留下来的福利。

东西我没见过。金泽终于说。

这个我知道。你要是见了，能不告诉我吗？

钱，我也不会要。

什么意思？

不是我该得的，我不要，我不想不劳而获。就是这个意思。他看着面前的田野，目光似乎很远：我再爱财也要取之有道。就是这个意思。

可是你的卡，一直在收着钱呢。

哪张卡？多少钱？他盯着我，咄咄逼人。

有备而来，自然是不慌不忙。我打开手机，给他看汇款回执单，一张，又一张。

我从不知道有这张卡。他说。

我一口一口地抽着烟：你不知道是你的事，按照约定打钱是我的事。

金泽沉默了。这小子，是被卡给卡住了吧。

我转过身，面对着金局的墓：今天，在你爸爸坟前，我可以问心无愧地说，我已经兑现了承诺。我相信你也应该知道，到底该怎么做，才能对得起你爸爸的这份用心。

你什么意思？

我的意思很明白。

再明白一些。

金局存下那个东西，就是为了你。所以，将来你应该会见到那个东西。那个东西，不能让别人看到。这是我和金局之间的君子之约，你也应该遵循这个约定：无论什么时候拿到那个东西，都能做到绝对保密。这关乎到我们的共同利益。

我不会守这个约！我和你也没什么共同利益！这个家伙居然像野兽一样叫嚣起来。

你这么说，你的卡可不答应啊。我笑。

远远地，姑姑走过来了。

少安毋躁。别吓着她老人家。我说。

金泽扔下没抽完的烟，上前去迎候，接住了她手里的东西。

姑姑好！

嗯。来了？

虽然是温温地叙着家常，姑姑却也是一副冷脸。叫她姑姑这么多年，这个女人一贯就是冷着脸。金家的人都有些冷脸，不知道是不是家传。冷着脸的人常常会让人觉得高深莫测，这真是一件不错的衣裳，多少会让人有一些忌惮之心。

我站在一旁，看着他们姑侄两个上坟。姑姑每次一跪一起，金泽都很周到地搀扶着。这个老太太，是他在这世界上唯一有血缘关系的亲人了。最亲的亲人。

——忽然间，我对自己的智商产生了深刻的怀疑：姑姑这茬我怎么会没有想到呢？这老太太毕竟是金局的亲姐姐。虽然平日来往不多，可是血浓于水，至亲就是至亲。

姑姑，金局去世前，有没有留给你什么东西？我问。这个时候，最适合直接。打她个措手不及。

姑姑看了金泽一眼，没说话。

有吧？我追问。心里有了底儿。

有没有？金泽也问。在问的一瞬间他肯定也明白了过来：是不是一张卡？

对。说是留给你的。

金泽抿了抿嘴：在哪儿？

我怕丢了，一直贴身装着。

给我。

这个是……

给我！

姑姑不再说话。静了一会儿，背转过身，窸窸窣窣了片刻，把卡递给金泽，金泽随即扔到我的怀里：

还给你！

还真是现成。我倒是有些措手不及。

你，想好了？

根本不用想。

好，有志青年。我讪讪地笑。对这种二百五，还能怎么样呢？

但是，还是想不甘心地问一句：如果见到了那个东西，你打算怎么办？

我爱怎么办就怎么办。

没的商量？

没的商量。

好吧，随你。我已经做到了仁至义尽。我说。

其实我还想和姑姑再聊几句的，但到了这个地步，却只能离开，赶快离开。

26 唐珠：同流合污

早上上班的路上，我给赵耀打了个电话，约他来喝茶。

昨天晚上我回到家，打开灯才看到金泽在客厅里坐着，面色阴沉。只当他是祭祖伤怀，我便在他身边坐下，久久无话。两人沉默相伴，安静相偎。也许相契到深处便是如此吧，有话便说什么都是好的，无语便沉默多久也都是好的。

你知道我今天上坟碰到谁了吗？他终于开口。

除了姑姑还能有谁？

赵耀。

他去做什么？

他便开始徐徐地说，赵耀如何告诉他那个东西，如何推断爸爸这么做的用意，在他表态不会要这个钱时又如何给他看汇款回执单……

那笔钱，还真可观呢。他苦笑：你怎么想？

他的情绪如此滞重，想来颇为踌躇。那笔分红定是可观，若他心动，也在常理。

你反正是一介平民，不用顾虑什么仕途风险。拿了也是可以的，以后尽可以衣食无忧。我忖度着，慢慢说。

哦？原来你是这样的看法。

不过是替你分析一下。

这不是分析，这是侮辱。

这严重的用词简直令我心花怒放。

你知道我的本意，别上纲上线。

我当时就对他说，我不要这种钱，也不会守这个约。还什么君子之约，不过是小人之谋！

我在心里呵呵。古有城下之盟，今有坟前之约，也是别致。然而，当听到金泽说他痛快淋漓地把卡扔给赵耀时，我的心顿时悬了起来。

仁至义尽？

对。他说他已经做到了仁至义尽。金泽眼神黯淡地看着我：送走了姑姑，我一个人在爸爸坟前又坐了半天。你说，爸爸他到底是怎么想的？

他怎么想的不重要，重要的是你怎么想。我孱弱地解析着，脑子里却一直回味着那个词：仁至义尽。这个词常常是一个意味深长的信号。在此事上，这个信号印证的便是：无论是君子之约还是小人之谋，也无论真心还是假意，赵耀能迈出这一步，算是下了血本。他付出了他能付出的最大代价。而往往在仁至义尽之后，事情就会转到另一种走向。

难道，赵耀欲动念对金泽出手？

浑身的汗毛都参了起来。

可是，这真是太有可能了。也许，赵耀此后就开始下决心对金泽出手了。因为有一点儿可以断定，东西一旦出现，一定会抵达金泽的手中。所以他手里便握着一把刀，刀尖朝着金泽。只要有合适的时候，这把刀就会出鞘。甚至，他的出手可以和东西没有实际关系。东西出现，他会出手，东西不出现，预防起见他也会出手。找到东西不给他，他会出手，找到东西给他，他还会出手。总之只要金局提了这个东西并且给他看过这个东西，这就决定了他会向金泽出手。

总有一个时刻，为了自己的一劳永逸，他一定会对金泽出手。更何况是在条件如此优厚的谈判也被金泽葬送之后。

金泽有点儿危险了。

金局，你一定以为自己聪明绝顶吧？可是，你真是愚蠢。你看看你做了什么？

今天约见赵耀的目的，当然很明确：假装和他同流合污，让他的心态少安毋躁，对我保持着暂时的期待和信任。这就是我目前能为金泽做的，最有效的事。

一看见我走进包间，赵耀就笑起来，笑声很大，却有些零碎，像散落了一地的算盘珠子。是的，每次想到赵耀，我都会想起算盘。整天算盘珠子打得噼里啪啦响，这真是一个算计之徒。当然我也经常在算计，也经常是个算计之徒。虽然他算计的东西和我算计的东西不一样，但因为金泽的关系，且同为算计之徒，我对他的算法也不得不有着某种嫌恶的兴趣。

你还真快。

唐小姐第一次主动约我，怎么敢不殷勤呢？他笑。

你们的事，金泽昨天跟我讲了。

哈，他对你，还真是交心呢。

是很交心。

你们两个，恋爱了吧？

嗯。

你还真行。

电水壶嗞嗞地响着。

你还打算再试试吗？

算了吧，他那个傻子。

我笑了笑：他就是个傻子。

你们俩，进行到什么程度了？

不关你事。

怎么能不关我的事呢？他笑：谈恋爱，交心，获得全部信任，在他拿到东西的第一时间把东西给我……多么顺理成章的事儿啊。和我息息相关呢。

我小口小口地啜饮着茶，偶尔瞥一眼对面那张机关算尽又筋疲力尽的脸。我突然觉得：从某种意义上看，其实他可以算是一个完美主义者：对自己的为人行事，他有一套完美的要求。当司机的时候他要求自己是个好奴才，要把主子伺候得无微不至。当自己成为主子以后呢，也要完美地维护自己作为主子的一切利益，绝不允许有任何瑕疵或者失误。

如果我找到那个文件交给你，你就踏实了吗？

对。

你对我就那么放心？

我相信你。

谢谢你相信我。

——只是应时的台词而已。我当然知道他不相信我。他这样的人，那么没有安全感，注定很难去完全地信任一个人。他最信任的人，就是自己。

希望你不要辜负我对你的信任。

我正视着他：你说过，不会让我白辛苦的。

当然。你会赚一大笔。

多少？

他显然有些意外，愣了一下，又笑了一声：这么直接，我喜欢。你说个数。

我的数，不大好说。我悠悠地喝着茶：当我听金泽说，你想要把那笔分红让他长长久久继承的时候，我对你真是佩服得很，觉得你真是大气魄。

赵耀把掌中握着的茶盏慢慢放下来，又慢慢地抬起眼睛：你这小丫头，也是大气魄呀。怪不得这么沉得住气。你的真正目的，就是这个吧？

我给他再添上茶，笑笑。

早就该料到你想的是这个。怪我小看你了。你也是，怎么早不说？

这块肉，起初你对金泽都不舍得割，我怎么好意思呢。只有等金泽不要了，我才能在后面捡呀。对不对？

赵耀定定地看着我，眼神幽不可测。看着，看着，突然开怀大笑。

好吧，成交！

他将茶杯举起，似乎想要和我碰杯，却又停在了空中：申明一下，只有找到东西，咱们的合作才真正有效哦。

那是当然。找不到东西，说得再好也是白搭。我莞尔。

要件谈完，总不好立马就走。那就再聊点儿别的吧。

其实，我一直都有点儿难以理解，你和金局之间，怎么会到了这一步？方便说吗？

现在咱们都成这么近的自己人了，没有什么不方便说的。他淡淡道。给金局当司机的那一段他简略带过，自金局让他出来创业之后的事，便稍微详尽了一些。他说他按照金局的意思辞了职，组建了公司，费劲巴拉地折腾着。金局也果然说话算话，开始不显山不露水地扶持他。

不显山不露水？

他的语速不快，似乎在有意无意地拣择着：我开发的项目都不在金局所在的辖区。就明面儿上看，我的生意和金局毫无关系。这在官场上不过是个最简单的技术活儿。我在甲地，你在乙地。你的人来我的地盘我照顾，我的人到你的地盘你照顾。都可以在获益的同时掩人耳目相对撇清，说到底就是这样。

我点头。不显山不露水。这个好。最聪明的扶持，都是不显山不露水的，都是暗度陈仓的。能多暗就多暗，暗得不能再暗，才最安全。

公司很快有了不错的利润，我也懂事啊，给他送了好处费。可他不要。他要分红。我给。他把我放到外头，不就是想让我当他的大钱包么？随取随用，源源不绝。当然，他也该拿这钱，这个我没意见。可是后来他就过分了。他自我了断前找我过去，说上面的意思传出来了，他铁定没有好结果，他丢不起那个人，也不想受那个罪，想主动结束。

"上面的意思"，这词让我想起了荀彧。这位曹营彼时的第一大谋士为曹操大业立下了汗马功劳，曹操曾云："天下之定，彧之功也。"称其为自己的张良，并结为儿女亲家。建安十三年，曹操率十万大军征讨孙权，荀彧原本随军而行。因不适应淮南的气候，病倒后被留在寿春，曹操继续进军濡须。据《三国志》中《彧别传》记载，之前荀彧曾试图和曹操面谈，被曹操"揖而遣之"。交战期间，曹操得甜酥两盒。吃了一口，感觉味道不错，就在盒子上题了"一合酥"三个字，吩咐把众将叫来分享。众将至，不见曹，只见桌子上的食盒，不解其意。主簿杨修打开食盒，吃了一大口，告众人：一合即为一人一口——这故事众所周知。另一盒酥呢，曹操命赐给荀彧。荀彧接到此物，打开后发现空空如也，从此夜不能寐，寝食难安。左思右想之后，终于选择了自裁。

他，是栽在了什么事上？

他没说，我也没问。反正不是在我这儿。我这儿没问题。其实也不用问。土地上的事儿，油水太大了。招标，更换土地性质，提高容积率，还有银行贷款……牵扯上的关系千头万绪，错综复杂，随便碰碰都是红线，哪一根儿漏了电，都能把你电死。

我默然。他说得没错。

就是那最后一次见面，他跟我说，他死了以后，我要把他该得的好处都给他儿子。他是疯了吧，这种好处还有子承父业的？我不答应。他就拿出了那个文件。我们俩交易的所有证据他都有，录音、视频、转账凭据……其实我手脚很干净，每年的财务审计都没有问题。只要不内讧，我和他之间的事情绝不可能被别人发现。

他说，要我听话。他活着，我听他的话。他死了，我还得听他的话？这不可能，绝不可能。你说，我能不能继续听他的话？能不能？他的驾照都已经失效了，还想指挥我这辆车，你说他可笑不可笑？能行吗？这能行吗？

茶已经冷了。我看了一眼他几乎狰狞的脸，开始烧水。

说实话，以我和金局的情分，他死了，金泽我是会照看的。显然是意识到了自己的激动，他的语速又慢下来：但是话说回来，这必须是我自愿的。他不能强迫我。我和金局之间，他有恩，我有报，我不亏欠他。他到最后走了绝路，是因为在那个场子里，自有他过不去的坑，跟我没关系。——若说是有罪，我和他是共犯。我干吗跟他过不去？从义从利，都犯不着。按照江湖规矩，我没有对不起他。可他这么对我，就太不该了。

他微微一笑：现在，你理解了吗？我这是在进行起码的自我保护。

理解了。

那就好。他的杯子递了过来：理解万岁。

27 金泽：求婚

最初听到我说开餐馆的想法，小丫头似乎有些意外，不过她很快表示了高度认同。跟我交往到了这个份儿上，她当然应该明白，以我的心性，确实不好跟谁去打工的。很多专业行当都是资深一级压死人，厨行此风尤甚。我可忍受不了司空见惯的颐指气使，除非是松爷这样的顶尖高手。可松爷还有几个呢？

开餐馆固然不容易，但若是自己当老板，很多问题便都能迎刃而解。价位好说，高中低档都不是问题，都保证让他们吃得好。但菜单必须得我来定，主菜配菜都得我做主。不是我霸道，这你还不知道吗？吃饭虽是常事，可太多吃客却都不具备常识。一桌子饭菜，吃饱了就算完事了吗？要讲天时地理、四季时序、春酸夏苦、秋甘冬辛。要讲凉热搭配、荤素间隔、老少相差、男女有别……这些都要靠谱，才是好厨师该讲究的道理。他们自己在家吃，那是他们的事，来我这里就得听我的。我的地盘，我就得做主。一家餐馆，什么是灵魂？厨师，厨师，还是厨师。真正的好厨师，不会什么都听食客的。真正的好食客，也是会尊重厨师的。我跟你说，一见那种到上海菜馆里点毛血旺的人，我就恨不得端他们几脚！

她嗯嗯应答着，却又笑道，飞机飞得再高，总得平安落地才算。

我便和她掰着指头数起来：选择地段，考察店面，装潢布局，执照审批，工商税务，卫生许可……越说越具体，到后来居然又说到了水。我说绝对不能用自来水，最好是泉水，当然这不太现实，那最起码也要像松爷一样，用自己打出的地下水。用小水泵抽水其实不太美气，应该打个深井，再用青石镶台，才够素朴雅致。

这水，要用实木桶提吧。

当然。

拴桶的绳子也要用草绳。

对。

最好再找一个民国之前的古人来提。

我笑。

飞机飞得再高也得落地。在郑州根本不可能找到让你打井的院子。

没关系，咱们去松爷家里拉水，他会让我免费用的。我可以每天早上跑一趟。

成本太高，不好做大。

干吗要做大？坚决不做大！咱们这样有个性的店，不可能做大，也没必要做大。就一家店，做好就成了。只要做得好，一定够咱们过日子的，还不用太辛苦。来吃饭的人不需要太多，只要是优质客户就好。我希望这些来吃饭的人，就是冲着美食而来，就是只被美食吸引而来。他们就是咱们店里的理想食客。我呢，会为这样的食客做真正的美食，也会让他们吃到真正的美食。就是这么单纯。你明白吗？

她认真地点头，说她明白。她说她吃过太多的饭，见过太多的人，对吃饭这件事真是再明白不过。煞有介事地吃饭，一定不是为了吃饭。哪怕坐的是雕花白玉椅，靠的是玛瑙珊瑚屏，用的是黄金琥珀杯，听的是鸾箫凤笛象板笙簧，喝的是瑶池玉液紫府琼浆，食的是凤髓龙肝狮睛麟脯……真正吃的，一定不是食物。食物只是幌子。

你可真能转词。

我也是个有文化的人儿。

这调皮样子，真想让我咬一口。可是，我忍住，继续说正事儿：我看过一个外国电影，里面有一个厨师讲：我们做菜的时候，要想到吃菜人的微笑。——我们中国厨师，想的不是客人的微笑，而是客人口袋里的钞票。这就是我们跟人家的区别。人家的至高目标是微笑，我们的至高目标是钞票。钞票呢，就是钞票，没什么好说的。微笑却是一种会心的东西，像知音一样。人活着的意思，不就是有时候能遇个知音吗？

要是理想食客实在太少怎么办？咱们光图微笑，就不要钞票了？

你个小财迷。我跟你说，有了微笑，就不用愁钞票。哪怕一时没有呢，日子长远了，就一定不缺。1936年，开封大灾，梅兰芳来赈灾演出。赈灾委员会去"又一村"请了名厨李春芳为他落作，落作，就是由饭店派厨师携带炊具和食材，上门去为顾客服务。梅先生很喜欢李春芳的手艺，两人也很聊得来，所以虽然宴请很多，可他都只是应酬一下就回住所吃饭。有一次，李春芳炒了个拿手菜，叫"桂花江干"，这道菜是把鸡蛋和火腿切成细丁，配着干贝炒，做出来既有干贝的鲜香，又有火腿的腌香，很有风味。梅先生吃得赞不绝口，吃完了却对李春芳说：李师傅，用鸡油炒是否会更鲜？李春芳回厨一试，果然更妙。这道菜当即就晋升成了"又一村"的新招牌菜，叫"合芳鲜"。

——这就是知音。从厨房到餐桌，从做菜到品菜，这就是厨师和食客相互认识相互探讨相互碰撞相互理解的过程，也是他们相互知音的过程。这样的知音对于一个厨师而言，太重要了。因为他们不仅仅是懂你，欣赏你，他们还有可能提高你。他们有能力和水准对你提出合情合理的建议和要求，这就逼迫你不得不让自己学习和精进。

至于钱，别担心。功夫下到，就一定会赚到。松爷不是说了吗？技术饭是最经吃的，是能吃一辈子的，是吃一辈子也不会倒胃口的，是越吃越香的。因为舌头牙齿它撒不了谎，骗不了人。你只要凭着良心老老实实做，就行了。爷爷也说过，他说老老实实这四个字是所有手艺人的根本。老老实实练基本功，老老实实找好食材，老老实实做菜。汤该炖到什么时候一定要炖到什么时候，该用四川汉源的花椒就一定要用那里的花椒。蒜该捣的时候一定不能拍，葱该切丝的时候一定不能用段，面要醒三个时辰，一定不能两个半，得烧地锅的时候一定不能用天然气和电磁炉……说句戏话，所有的程序都得老老实实，有了这四个字，厨师就有了立世的根本。比如一块面，你少揉一下或许没什么，少揉两下就肯定不一样。那肉在锅里多焖一秒钟没事，多焖十秒钟肯定就不行。举个简单的例子，就是一碗炝锅面，老实做肯定就比不老实做要好吃。炝锅面要用高汤，同样是高汤，老实的做法是另开一灶，让高汤一直滚开着，煮面的时候，加进去的就得是这热高汤。绝对不能是凉的。道理嘛，一是热汤本身就香，一烫顶三鲜嘛。还有一个，你想，底料都炝好了，你一勺子凉汤加进去，就像一个人正在满头大汗地跑步健身，你突然硬拽着他去冲了个凉水澡，他能不感冒？饭菜和人一样。这样做出来的饭菜就是有病，怎么会好吃呢？

当然，厨行的事很难形容，鱼要鲜嫩到什么程度？饼要筋道到什么程度？没有公式或者标准，所以想打马虎眼的话，尽可以去打。食客们也不一定能吃得出来，甚至可以说，绝大多数食客都尝不出来。但是，但是——爷爷说，水往低处流，人要往高处走。手艺人的高处不是升官发财，手艺人的高处就是精益求精。你有了往上的心劲，也做了往上的努力，你的手艺就会一天比一天好，一年比一年好，久而久之，你自然就成了高人。你以为高手是怎么来的？就是这么老老实实慢慢儿磨出来的。

其实，也就是两个字呗，老实。

我也问过爷爷，爷爷说，就得是四个字。

为啥要重复一下？老老实实，意思不还是老实吗？

因为，这世上聪明人太多，聪明人太容易不老实。所以得老实里再夯上一层老实。

······

我侃侃而谈，俨然是个傻子。她呆呆聆听，也俨然是个傻子。一个男傻子和一个女傻子，还是挺搭配的吧。

辞职吧。咱们的店，你还不帮个人场？小酌几杯后，酒意盖脸，趁热打铁，我便对她恳求。人手是第一要事。最佳人手，当然就是身边这个丫头。

我不。在"长安"还有工资，在你这里一分钱都没有。

我的优点呢，是太喜欢做菜也太会做菜。我的缺点呢，是只喜欢做菜也只会做菜，不喜欢也不会做生意。在生意上，你肯定比我强。我顺手拿过一瓶易拉罐凉茶，扯下拉环，戴到她右手的无名指上：

别算小账了。你可是这个饭店的老板娘呢。

我这是求婚吗？是吧。这么婉转又自然的求婚，我喜欢，她喜欢吗？

——她沉默着，似乎不大喜欢。

你愿意吗？

她把拉环取下，拿在手里摩挲着。

就用这个小玩意儿预定我？太简慢了吧。

不愿意吗？那还给我。

就不。

那这就这么定了。跪安吧。

28 唐珠：我欲狂欢

你愿意吗？

听到这句话的那一瞬间，我几乎就要脱口而出：

我愿意。

是的，我愿意。虽然我也很不喜欢周旋四方玲珑八面生张熟魏送旧迎新，可是为了他不俗气的小餐馆能够运行顺利，我不介意让自己像个阿庆嫂。

你愿意吗？

说着句话的时候，他的眉梢眼角都是爱情。这是给我的爱情，是我梦寐以求的爱情。他的一切，都流溢着爱情的光泽。这新鲜的爱情的光泽，如初升的阳光沐浴着我，在这阳光的沐浴里，我竭尽全力地试图让自己重新归零，重新归为没有吞食珠子之前的那个傻丫头，再不冰冷，再不老成，再不世故，再不油滑，无知无识地爱着他，也让他爱……可是，这娇嫩容颜下已经长了千百年的老茧，需得搓剥一层，又一层。

终是太厚了，这老茧。实在不容易搓剥干净。即使是最欢乐最沉醉的时候，它也在。这近在咫尺的爱情，如同钻石吧？但总有一个声音在低语：它不是钻石，它不可能"钻石恒久远，一颗永流传"。它是朝露，它是朝露。"老健春寒秋后热，半夜残灯天晓月，草头露水板桥霜，水上浮沤山顶雪。"这些朝存夕灭的短命事物里，我的爱情，也在此列。

——突然间，我看到了自己最不愿意看到的最深最厚的那层老茧：说到底，我还是不信任金泽。我不信任他。我不信任他的爱情值得我用生命去交换。我不信任他的爱情如此贵重。我不敢付出"守节长寿"的可能性去验证这种贵重。我宁可贪婪地怯懦地无耻地给自己找借口活下去，活下去，活下去。

对于爱情，我其实是叶公好龙。

你真恶心。

你是一个处女没错，但在非物理的层面上，你早已失贞。

你根本配不上金泽。配不上。

——好吧，这是最真实最通用也最中肯的理由。你确实配不上他。那么就在合适的时候，滚吧。

在滚之前，我欲狂欢。

狂欢的方式之一，就是听他说话。其实他说的很多话，我都听过很多次，在不同时代不同地方不同场合不同人口中。"日光之下，并无新鲜之事。"日光之下，也并无新鲜之话。但是他讲的时候，那么神采飞扬，似乎开天辟地以来这些是他第一个发现的真理，我看着那些话从他嘴里飞舞跳跃出来，就会觉得新鲜。因他的气息新鲜，让这些旧的言辞也有了另一种新鲜。

狂欢的另一种方式，就是尽我所能地黏着他，频频地给他微信、短信和电话，看见一只蚂蚁也会跟他叨叨半天，经常被"长安"的同事们笑骂"腻得要死""闲极无聊"。但是，有谁知道呢，这真是很幸福的无聊之事。也许，没有比这更幸福的无聊之事了。在做这些无聊之事的时候，我无比清晰地知道：他是俗子，我是俗女，我们的爱情，不过是俗人的爱情。我正在经历和享用的，正是俗人的爱情。这爱情如此平庸，却也如此温热——我突然看到：自己身体里的那两大阵营细胞，冷和热，冷的兵力越来越弱，热的兵力越来越强，它的地盘越来越大，它的侵略越来越猛……冰雪日渐消融，正化作春水汩汩。

狂欢还有一种方式，就是在他面前越来越任性。而我在金泽面前的任性也不过是随心所欲地骂他猪头笨蛋白痴，他一句话不对就对他拳打脚踢或不理不睬，逛街时毫无节制地狂买各种不靠谱的小玩意儿，少女心也在他面前不可抑制地越来越强烈。粉色手机壳、蕾丝衣裙、卡通发卡……从不曾觉得，这些娇嫩可爱的东西那么天然地适合我。那天我们逛街，顺脚拐进了一家布偶店。这家布偶店货色很全，小到小拇指般的小太阳，大到……哦，一人多高的布偶犬。

我要那个。我指着那只布偶犬。

是只狗啊。

是只帅狗。

他上上下下端详着那只狗，问店主：这是什么狗？

这种狗叫大丹犬。店主还真是专业：又叫德国獒，曾被欧洲王室饲养，是贵族身份地位的象征，体态优雅，四肢发达，匀称健壮，强悍有力。在大型的工作犬中，是唯一可以轻松长途跋涉的犬，人们称它为太阳神的犬。耐性好，偏安静。

这狗，你打算安置到哪儿？

床上啊。

让它陪你睡？

对。

他掏钱付账，拎着狗出门，走了好一会儿，闷闷地说：我不如狗啊。

回到家，他拿着记号笔就在狗的两只耳朵上写下两个大字：金，泽。

抱着这只狗，如朕亲临。

真幼稚。

你买这只布偶本身就很幼稚。我这是以幼稚攻幼稚。他拍拍我的脑袋：没想到你这么活泼。刚认识的时候，我还以为你很闷的。

诚如他言，我是越来越活泼了。或者说，是表演得越来越活泼了。在他面前，我很爱演，演的兴致越来越浓。而且还觉得自己演得挺不错的，该怒时怒，该嗔时嗔，该娇时娇，该傻时傻。

——回应他一个活泼的吻。

我把布偶抱回房间，倒到床上默默笑。据说，帅哥和帅狗看起来是有点儿像的。他和这只狗就很有点儿像。越看越像。

让我最觉得解放的任性，则是和他聊天时。我再也不躲躲藏藏扭扭捏捏地装无知，尽可以古今杂烩信口开河，即使露出破绽也处之泰然。有一次和他聊到现在的食品安全，他感叹说在古代根本不可能有这样的事，我随即驳他：《唐律疏议》里规定，出售腐败变质的食物，导致他人食物中毒或者出现某种疾病的，劳改一年，同时"赎铜与病家"，也就是赔偿人家医药费。如果导致他人死亡，处绞刑，同时把家产的一半充公，剩下一半赔偿给死者家属。北宋前期完全继承唐朝的法律，《宋刑统》里的相关规定和《唐律疏议》基本一致。到了北宋中后期，法律还进一步细化完善，又增添了一些规定：肉贩在猪牛羊肉里注水并出售的，"杖六十"，打六十大板。要是打完再犯，"徒一年"，判处一年劳改。明朝嘉靖则又有新律："发卖猪羊肉灌水，及米麦等插和沙土货卖者，比依客商将官盐插和沙土货卖者，杖八十。"意思是说，凡是出售注水肉，以及为了增加重量，故意在粮食和食盐里掺沙土的，打八十大板。

你从哪儿知道的？

胡乱翻书看的呗。怎么，你以为我不看书？

记性真好。他一点儿都不怀疑。

越任性越舒服，越任性也越绝望。仿佛临死之人在饕餮盛宴。我快要失去他了，每当看到金泽宠溺的眼神我都会这么想。每以打扫卫生之名在房间的细微角落搜寻那个文件时，我也会这么想。每当看到赵耀在"长安"的小包间里坐着的时候，我更会这么想。

　　我知道，这样的日子如同夕阳，越美越是将尽余晖。

29 赵耀：你是例外

找了吗？

哪有那么快。

尽最大努力了吗？

你不是说相信我吗？

呵呵。

和这小丫头在一起，我们的表象氛围常常是一派平和，甚至偶尔还接近友好。我稳稳地坐在那里，目不转睛地盯着她。饶有兴味地，如猎人在赏玩枪口下的猎物。作为老江湖，刀光剑影是该藏得深一些。只是，她也太深了吧？

唐，珠。

嗯？

你，到底是什么人？

什么意思？

我通过公安局的朋友在户籍网上查了你的身份信息，全都是假的。

她鲜明地蒙了一下，没有应答。莫非她没有想到吗？这对我而言是多么简单的事。

你到底叫什么？

……

老家到底在哪里？

……

这么底细不明，还一副无可奉告的样子。你就打算这么和我合作吗？

我握着茶杯，杯身微凉，水却烫热，正冒着袅袅水汽。这杯子的隔热效果算得上良好，正如她清白无辜的神情被她用来轻车熟路地隔绝真相时，其功能也值得点赞。我倒要听听，她能说什么。除了真相，说什么都是谎言。任何谎言都搁不住查证，任何一个谎言都需要一个连环套般的谎言系统，那必是一个越补越大的窟窿，我倒要听听她会造出一个怎样的豆腐渣工程。

可她沉默。

看来，我不得不怀疑你和我合作的诚意了。

那，就不合作吧。

果然没有诚意。

她木然，一副死猪且由开水烫的样子。这小母猪。

分手吧。

分手？

对，你们分手。

不和你合作，我就得分手。这是什么理由？

身份可疑，知道得也太多，还和金泽这么好，这都是理由。我喝了一口茶，笑起来：也只有金泽那个傻瓜才会没头没脑地引狼入室，居然从来没有怀疑过你。

是啊，金泽真是一个傻瓜。她也点头感叹。

还有，你也太有脑子，太有脑子的人在他身边，这个我很不喜欢。不过，你们分手后，如果你还愿意来我这里，我也不拒绝——还很欢迎。

我的脑子你不是很不喜欢吗？她又是鲜明地一蒙。

在金泽身边我不喜欢，在我身边那当然是另一回事。而且，降伏你这种妖精，我有这个能力，也有这个胃口，更有这个胸襟。

微微抬高水壶，将开水冲入茶壶，八分即好。我慢慢做着这一切。"我有……也有……更有……"我对自己这话的句式很满意，运筹帷幄，成竹在胸。正是我该有的气势。当然，这么说只是调戏一下她。她的身份证是假的，那么以前告诉我的所有信息也都一定是假的，她的心机，太不可测。这样的心机不能为我所用，固然有些可惜，不过话说回来，就是她真的愿意归我所用，我能毫无顾虑地用吗？

利刃非己，当弃则弃。好在利刃也不止她这一种。和人这种利刃相比，还是物之利刃使得更放心些。

即使和金泽分手，我跟你也绝不可能。她说。

就知道她会这么说，我不生气。可我还是想解一点点困惑：我就奇怪了，在你心里，我怎么就不如金泽呢？他是比我年轻，可年轻有什么好？就会使蛮力，而且也不会永远年轻。再说我也不是那么老，也比他成功。钱多不是坏事，是不是？跟着我你就不会再吃苦。这是多明白的道理呀。

年轻、蛮力、成功、吃苦，这些词在我这里都另有歧义。至于道理，越明白的道理越可疑。

正面回答我的问题：他到底哪儿比我好呢？

他简单，干净。

简单倒是真的，干净？那可未必。他可是有名的花花公子一个。你知道他有过多少女人吗？我有过的女人当然也不少。那我怎么就比他不干净了？小妹妹，你是冰雪聪明，我知道你以为我是拿你调调胃口，我告诉你，金泽也不过是大鱼大肉吃腻了，现在也吃不起了，才会想起清粥小菜。

所以说我跟你绝不可能。说到底，你有的也不过是一个字：钱。

如果没有钱，你好意思来说什么成功？你有的无非就是钱，你衡量这个世界的标准也就是钱。你认为所有的女人都会冲着你的钱来，都是冲着你的钱来，所以你也在用钱来收购所有看上的女人。她笑：总而言之吧，如果我跟了你，你也一定认为我也是那种女人。

你是例外。

这是你为了达到目的而实施的习惯性撒谎。等到我真跟了你，你会想，这块难啃的骨头还是被我的金牙给啃下来了，也不过如此而已嘛。她面色平和：我不是例外。在你心里，女人没有例外。你对我，只是兴趣，金泽对我，则是感情。这是你们两个人的本质不同。当然，你这样我也很理解，但是理解不等于认同。对于你，我无法认同。

我倒是笑了。这丫头，可真刁。刁得也真准。是我自己都没想到的准。在女人问题上，我一向是个很难打发的人。太蠢笨的，我会鄙视。太聪明的，我有戒心。太漂亮的，我担心不忠诚。太平凡的，我又绝不满足。之所以对这个丫头有兴趣，是因为她行事聪敏，处世低调，尚可利用，且正是和金泽恋爱中——试想一下，如果真能把她从金泽那里抢过来，就相当于曾经的奴才打败了老主子家的少爷，该会有充分的快感吧。

你怎么就认定他对你不是兴趣而是感情？

你不是说我很有脑子吗？连这个都判断不出来，岂不是太辜负你的表扬？

好吧，就算他比我高尚，他对你是感情。那你以为他就会对你一心到底吗？

这个不重要。金泽有可能会爱上别人，我也有可能爱上别人。这都没问题。我在意的是，最起码眼下这个阶段，他是爱我的，我也爱他。这才是最重要的。有一个观点忘了是谁说的，我很喜欢：所谓专一，不是一辈子只爱一个人，而是在爱一个人的时候一心一意。

她突然站了起来：真可笑，我还跟你说这些。其实懂的人不用说，不懂的人说了也是枉然。咱们还是省口气儿暖暖肚子，别糟蹋那些好词好句了。

我啜饮着铁观音，面无表情地点点头。现在，看着这个丫头，我已经很讨厌她了。

那就抓紧时间爱吧，在这之前，我可以暂时替你保密。需要我保密吗？

她微微颔首：谢谢。

不过，做这种好事，我不是很有耐心，你最好快点儿。我做出了一副诚恳的神情，应该能恶心到她吧：你这么不清不楚的，危险系数很高，我不能辜负金局的委托，得为金泽的安全着想。

她再也无话。起身离开。我看着她窈窕的背影。这个臭丫头，她会听我的话的。她知道我会做出什么。我甚至不用告诉警察，单只金泽姑姑这一关她就难过，更别说还有金泽。金泽会连这个都不在意吗？爱情究竟是有多伟大？

30 唐珠：一夜长如岁

脑子里一片雪地似的茫白凉硬。所谓的斩立决，也不过如此吧。可是事已至此，再拖延也没有意义，正该是快刀斩乱麻。而且，何况，我也已经无耻地拖延了这么久。

第二天是腊月十八，我辞了职。

是不是对薪水不满意？

确实是家里有事。

早放你几天年假不得了。尽管回去。

年后也回不来的。

好吧。这里随时欢迎你。老板依依不舍：员工的年货过两天就能备齐，也有你一份儿。

辞职之后的第一件事，就是去医院。在黄河路和经三路交叉口的省人民医院里，我楼上楼下折腾了一天，做了一个全面详细的体检。这么多年来，我从没有因为自己的身体去过医院。是因为没必要，也是因为心虚。有的小公司偶发善心，会把体检作为一项福利发给员工，我从来没有用过。那些神秘的仪器很有可能查出我这个貌似正常的人其实有多么不正常，我要规避这种可怕的可能。

此次进医院，是为了珠子。

这颗珠子，这个任性、调皮、狡诈的东西，有时我能感觉到它在胃里，让我肚胀腹满。有时感觉到它在脚底，让我步履生风。有时感觉到它在血液里如岩浆奔流，有时候它似乎又在大脑的沟回里，东游西荡。有时感觉到它在心脏，仿佛堵住了血管，怦怦乱跳。而有时候，它就弥漫在肺泡里，在我呼进呼出的每一口空气中。

我就这么感觉着它。虽然常常好奇，却也并不想知道它的具体所在。可是，现在，我想知道。我从没有如现在这样有如此强烈的意念，想要把它搜索出来。如果医院的仪器也徒呼奈何，那当然就只能维持现状。但是，如果查到它呢？首先，在古董热飙升的当下，把这颗神奇的珠子剖出来，或许可以卖个不错的价钱。——一间像样的小饭店，哪怕是偏僻地段，想要张罗出个样子来也所需不菲。我从不曾像现在这样有强烈的挣钱的欲望。当然，钱不是最重要的。最重要的是依据锦盒无题诗的最后一句：若出体外归常人。我可以回归为一个最一般的女人，可以恢复最一般女人的最正常机能，再也不用无边无际地活着，更不用担心失节而死，我可以摒除一切后顾之忧，和金泽合二为一，用身体来证明我对他的心意，从而根本不用理会赵耀的威胁。假信息又怎么样？我的身体是真的呢，我的处女膜是真的呢。只要有这么一个真真的大活人儿在，假信息总能够变成真的。而且，这次的真我可以用到老死。

是的，不能把贞操给金泽，这始终让我心虚。

在医院里，闻着消毒水的气息，穿梭于各种各样的部门，被各种各样的仪器透视拍摄，坐在各种各样的椅子上，躺在各种各样的床上，被医生问各种各样的问题：这里疼吗？疼过吗？头晕过吗？恶心过吗？大便怎么样？有没有家族遗传病？……我得承认，在新鲜的同时我居然又异常惬意。这里的一切都是为人设计的，都是为了治疗人的病痛设计的，所以那么体贴，那么温柔，那么舒服。

这种感觉，就是有病。因为我从来不病。我五行缺病。一直以来，这就是我最大的病。所以，也许，我内心深处一直就想痛痛快快地生一场病吧。

——爱情就是一场大病，我一直想得。拜金泽所赐，我终于得上了。

有病的人是幸福的。

……

两天之后，体检结果出来。一切正常。

"特别标准的正常，正常得不能再正常。"医生说。

好吧。正常。

拐到"长安"，领出自己的年货礼包，我在街上慢慢地走着。天蓝色的斜拉桥，蓝得有些天真。小池塘里的水很绿，绿得有些愚蠢。桥头，有卖唱的男孩子已经弹起了吉他。滨河公园的小空地上，大妈们正在跳着广场舞。烧烤摊的烟气缭绕了起来，地沟油烧的茄子分外香。两个人呢呢哝哝地走过，三个人嘻嘻哈哈地走过。一群人哗哗啦啦地走过……无论多少人，我还是一个人。一个人过久了，就过成了一个人，若无其事的一个人，铁壁铜墙的一个人。我把自己画成了一个圆，在这个世界上严丝合缝地滚来滚去，打着转转。说到底，我和谁都没有关系。恰正是：

　　　　千年延宕到今日，
　　　　四海独自对斜阳。

小年迫在眉睫，鞭炮也开始东一处西一处零零星星地响起来，有一种惊惊乍乍慌慌张张的喜悦，仿佛在喊：又一年啊又一年！街上有很多人手里都已经提着年货了。我手里也拎着两个鲜红的年货礼包，多像一个准备过年的正常人啊。

　　嗯，我要过年。我已经太久没有什么兴致来过年了，这个年，我要以最大的兴致来过。我预备让自己的兴致集中体现在清洁打扫上。我要把衣服、窗帘、沙发罩、脚垫等能清洗的都清洗一遍，至于房子本身的卫生，不仅是二十四，我每天都要仔仔细细地打扫。打扫卫生时我要仔仔细细地搜寻着各个角落，像个资深的洁癖症患者那样——我要偏执地寻找着那个文件。在走之前，我要以最大的努力尽量让这个问题得到彻底解决。

　　二十七那天，我们去松爷家烧地锅蒸馒头，我负责烧锅。松爷有心，说初冬棉花摘收完毕的时节，他去了乡下一趟，收攒了一些花柴——棉花秆当柴火，此地便叫做花柴。烧花柴既不用劈，又耐烧，更用不着糟蹋树，是天然的好柴火。

　　已经很多年没有烧过地锅了。火焰绚丽摇曳，如风中绸缎，我在松爷"人心要实火心要虚"的谆谆教导中慢慢添翻着花柴，看着一截截柴火变幻成黑炭，黑炭里面跃动着红光，外面又结着一层白色的浮霜，黑白红三色跃动交织，妖娆如画。

　　跟我一起过年，感觉怎么样？拎着两大袋馒头离开松爷家时，金泽问。

　　我翻眼看天，做沉思状。

　　有没有家的感觉？他循循善诱。

　　我挽住他的胳膊，用肢体来回应。一个人过了多少次年啊。在别人家帮佣的时候，再热闹的大家庭，我也觉得自己是一个人过年。因为过年还忠于职守，总是能拿到一个肥肥的红包。可是红包再肥，爆竹再响，笑脸再可亲，一个人就是一个人。没错，这是我第一次感觉像是在自己家里过年。

　　以后每年咱们都这么过吧。

那多没意思。

想换人？

嗯。

你敢！

你也换呗。喜新厌旧，人之本性。

呸，我就没有这个本性。

这只能说明你不是人呗。

晚饭他说要做一道豆腐菜，配着刚出锅的地锅馒头，正合适。进门之后，他接着电话，我便洗手备料下厨：小火熬化炼熟的羊油，用蒜片爆香，倒入高汤，然后把羊肉片、木耳、炸豆腐丝、菠菜、金针菇和发好的粉条放入锅里，大火烧开，炖煮了五分钟，用盐、胡椒粉和酱油调味后，出锅，再放入油辣椒和香菜末，菜成。

还有一道丸子汤，金泽说他小时候爷爷带他去吃席面，最后一道就是丸子汤，他问爷爷为啥最后必须是丸子汤，爷爷说这是告诉客人吃饱了就该走了，丸子不是圆圆的嘛，就是滚蛋的意思。

我用勺子盛了一点儿尝了一口。真是好汤。

金泽的电话终于结束，走进厨房。我闻声看他的脸色，瞬间明白，刚才的电话是赵耀。不过十天的时间，他还真是没有多少耐心。我曾设想过他会先告诉"长安"的老板或是警察，让他们出面难为我。若是如此，倒也不怕。反正我不曾犯罪，没有案底，略略装疯卖傻便能糊弄过去。现在看来，他直接告诉金泽才最厉害，可谓釜底抽薪，一剑封喉。

被这么逼一逼，也好。

不过，我一走了之虽是利落，金泽，他可怎么办呢？

你，到底是什么人？

沉默。

赵耀说，你的身份信息都是假的。

沉默。

赵耀还给我放了一段录音。你和他在合作？你想要那份分红？

沉默。

这就是你跟我走这么近的居心？

除了沉默，还是沉默。

给我个解释。

无可解释。

仿佛被细针扎着心脏，尖锐的疼丝丝袭来。真该离开了。

你，就这么什么也不说？

没什么好说的。我说。

没什么好说的？他吃力地重复。

我笃定地点头。没什么好说的，往往是好说的太多了。

他一把把我抓进他的卧室，用脚踢上门，额头上青筋暴露，突突突地跳跃。

你他妈的没什么好说的？！

此时，他的眼睛格外大，头发格外黑，整张脸在怒火中流光溢彩，身体的男性气息也越发浓烈生鲜——愤怒得要疯了。多么变态啊，我的心头居然涌起一种荒诞的喜悦。他在为我发疯。他对我是铁板钉钉的真。这感觉，真不错。

我对他，是假的吗？

他松开我，开始抽烟。连抽了三支。

不会无缘无故这样的。你一定是有什么难处。跟我说实话吧，没关系的。

这话温暖动人，却也只是冬日阳光。没关系？怎么可能呢。

真没什么好说的。结束吧。你不是说，你对女生绝不会勉强吗？

多么奇怪，真不知道这几句话是怎么从我齿缝里挤出来的。

不知道过了多长时间，他拉开了门。

从他身边慢慢走过，看见他拿烟的手在烟雾中微微颤抖，似乎想要伸出来，把我拦住。拦住我又能如何呢？还能再拖延多少时日呢？……他终归没有出手。也许这只是我的错觉。正确的错觉。

我回到卧室收拾东西，东西本来不多，很好收拾，一会儿就完。"浮生若梦谁非寄，到处能安即是家。"我早就习惯于以最高的效率收拾出一个最科学简洁的行李。

但是打开门，他赫然在门口站着，一把夺过行李。

这么让你走太便宜你了。他说。

什么意思？要住宿费吗？我迅速回忆着卡里的钱，应该有两三万吧，足够付。——这么多年，我早已经知道，温情流溢的另一面完全可以是百尺寒冰。同事、闺蜜、朋友，皆可如此。貌似至情至性的金泽，如果不是太例外，当然也是可以的。这个念头浮现的一瞬间，我的心如打了麻药一般，不再那么疼痛难耐。

身上的香气渐浓，渐重。

不把话说明白，你不能走。

原来还是想要我解释呢。这傻孩子。

给你一晚上时间，你好好想想。

真的，没什么好说的。

那也明天再走！

好吧，明天。迟早不在于这一朝一夕。

然而，这一朝一夕，还是不同于平素的一朝一夕。黑夜深沉，辗转反侧，很多故人的面貌在天花板上一一淡出，又一一淡入。他们都过去了。今宵逝去，金泽也即将在我的生命里过去，我在他的生命里也是一样。我们都将过去彼此，都将遇到另外的人。"惟有王城最堪隐，万人如海一身藏"。这紫陌红尘，随便行到哪个大都市都堪隐，只要想藏都可藏。只是隐藏之后，即是永诀。

"花开两朵，各表一枝"，从此，我和金泽就是各表一枝了吧。这句说书人的过门惯语突然浮现，我从不曾体会到，它的轻浮单调中却隐藏着如此冷酷的指向。各表一枝啊，这枝和那枝却是再不会并蒂，他将过他短暂的百年岁月，我将数我悠长的千岁光阴。他爱，他死。我不爱，亦不死。这就是我们各自的命运。

不爱，亦不死……可是，不爱，等于活过吗？

冷汗涔涔，深渊重现。这深渊曾让我无数次小心翼翼地绕行，但是今夜，它又黑洞一般塌陷在我的脚下。我要绕。既然已经绕行了那么多次，这次我当然也要绕。可是这黑洞格外大，周围的土也格外酥，我已经离它那么远了，踩下去还是觉得身体在向洞那边倾斜，要使好大的劲儿才能保持住平衡，艰难地拔脚，迈出下一步。

一夜昏沉。恰正是：

辗转数寒更，
起了还重睡。
毕竟不成眠，
一夜长如岁。

黎明时分，我起床洗漱，一打开门，便撞住了一个温热的身体。

是金泽。他正坐在房门口，仰视着我，片刻，缓缓地站起来。

说吧。他说。柔软的语气，是恳求，也是诱惑，如同芳草萋萋的沼泽。他的神情告诉我，哪怕我的解释很勉强，哪怕勉强得不像样，只要我解释了，他就会接受。也就是说，我解释的质量一点儿都不重要，重要的是解释。这解释本身表明了我愿意努力地留下，他也因此而脱困。

说吧，好吗？

沼泽的面积瞬间又扩大了一圈。

那就别说了，我也不再问。等你什么时候想说的时候再说。我想清楚了，我用不着这么急着知道，也不是非知道不可。这世上有那么多不可告人的秘密呢，凭什么你不能有？如果你一定要保持沉默，那随你。

心中某个地方一软，仿佛一脚已经踏入沼泽。

他张开双臂，抱住我：反正我认准了一个人，认准了就是认准了，就是往死里认。我的心就晾在这里，已经扒开了，随便你。哪怕你真是赵耀的内奸，哪怕你真是在算计我，那也没关系。我死也死在你手里。你不是说我傻吗？我就是这么傻，就这了。我就要看看，你能把我这个傻 × 怎么着！

一瞬间，泪水欲下。这傻孩子，真是傻啊。——为什么会爱金泽呢？为什么会爱这么一个傻瓜呢？或许就是因为他是一个傻瓜吧。这个世界，很多人一开始也是傻瓜，可是傻着傻着就变精明了。可他不，这个傻瓜，一直就这么一意孤行地傻瓜着。

作为另一种意义上的傻瓜，我就爱他这样的傻瓜。

为什么？

因为我愿意相信我自己。

一刹那，我决定解释。

很小的时候，我就被拐卖了。那时候还没有清晰的记忆，所以我对自己的来历一无所知。我不知道自己叫什么，也不知道老家是在哪里。我被拐卖了好几次，最近一次是在四年前，被卖到很深很深的山里面，我想尽办法逃了出来。我的身份证从来都是办的假证，因为不知道该怎么去弄一个真证。之所以编造了一个家，是不想让自己听起来很可疑和很可怜……说着说着，我终于泪水涌出。

入戏太深了吗？

金泽的眼中也泪光闪闪。

为什么不早说？

不敢。

傻子，早说早好了。那录音呢？

谈话是真的，合作是假的。他倒是一直想让我当他的内奸，可我其实是你的内奸……

他一把把我抱过来：我就知道是这样。他这么急着出卖你，怎么可能会是真的合作。他抱得那么紧：你个小盲流，辞职吧。以后你就在家里待着，要是有人来问，我罩着。反正跟着哥有饭吃。

是，老大。

不管你以前是什么人，反正以后就是我的人。对不？

对。

31 金顺：你是不是鬼

今天是大年三十，按规矩，子孙们得去祖坟"走年坟"，小泽他们要回来了。

天下着雪，原本有些小，渐渐地就大了起来。我一路给小泽打着电话，他说没事儿，开得慢。等到时间差不多了，我便到坟地边儿等着他们。依照老早早以前的说道，若是闺女家这时候来给娘家祖宗上坟，娘家一整年的运气都不好。可是后来独生子女多了，多少家都只一个孩子，儿女都一样，闺女们都开始不分时令上坟了，不再讲究这些，我虽是越来越老，却也不用再拘着这些老礼。

想来，活得老也是有好处的，能长好些见识。别的不提，单说这两年吃的喜酒就有不少新闻，有几个熟人家的孩子娶的都是外省的媳妇儿，有的是打工认识的，有的是在网上聊天处上的。只是结得容易，散得也容易。眼见着鼓乐喧天地办了喜事，没多久就听说离了。这么看来竟还不如旧式婚姻，虽是可选的人有限，却是讲究知根知底儿，周围三朋四友五亲六眷的，将来两口子有了纷争，也不好说崩就崩，这心里到底踏实。如今倒真是自由了，自由横行霸道，没有一点儿谱。

对于小泽的婚事，我原本是打算随他去的。但凡那个女孩子过得去，只要他们两个合得来，到底也是新社会了，我也不是死面疙瘩的老脑筋。可是那个唐珠，还真不行。自打见过了她，想起了一个缘故，我心里就开始犯嘀咕。前两天听赵耀在电话里说她假身份的事儿，我就头疼起来。赵耀说的这个缘故是要紧，可我的那个缘故被他的这个缘故一证，就更要紧。这两厢里一碰，成了我的大心病。这事儿，无论如何是不能让他们成的。

又看见了她，她从车上下来了，雪落在了她的头上……天啊。

姑姑。她笑盈盈地喊着我，跟我打着招呼，我只愣愣地看着她。

姑姑，是唐珠啊。不认识了？

认识。我说。

他们两个，一左一右地过来搀我，我把那丫头的手甩开了。

坟地里的墓是严格按照辈分排列的，我在前，他俩在后，一一跪拜。到我兄弟坟前时，我没跪，只他们跪。

在爷爷坟前，他们跪得格外久。小泽和爷爷感情重，这倒是该的。小泽还特意在爷爷坟前放了一篮"鲜花"。他说是他花了五六个小时用萝卜、南瓜、辣椒、莴苣等蔬菜雕出来的。南瓜削掉皮，镂刻成一个手提竹篮，竹篮上还有藤条图样的纹理。心里美萝卜被雕成赤橙浸染的月季花，白萝卜则变身成雪菊花，红艳的大辣椒顶端劈开之后，被三削两卷，就开成了红彤彤的杜鹃花。这个家伙，想要给爷爷展示刀工吗？

将来，你也会埋在这儿。小泽忽然对唐珠说。

别胡说。我呵斥。

年坟走完，小泽说还给我备了些年货，要给我送到家里去。这倒正合我的意思。雪气大，他到我家里喝口热的，也好挡挡寒意。进得门来，他们两个就围住了炉子。县城条件有限，冬天只有各家做的土暖气，也就是客厅放了个大煤球炉子，一个"7"字烟囱伸到屋外。炉子上坐着一壶水，咕嘟咕嘟地冒着热气。

红泥小火炉，能饮一杯无？我听小泽在那里念叨。是想喝酒吗？

不中。你还开着车呢。我说。

他和唐珠对了对眼神，笑起来。笑得那个开心呀。

我给他们冲了两碗鸡蛋茶，又给他们包了一些我自己做的卤肘子和卤猪蹄，小泽当即吃了一块，吃得起了谈兴，跟唐珠把天南海北的卤水都数落了一遍，说潮州的卤水鲜中回甜，川湘的卤水辣字当家，江浙的卤水糟香领头……说到香辛料的玄机，又是好大一篇儿。说什么陈皮好炖菜，桂皮配香肠，白芷用来除去牛羊肉的膻气，都会四两拨千斤。又忆起他小时候爷爷别出心裁，用党参红枣炮制出来的烧鸡，那叫一个色泽黄润，香气淡雅，骨脱肉嫩，堪称绝品。

是吧姑姑？

我沉着脸，不搭茬。

姑姑，年货都备齐了吧？看着我里里外外地忙着，唐珠很知趣地搭讪。

你这么一说我倒还真想起来有几样东西没有置办。你跟我上一趟街吧。

我也去。小泽站起来。

你在家待着。

不让我去？她比我还亲？小泽争着宠，神情里却全然都是得意。他莫非以为这是我已经把唐珠当成自己人的信号？

傻孩子。

街上的人很多，摊位也密密麻麻，到处都是春联和鞭炮，还有走亲戚用的礼品。我和她一前一后地在牛奶、饼干、火腿肠、饮料中行走，这些东西在街道两旁高高地叠摞着，全部是喜气盈盈的大红纸盒精装。她和我错后半个身位，有点儿小心翼翼的样子。

我从大路岔开，走进一条僻静的小巷，虽然是小雪，但巷里的薄雪因为少有人踩，地面很是硬滑。我打了一个趔趄，她连忙紧紧地跟上，挽着我走了一会儿。在一个石条凳上，她掸了掸雪，我们坐下。

现在的吃食可真多。我说。

是啊真多。

应该多说几句这样的闲话垫一垫的，可已经活了一把年纪，废话说得跟条河似的，能少拐弯就少拐弯吧。

你知道守山粮吗？

什么？

我死死地看着她：守山粮。

她的身上飘着雪，她的瞳仁里也飘着雪。那空白的眼神儿似乎是无知，又似乎是惊讶。

身边有几个小男孩边嬉闹边扔着小炮，有一串小炮在我的脚下被点着，噼里啪啦的炸响声一直爆到了心里。

怎么不应？

什么？

守山粮。

她又不应了。是没话说吗？我心慌起来。她不说话，我心慌。可我也怕她说话，她要是真说出了我一直想着的那些话，那些让我快要疯了的话，我的心会更慌。

我知道。她开口了。

见过吗？

见过。

吃过吗？

吃过。

这是我最不想听到的回答。我骇然睁大了双眼，看着她。这个雪中的她，和五十多年前雪中的她，一模一样。没错，就是一个人。还有她身上的香气。

你是不是鬼？我问。也许我没问出声。我骇得已经出不了声儿了，喉咙紧紧的。

很小的时候，妈妈给我看过，也让我吃过。她说，这是姥姥传下来的……

我抚了抚心口：你说啥？再说一遍。

她又说了一遍。

我在脑子里算着。1961年，那个闺女看着有二十岁。如果后来没饿死，嫁了人又生了闺女，她闺女生在1965年至1970年都说得通，她闺女再嫁人，又生了闺女，在1990至1995年之间也合情理。

你姥姥？

我妈妈说，我姥姥挨过饿，有一年还差点儿饿死，幸亏有人给了她一块守山粮。不，是两块，还被人抢走了一块。后来姥姥就学会了做这个。姥姥家的守山粮，就在大门口前的影壁墙里。

我眯起眼睛，重新仔细地打量着她。眼前这个罩着一身雪花的人，和几十年前那个罩着一身雪花的人，再怎么看，也是一个人啊。不，不，这是不可能的。肯定不是同一个人。眼前这个更白些，更瘦些？

守山粮，很不好吃的。您也吃过？她还在说。

原来，她是你姥姥。我终于长长地舒了一口气：你和她真是一个模子里刻出来的。

您认识我姥姥？

见过一面。

我开始讲述那一年那一天我们父女和她姥姥的相遇。自从第一次见过她之后，我就想找个人说说这事儿，把心里淤积的东西通一通。那情形闷着我，闷得快上不来气儿了：

那一年，我得了小儿麻痹，看了很多医生，想尽了法子也不行。我爹说，实在没法子就只能走大路了。最大的大路，那就是搜尽家底儿去积德行善，或许还能让老天爷感念，开眼照顾。那时候哪有什么家底儿？最值钱最金贵的家底儿也就是吃食。吃食比什么都贵重。那就去舍这个。家里存的守山粮也不多，恰恰还有八十一块，我爹说就当一块就是一难，待到舍出九九八十一难，说不定我的腿就能好。

舍也得有分寸。人多的时候不能给，怕人抢，只能挑时辰挑地方，一个一个地给。给到你姥姥的时候，我就记住了她。那么多人里，怎么就记住了她？因为小时候落过毛病，我一贯心力交瘁，心事重，记性好。什么小事都记得，越是小时候的事，越是记得。况且小地方，多是一些熟人，不用刻意去记。倒是生人有记头。那天我们舍粮的生人里头只有两个像你姥姥这么大的闺女。快饿死的时候，闺女们好歹都会有一条活路，也就是嫁人，自己能找口饭吃，也能给家里换点儿粮食，所以在街头的闺女老少少，尤其是你姥姥看着又比一般的闺女壮实，就更让人好记。那天回去，我爹还念叨了几回，说一个好好的大闺女，怎么那样在街头吃雪。

第一面见你时我就想，你和那个闺女可真像，太像了。这世上哪有这么像的人？还有，你的身上也有香气。和你姥姥一样。那香气是从腋下发出来的吧？腋臭的人我见过不少，腋香的人，我只见过你和你姥姥两个。

你还问了我的腿脚，这更让我猜疑。知道我早年得过腿脚病的人，如今已经不多了，连小泽都不知道，你怎么知道？问你去没去过太行，你又说没去过。活了这么一把大年纪，我知道这世上古怪的事情多着呢。可是没想到，真没想到……就是如今你承认了，我也还是不敢全信。

她笑了笑，伸出手，接着飘飘扬扬的雪。

我还瞎想八想过，觉得你就是那个人。可是，这怎么可能呢？太邪行了……我又长舒了一口气：这下好了。

她慢慢地在我面前蹲了下来，双手支着下巴，弯起水灵灵的眼睛，又笑了：

亏得我姥姥跟我提过，要不然今天的话茬，我还真不知道该怎么接。对了，我姥姥好像还说，要是能碰到那时候的恩主，得好好谢谢呢。怎么着，我给您老磕个响头吧？

这闺女这点儿挺好的，说话总是带着笑。可我笑不起来。她这话突然又让我想起那些鬼怪故事，什么狐狸精来报前世的恩，变成个俏俏的闺女，来给人家当媳妇……还是算了吧。我们金家，不缺这么一个来路不明的媳妇。

磕头就免了。你站好，听我说。

她站起来，不再嬉笑。

看来咱们是有缘分。不过再有缘分你们的事我也不能答应。听小泽说，你从小是被拐卖的，不管这是真是假，反正是不清不楚的。我不求小泽的婚配是名门大户，如今这个境况，是说不得了。不过家世清白总得是最起码的。你连这个都不能，所以你们的事，说到天边儿都不行。

她微微垂下头。

孩子，看在我家对你家有救命之恩的分儿上，你就离开小泽吧，离开他吧。小泽的脾气我知道，你更知道。他是迷到你这里了，除非你走，不然你们断不了。

她的头垂得更低了。

你姥姥不是说要谢吗，你离开了他，就算是谢了。

这话锋算是密不透风吧，我就是要把她所有的退路赶尽杀绝。

好，我走。她说。

啥时候？

很快。

多快？

请您放心，我一定尽快。

给我个日子。

清明节前后吧。她说。

那，就这么定了。

好。

我站起身：咱们回去吧。

我慢慢起身，她又上来搀我。本来想甩开，还是忍住了。还能容她搀几次呢？

她侧转着脸，对我看了一眼，又一眼。

有话就说。我说。

金伯伯他，走前来看过您吗？

嗯。

就是那次给您的卡？

嗯。

除了那张卡，他还留给了您什么东西吗？

没有。你怎么也这么问？赵耀特意跑回来两趟，问的也是这个。说着说着我就恼怒起来：没有就是没有，难道我还会昧着？

您别动气，我也就是随便问问。她的小脸儿有点儿惶恐了。

知道她不是随便问问，可我也懒得打听去。现在我一门心思，就是让她走。

从街上回来，远远地就看见小泽正在大门口站着，样子似乎是在漫不经心地刷手机，瞧见我们便三步两步迎上来，边接过我手里的花炮——总要买点儿什么来装装样子吧——边问：怎么这么久？又对唐珠笑道：趁着雪还正下着，没有上冻，咱们得赶快回家去呢。

32 唐珠：年夜饭

年夜饭的菜一定是要有名目的。团团圆圆是珍珠丸子，金玉满堂是玉米虾仁，五福临门是豆腐、豆腐干、豆腐泡、腐竹、豆腐皮再配虾和鱿鱼炖成个小砂锅。年年有余是麒麟鲤鱼，皆大欢喜是扬州炒饭，当然也少不了一份状元饺子。

——曾经觉得这些所谓的彩头都很无聊，现在却觉得是那么有意思。无穷无尽的时间长河，所有的人生都是那么短暂虚妄，可是一代一代的人却前仆后继地努力想在这短暂虚妄中活得有意思……这就挺有意思的吧。

开饭前，金泽拿出一样东西。

过年，我这个大的原本该给你这个小的红包，想了想，不给你红包了，这个，给你吧。

是房产证。老房子的。房产证上是金泽的名字。

我原来以为拿着你的身份证到房管局就能办的，后来才知道不行。他笑。

我突然明白了前些日子为什么我的身份证莫名其妙地消失了两天。

他从装房产证的档案袋里又拿出一沓文件：他们说，首先，我们两个得签订《房屋产权变更协议》。其次，得准备原产权证和咱们两个的身份证、户口本什么的原件和复印件，然后咱们两个一同到房管局，才能办理产权变更登记。他忍不住笑起来：最最要命的是，你的身份证是假证。

我也笑起来：把我的假的都办成真的，一定很难吧？

放心，再难也一定会办成。列宁同志和爷爷都说过，面包会有的，馒头会有的，牛奶会有的，一切问题都会解决的……金泽把房产证递到我的面前：虽然面积不够大，但是也不能算简慢了吧？

我沉默。这一千年来，我终于有可能拥有一张房产证了，虽然房主的名字不是我。我的脸，此时应该是红润润的吧？房产证封面的红映到脸上，应该是红玫瑰的红。

老板娘，愿意吗，你？

让我再想想，好吗？

好吧，你想吧，好好想。他明显是自尊受了伤害的样子，却又假装大方。可是假大方也只是维持了两秒便原形毕露：你觉得你这样有意思吗？

有意思啊。

没有一点儿意思！他痛心疾首：是，我知道你是女孩。你要仔细，你要谨慎，你要有安全感，但是你这样纠结到什么时候是个头儿啊？我虽然没钱，但我不偷懒，我也不欺骗，我有目标，要靠自己的能力和手艺来赚钱，来给你打造一份好的生活。我只有这么多，其实也不算少。我知道你不嫌弃我，我也不嫌弃你。那你还纠结什么呢？你纠结个屁呀？！

要是你有一天变了心呢？此时最好转移话题。我做出忧戚之状。

还真是，我还真不能保证自己不变心。你能保证吗？也不能吧？谁也不知道"有一天"是哪一天，谁也不能保证自己的心会多久不变。可是，我们就这么一天一天地在一起，一天一天都用真心这么过下去，过到了老，这不就是天长地久吗？

我着迷地看着他。他真好看啊。

话说回来，就是过不到老，就是明天你变了心或者我变了心，一呢，好歹咱们这么认认真真地爱过一场，对过去就没有什么好后悔的。二呢，我们彼此守恒是好，要是真有了变数，那肯定有它不得不变的道理。既然是不得不变，那也不一定就是坏事。到时候顺其自然好了。反正你要是变了，我是会为你祝福的。

他终于住口，绷紧了嘴角。

嗯，好有道理。

他笑起来：得了，还没说合呢，倒先说分了。愿意了吗？

想提个条件。

说。

每年四月初都有一个全省精英厨师大赛吧？你不是说这是省内最厉害的比赛吗？拿个奖牌来吧。

不相信我的能力？他的眉毛都要竖起来了。

只是想让更多的人相信。

庸俗。

是的，庸俗。可是相比于他，我太知道庸俗的厉害，也太知道庸俗的用处。他是太不庸俗了。这不庸俗最让我爱，也最让我不放心。此时此刻此事上，我急切地想让他庸俗一些，再庸俗一些。他这么年轻，应该适当地与庸俗联谊，和光同尘。

就是庸俗。我说：因为你这个伟大的厨师和你理想的饭店都需要庸俗的人民币来当后盾，而庸俗的奖牌能够让庸俗的人民币来得更热情。

不爱比赛。给你考个一级烹调师证，行不行？

那证成千上万地印发，是个人都好拿的。我不稀罕。这比赛不一样，要你一刀一勺地过关斩将，功夫不硬，你拿不到奖牌。别怕，我不求金牌，银牌就成。

切，要拿还不拿个金牌。银牌就是丢爷爷和松爷的脸。

金牌，太难了吧？

说定了，就金牌。我会拿到的。到时候你就会知道，我的功夫，到底有多硬。

静默了片刻，我接过房产证：好吧，我愿意。

他绷紧的嘴角立马弯出笑容。

每一道菜都好吃，从没有这么好吃。因为每一道菜我们都是喂着对方吃。我们坐在一处，他抱着我，一筷子一勺子地喂我，我也一筷子一勺子地喂他。

亏你想得出来，肉麻得不能再肉麻。他说。

以后不了。我说。

谁让你说不了？我说不你才能不。

遵命大人。

……

窗外响着零零星星的鞭炮，反而更显出了几分寂寥。留在城里的人并不多，有老家的都回了老家，或者趁着长假去旅游。大街上是难得的空空荡荡，有了路的模样。这个城市，唯有这几天安静了一些。而在屋子里，菜香酒香在餐厅这边缭绕，客厅那边电视兀自开着，欢快喜庆的音乐盘桓回荡，酒欲足，饭欲饱，温馨得让我不想动弹。

姑姑打来电话，金泽连忙接起，姑侄两个温温絮语。我走到窗前，忽然看到一层一层的绵白飘然落下。

是雪。大年夜，下大雪。好。

腰间暖热，是金泽的双臂：雪，是不是对你的病也有好处？

嗯。

会不会感冒？

不会。

那，一会儿我们上天台吧。

每一栋楼都是一座山，高楼是高山，低楼是矮山。天台就是一个个的小山顶。我们周围都是一片矮山顶。雪越下越大，举目皆白。其他山顶没有人。这个世界，只有我们。无端地想起一副对联：

月出满地水，
云起一天山。

我在楼梯间右侧，脱衣，赤裸。他用两个塑料盆为我轮番装雪。我把空盆放到拐角处，他把雪盆送来，轻轻把盆一推，再把空盆拿走。如是一趟，又一趟。

洁白无瑕，晶莹剔透，雪乃天地所赐的至纯之物，因此古人认为以雪洗身可以清洁神志，净其杂秽。澡雪一词也便成为美喻。《庄子·知北游》曾言："汝齐戒，疏瀹而心，澡雪而精神。"鲁迅也曾言："其神思之澡雪，既至异于常人，则旷观天然，自感神闷，凡万汇之当其前，皆若有情而至可念也。"

对我而言，澡雪当然不是理念，而是行动。虽然并不是第一次，但旁边有人如此陪伴，还是第一次。这感觉真是有些特别。冰凉洁白的雪，一颗颗地在皮肤上湿润，融化，从脸到脚，从胸到臀。我看着自己呼出来的一口又一口的白气，这小小的热气，虽然转瞬即逝，却也证明这冰雪世界里，我是暖的，我是活的，我是活生生的暖，我暖得活生生。

澡雪完毕，我穿好衣服，他默默地抱着我，靠着天台的墙围。他穿着羽绒服，我也穿着羽绒服，两个羽绒服抱在一起，像两只大熊。我把手插进他的衣服里面，一直摸到他强健的后背。

刚才偷看了没？

有必要偷看吗？反正是我的人。

你的意思是，正大光明地看了？

没有。怕受不了。

双唇相吻，两体相嵌，我怎么可能感受不到他的它？那么壮硕、坚硬、蓬勃。

我要受不了了，受不了了。这可怎么办啊？怎么办？不行的，不行的。你行吗？行吗？他每一句话都要絮絮重复，落下来的吻也越发疯狂。

虽然收效甚微，虽然连自己也不能说服，但我还是尽力推拒着他，用动作无声地回答他：我不行。

试试你这里，好吗？他摸到我的两臀之间。

这孩子，真是急了。可是，不行。我怎么知道"守节"的"节"包括不包括那里呢？即便不包括，即便他能做成，可是他若疯狂得刹不住——肯定是刹不住的——要冲到前面来，难道我就任他进来不成？

我胡说的。他手臂的劲道渐渐松弛下来：那肯定也是很疼的，不了，不了，你不行的，不行……

是的，我不行。可我也不是什么都不行。我有不行的地方，也有行的地方。

我蹲下，吮吸他的它。他说不要。他说它脏。我不管。它的脏也是好的脏，也是干净的脏，对得起我的唇舌。男根、阳具、阴茎、鸡巴、枪、棒、屌、炮……所有文雅粗鲁的称谓，此时皆为可爱。呵，我的唇舌，从不曾如此切近过男人的这里，也从不曾如此疯狂过表达过爱情。

——这硬生生把荷尔蒙剥离出来的爱情，还是爱情吗？

如此理智和冷静。我讨厌自己的理智和冷静。我讨厌这么一颗明明白白的心，我讨厌自己的这一切。对他越热烈，我就对自己越讨厌。越讨厌自己，我就对他越热烈。我爱你，我爱你，我爱你，我爱

你，我爱你，我爱你，我爱你，我爱你，我爱你。把讨厌自己作为最重要的燃料，我一口一口地倾诉着自己漫长的胆小的怯懦的无耻的老迈的青涩的爱情，内心似火，下体如河。

起初他还压抑着呻吟，后来他全身颤抖，最后他放纵地大叫了出来。

这一刻，世界沉寂，红尘安详。

你还真是有点儿奇怪呢。

是吧？我也觉得自己有点儿奇怪。

宁可这样，也不那样。

书上说，这样不疼，那样疼。我伪装出一脸的懵懂纯真。

他把我按到胸口，笑着叹了口气。

你要怕到什么时候呢？

让我想想。

又是想。快想，快想！

嗯……等你拿到金牌吧。

切，金牌的附加值还真是大，看来我是非拿不可了。他笃定一笑：你听好了，金牌一定是我的。

他捉住我的下巴抬起，再吻。热吻、舌吻、湿吻、法吻，这是相濡以沫的吻。此时此刻，他和我相濡以沫，彼时彼刻，和他相濡以沫的又会是谁？别后经年，他一定也会和别人相濡以沫吧？我见过太多的男人，薄情的三朝两夜，厚情的三年五载，也便有新人在侧，鸳被重添。不，我绝对没有谴责他们的意思。人生如此孤独、寂寞、艰难，且无常，他们当然要再次开始。

金泽，他会是这些男人中的一个吧。

最好，他也是这些男人中的一个。

如此，我更应该尽快离开，把正常人的日子交还给他，给他留出宽展的时间和心情，让他再找一个女子，也好芙蓉帐暖，春宵苦短，倾心相爱，相偕华年。

应该这样。

所谓的爱情，终有一天会消逝。他得活下去，活到老死。我也得活下去，不知所终——突发奇想：待到他垂垂老矣，孱弱痴呆，我或许还可以以保姆的身份来照顾他……

是的，我爱他。如此爱一个男人，这是我平生首次，或许也是最后一次，所以也该是唯一一次。

我是如此爱他。但是，和爱他相比，我还是更想活下去。至于这么活下去有什么意义，为什么还要这么死皮赖脸地活下去，这样的问题还是不想了吧。先活下去再说。

睡觉之前，道过晚安，他抱住我不撒手：

再说一遍，我还想听听。

什么？

就是那句我愿意。

我愿意。

再说一遍。

我愿意我愿意我愿意！

他的双臂紧紧地包裹过来：

不许后悔。

不后悔。

——我无耻地说着我愿意，也无耻地说着不后悔，更无耻地想象着自己终有一天会对他不告而别，离他远去。如果将来机缘再现，不期然与他重逢，他一定已经再结良缘，生儿育女，过着热气腾腾的小日子。如果他那时还放不下，会追问我为什么要骗他说"我愿意"的时候，我还会以一个最无耻的答案来回应他："你是我问我愿不愿意做老板娘，又没有问我愿不愿意嫁给你。"

33 赵耀：偷窥者

报告赵总。

说。

今天也没什么情况。

知道了。

挂断手机，我看了一眼时间。已经是晚上十点，想来这一天也就这么过去了。

早在给金泽装修老房子的时候，我就新买的台式电脑上安装了这套最强大的远程监控软件。这套软件系统有个威武的名头，叫"天眼"，不仅可以有效地监控到被控端的邮件收发、文件操作和网站浏览，还有敏感操作报警功能，包括 U 盘阅读，QQ 聊天和微信聊天，总之，只要他们在电脑上有动作，我都可以一目了然，真如开了天眼一般。

当然，我这么忙，总不能一天到晚时时盯着。怎么解决？很简单，从公司里抽调一个信得过的，天天盯着就行了。反正是从我手里领薪水，放在哪个地方用他还不是听我一句话。据我的心得，能领受这种神秘人物，说明领导把你看成了自己人，他应该感到荣幸才对。

对我来说，监控系统早已经是老工具了。我的每一套房子都装有，公司里自然也有。都是装有摄像头的。只要我愿意，我随时可以打开手机去看任何一间办公室，而坐在我的办公室里，我打开电脑，进入到系统里，也可以同时看到多个办公室的实时状态，享受这种俯瞰全局的掌控感。

但是，对金泽和唐珠这种监控和看办公室的工作场景还是有本质不同。那只是公事公办的工作而已，这却携带着私人的秘密和情绪。某种意义上，这就是偷窥吧？据心理学家所言，偷窥源自于人类天生的好奇心，是人人都具有的欲望，也几乎是人人都做过的事情。不过是程度或轻或重，性质或明或暗罢了。举个例子：偷窥女人洗脸，这就是轻。偷窥女人洗澡，这就是重。没被发现，这就是暗。被发现了，这就是明。

——说到底，我对他们做这件事，并不算多么特殊。当然，要是按什么道德说辞，这么做肯定是有些过分。可是这能怪我吗？还有什么更好的办法？总比杀人要好吧？只能两害相比取其轻。况且，他们反正也不知道，也没有给他们造成什么危害和后果。足以自慰。

看着看着，我才明白：怪不得会有人得上"偷窥成瘾症"，原来，偷窥也真是会让人上瘾的。作为当代人最离不了的私密器物之一，电脑上的痕迹几乎暴露了他们的一切信息：什么时候起床，什么时候三餐，为了什么事闹了别扭，用什么小动作打情骂俏……琐琐碎碎，却也有趣得很，像免费独家播放的电视真人秀。看着看着，我也就有了一点儿不舍：如果哪一天唐珠这丫头真的走了，只剩下金泽一根光棍，这还有什么可看的呢？

唐珠这个丫头，越琢磨越奇怪。"初夜女孩如何过""怎么消除女孩初夜的紧张""怎么让女孩初夜不疼"……看金泽的网页浏览历史就知道，这如胶似漆的两个人，他们始终没有走到男人女人都该走到的那一步：他始终没有挺枪入洞，她也始终没有露滴牡丹。换句话说，唐珠一定还是个处女之身。

这太有意思了。她和金泽这么认真地谈着恋爱，却又不把处女之身给他，显然是不打算和他有什么长远的未来。那么，这倒是应和了对我的承诺，会尽快离开。可她显然又在尽力往后拖，拖什么呢？她在电脑上做的最多的事两件事，一件是查询开饭店的琐碎事项，二就是在找那个东西。她每天都会兢兢业业地把电脑硬盘搜索一遍，还有金泽的邮箱，她每天都会查检一遍，比金泽自己都频繁。莫非她是想在离开之前找到它，然后拿来和我交易，以保自己以后的生活高枕无忧？这肯定又不是和金泽一条心了。那她和金泽这么好，也是假的了？另外，要是她一直找不到呢？难道她就不打算离开了？

忍不住还是给她打了个电话。

唐小姐别来无恙？

还好。

听"长安"的人说你辞职了？什么时候的事？

年前。

姑姑和你谈了没？

谈过了。你放心，我会尽快走的。

什么时候啊？我得心里有个数。

大概到清明节了。

怎么那么晚？

到时候金泽会去外地参加比赛，正适合我不告而别。

好吧，这也算个理由。那就容她再留一些时日，说不定她还真能找到那个东西呢。

有空的话，这两天见个面吧。

没空。

那么忙？

只是觉得没必要。有什么话电话里说吧。

我还真有一句话想问问你。

说。

你还是个处女吗?

无聊。

她挂断了电话。我开心地笑起来。

我确定,她是。

34 唐珠：性感

春节后，他比赛的确切时间和地点都定了下来，清明节后第一天，四月六号，在信阳。三月底，已是万事俱备只欠参赛，松爷说，这个时候，该去拜一拜伊尹。于是我们去了一趟虞城。

仲春时节，北方的树木正值最娇嫩的时候，满眼都是清新的浅绿。金泽说，每到春天，爷爷就要给他做树头菜。树叶发芽时候的菜，就叫树头菜。榆钱、槐花、杨叶、柳芽、桑叶、香椿芽……这些都是树头菜。树头菜的季节性极强，所以务必要趁鲜采食，初步热处理也要恰当用火，一旦老过，便会失味。他说他曾做过一道槐花沙拉：槐花淘净去水后撒上盐，淋点儿香油和花椒水拌匀即成。这样的槐花看起来粉白细绿，吃起来口感清甜。他也做过油煎槐花：槐花淘净去水后拌上点儿面粉，然后平底锅里放小半锅油，油沸后关掉火，让油稍微冷却一下，把拌了面的槐花拍成巴掌大的饼子，在油里煎。煎黄一面后，开小火煎另一面。两面都煎黄，捞出来控油，如此煎完所有饼子，最后把煎好的槐花饼全放进锅里，添汤，撒盐，淋醋，盖紧锅盖，小火焖煮。此品槐花软香可口，有极浓的鱼香味儿。当然，在中原，最经典的槐花做法还是清蒸：槐花淘净，去水，放盐，拌上一点儿面粉，大火蒸熟，浇上一点儿麻油和辣椒油，搅匀即成。

你知道拌上一点儿面粉的这个"一点儿"，到底是怎么样的分寸吗？

别卖关子了，说吧。我顿时眼前如画，舌生津液。中国菜下料全凭经验和感觉，最不好说的就是分寸。

我爷爷说槐花和面的比例最好是十比一。当然怎么拌也是一样功夫，拌得好，槐花才能朵朵裹面，粒粒分明。什么样的做法配什么样的酒，你知道吗？

我哪儿知道啊，就您知道。

沙拉适合配啤酒，油煎适合配白酒，清蒸的最好不配酒。

他说所有树头菜中，最为爷爷推崇的莫过于香椿芽。椿树又有香椿、臭椿之分，古人把香椿称椿，臭椿则称"樗"。香椿一般在清明前后发芽，谷雨前后采其头茬肥嫩芽叶，无论是熟食、凉拌、腌菜均可，原味好，营养高，厨师行内把它称为"小八珍"。

我点头，装作第一次听到。清代《调鼎集》卷七蔬部就记载了"柚椿""椿头油""椿芽拌豆腐""熏椿""腌香椿""干香椿扎墩梅"等多种做法。明高濂在《遵生八笺》中还有干制储存的方法："采头芽，汤焯，少加盐，晒干，可留余年。"可是听着他说"古人把……"这真想让我微笑。

他兀自谈兴浓浓：柳芽呢也很好。把嫩柳芽用水汆熟淘凉，挤净水分，加蒜泥、香油、醋汁调拌，是上好的下酒小菜……

我只频频点头。李白有诗"柳色黄金嫩，梨花白雪香"，说的即是柳芽。不过柳芽是不易消化之物，又性味苦寒，不可以一次食用过多。

其实，他说什么，我就能在记忆库里找到有趣的谈资。真想和他畅所欲言地对谈啊，可是，还是让他说吧。在他面前，我宁可成为千年之前那个文盲女孩，任他教导，任他炫耀。我愿意就这么仰视着他，崇拜着他，纵容着他。

不疯魔，不成活。现在的金泽越来越用功，越来越专注，然而危险的是，他在我眼里也越来越性感，性感的地方简直无处不在。他穿厨师服自然是性感的，穿上普通的衬衣则是另一种性感。夹克敞着怀是撒开来要拥抱的性感，拉链合住是内敛高冷带点儿神秘的性感，卷起袖子是性感，把袖口的纽扣扣紧也是性感。他擦油烟机，擦地板，擦冰箱，擦玻璃，擦燃气灶，换灯泡，通下水道，统统都是性感，而他在做菜时准确利落的一切：淘米、洗菜、揉面、煎炒烹炸、盯着锅里的菜肴时目不转睛的样子……更是性感分值劲升到爆。这样的男人真好看啊，连背影都能泛出一种沉潜的光芒。

呵，我是要疯了。可是我不能疯。于是在他沉迷于烹调世界的时候，我只能使出千年功力铸出一道管涌频现的堤岸，守住内心的惊涛骇浪，以淑女状待在他的身边，文文静静地做一枚听众。

还能听多久呢？每当以资深洁癖症患者的劲头儿搜寻着那个文件时，我的思绪都七上八下，云里雾里。找不到，肯定不踏实。找到了，必定得离开。各有利弊。对我而言，找不到意味着利，容我和金泽多处一段时间。对金泽而言，找到则意味着利，既可灭绝隐忧，又可结束孽恋。

我的利是小利，金泽的利是大利——那还是尽快找到吧。无缘由的，有一种预感越来越强烈：那个时刻，正在日益迫近。

你知道吗？吃树头菜在我们太行有个很别致的叫法。

什么？

咬春。跟咬春合着的就是啃秋，还有的叫啃秋疙瘩，没想到吧？疙瘩这个词平素里听起来让人不舒服，可和秋用在一起就很合适，瓷丁丁的，一团团的，又结实，又丰盛……你笑什么？

没什么。

肯定有什么，笑得那么坏。快说，快说，快说！

好吧，我是觉得，咬这个字，很性感。

怎么性感？

你自己想去。

想不明白。

你写一下……明白了吧？

不明白。需要你咬一下才明白。

滚！

伊尹墓在魏堌堆村，交通不大方便，到虞城县城时已经是中午了。配着贾寨豆干和界沟粉皮，我们吃了两碗尚可的丸子汤，算是对付了午饭，然后探路得知，伊尹墓就在县城西南四十多里的地方，须得先到谷熟镇，再南行三公里即到。

谷熟镇，这样的名字真好听啊。

行车半个小时，我们到了伊尹墓。这里非常简素。前为祠堂，后为墓园，墓冢倒是不小，周围一片古柏苍苍翠翠，有风吹来，柏音森森，虬枝峥嵘，蔚为深秀。有牌子解说，这些古柏距今已有一千五百多年历史。

呵，他们比我还老。我顿感亲切，抱住他们一棵一棵照相。

伊尹墓前的石碑上，刻有"商元圣墓"的字样。商汤王称伊尹为"元圣"，意为伊尹是最高尚、最伟大的圣人。商汤王驾崩以后，伊尹又辅佐了外丙、仲任、太甲、沃丁四任帝王。沃丁为帝时，伊尹离世，寿高百岁。沃丁以天子礼将伊尹葬于此处。

这里的故事很多，都和伊尹有关，也都和吃有关。最著名的一个是：传说有个孝子，母亲得了不治之症，危在旦夕。他上街买烧饼路过伊尹祠时，来到伊尹墓前祭拜，为母祈福。待他祭拜完正欲离开，发现因大雨冲刷，伊尹的墓碑有些倾斜，他忙伸手扶正，手里的烧饼正好蹭在碑上，擦出了红色火花。回到家，他的母亲吃了这烧饼，病竟然好了，遂成佳话。直到如今，谁家有人得了疑难杂症，还会拿个馒头或烧饼到伊尹墓碑上蹭一下。

此故事还有一种延伸：被蹭过的吃食带回去给待孕的女子吃，女子便易怀孕，生出的宝宝会很聪明，长大了也会很有作为。有一样物事则可视为这种说法的同源佐证：伊尹墓冢上长有一种草，此草枝叶细嫩，带有绒毛。据说孕妇将草的叶子摘下熬水，服下可以生男孩；用草根熬水，服下则可以生女孩。

在墓碑旁，我们碰到了一位老太太。她正佝偻着身子，一边在墓冢上用双手扒着一边哼着：

扒草扒根，

扒根扒草，

扒根生妮，

扒草生小……

我和金泽相视而笑。

笑啥呀，你们小两口也扒一扒吧。灵验着呢。旁边另有个老太太说。

对，咱们也扒一扒吧，看看能生个什么。

呸。

表情羞涩，内里酸楚。我能生什么呢？什么都生不了。

不过，趁他去卫生间的时候，我还是悄悄地在墓冢上扒了一下。我扒的是根。

35 金泽：鼎中之变

松爷说大赛的时候要跟着我去，我坚决不许。

不让松爷替你说人情不就得了。唐珠居然说。

行内人谁不认识松爷？松爷要是去，就是不说一句话，我也等于借了他的脸面。

那行内人认识你的也挺多呢。

所以松爷更不能去。虽然爷爷已经不在了，可是以爷爷的威望，我再怎么撇清，也已经用了爷爷的脸面。如果松爷再去，我就是用了两个爷爷的脸面。人家会怎么看我？怎么说我？再说，我要是丢人呢，岂不是把他们的脸面一起摔地上了？当然，话说回来，我不可能丢人的，你就妥妥地放心吧。

每次看到松爷，我就像看到了爷爷的影子。松爷不仅是手艺好，品行也让人敬重，就退休这一件事就能看得出来。虽说他味觉和嗅觉退化了，可是凭他的资历，想要在这位置上多待几年，谁也不能说个不字。他不。他坚决要退下来。他说该让年轻人上，说要留余地给后人。他说只要他占着那个位置，一来是徒弟们老想着指靠他，总有个惰性。二来是徒弟们也受拘束，想要做个什么创新都得看他的脸色，他皱皱眉他们就得反复掂量。还有一点，有什么好事徒弟们也得礼让他。当烹饪大赛的评委了，高层领导要接见了，形形色色的荣誉表彰了，都不好越过他的层面去。电视台来采访，需要表演性地做菜，唱主角的肯定是他，采买原料和案头准备就都是弟子们。到时候镜头对着的是他，观众都以为是他在做菜，殊不知他把菜放进锅里之前，别人已经给他做了九成五……他已经沾了不少光了，不能再沾光了。弟子们仁义，他也不能亏心。该退出去就得退出去，不然自己老脸无光，也招人怨恨。

你说，这样一个人，我怎么能让他为我去卖自己的老脸呢？决不能。他愿意把他的平生所学都传给我，这就足够了。其余的就是我的事。

又想起了爷爷。小时候，我跟着爷爷去县城的饭店玩，一到饭店，老板们就一定会请爷爷去后厨指导。后厨的那些师傅们，一看见爷爷就会紧张。爷爷到哪一张操作台前，哪张操作台的气氛就紧张。到谁跟前，谁的表情就会紧张。这是我后来才明白的，当时我只是觉得大家怎么看见我爷爷都会绷个脸，怪怪的。可能是为了缓解这种紧张，大家伙儿就都拼命逗我玩，逗我耍活宝，爷爷才会显出一点儿笑模样。他们对我的这种好，和郑州那些围着爸爸的人对我的好，真是一点儿都不一样。师傅们就是因为敬重爷爷而喜欢我，虽然给我的礼物不过是一点儿自己做的吃食，但好得真心实意。那些人是因为要用爸爸才对我好，虽然是花钱如流水，但我知道那些就是假情假意。他们很遭罪，我也很遭罪。

爷爷从不疾言厉色。他是不怒自威。威从何来？当然是他的手艺、他的态度、他的水准。从选料到下厨，他的每一个环节都无可挑剔，让人敬服。还有他的做人。他是一般厨师的时候，忠于职守。他当厨师长的时候，自律公道。在业内，他就是标尺。虽然他自己从不认同这个，但大家都知道。他去世后，每当碰到业内同行，他们都会这么对我说：你爷爷就是标尺，最标准的标尺。爷爷去世后，有一次，我去一个饭店吃饭，到后厨找爷爷的熟人说话，在卫生间里听见两个厨师在说爷爷的事，他们都没怎么和爷爷打过交道，可都异口同声地念叨着爷爷的好。我蹲在隔板间里，眼泪就那么下来了。

我要凭着自己的本事，也成为爷爷和松爷这样的人。

进入了初春，雨就开始多了起来。小雨如酥，中雨如琴，大雨如醉。什么雨都是好的，都可以让唐珠在天台尽情沐浴。没有雨也是好的，我们可以坐在天台上尽情聊天。我们常常会聊到很晚，直到露水在头发上慢慢凝结。真是舒服啊，这么湿润洁净的露水。唯一的担忧是春露太凉，怕丫头感冒，而她又贪恋着这露水，不肯下去。我便从房间里拿来厚厚的毯子，我们裹着毯子就那么坐在天台上。用身体盛着露水，用眼睛盛着星光，坐了很久。不知道有多久。

长这么大以来，经历过的那么多春天，但对我而言，这才是最像春天的春天，最具春天意味的春天。——有爱情的春天，才是春天。有爱情的春天，才有一怀春情，才有一颗春心。我得承认，我的春情从来没有这么荡漾，我的春心从来没有这么萌动。

可是，她不行。每次我冲动的时候，她都说她不行。不行啊不行，真的不行。她嗲嗲地撒着娇，然后，用她选择的方式和我做爱，一次又一次。

好吧，就依着她。反正不会永远这么下去。反正总有行的时候。

我们还常去松爷那里，让松爷指教着做应赛前的最后准备。听松爷说话，真是享受。三句话不离本行，他打比方也会用菜的名头：有人的手艺就是个大杂烩……那货的脾气是块老豆腐……气得他呀，一脸茄子色！……这个娘们，就是一块粉蒸肉。……我这心里翻滚的，跟火锅似的。

还有他说的那些行话，真是动人！把主料放进作料里浸渍，他叫"麻一下"。把未发和发好的原料通过不同的方法存管起来延时保鲜，他叫"养住"。把韭菜码齐，再掐掉黄梢尖儿，通常都叫"择韭菜"的，他却说"把韭菜梳一梳"。似乎韭菜在他的眼里不是韭菜，而是一个碧发葱盈的小女孩，因为调皮，这小女孩把头发弄乱了，需要怀着爱怜和疼惜，好好地给她打理一下——让我想起唐珠了。还有什么"羊不姜，牛不韭""猪肝下锅十八铲""春鸡腊鸭闹腰子"……每一句这样的字词里，都含英咀华，意味着高度浓缩的经典经验。

　　大赛的主要题目是三道菜。第一道是指定菜。按惯例就是爆炒菜，爆炒菜考的是刀工和火候，基本的选项就是爆里脊丝、滑炒鱼丝之类的菜。松爷说我的刀工有些欠，便着意让我多练刀工。还把自己的刀给了我，先教我磨刀。他说刀是厨师的武器，没有快刀旺火，做不出一道好菜。磨刀也是一门技术呢。他说他在"又一村"学徒时，也专门学过磨刀。师傅们磨刀常用两块石头，一块青石，一块红石。他眼见他们先蘸点水洒在红石头上，嚓嚓嚓地磨。然后又在青石头上洒点水，唦唦唦地磨。磨完正面磨背面，最后还要在布上试一试，刀过布裂，这才开始上灶。有一天，他看到一位师傅的刀在案板上放着，心里怪痒痒的，就拿起来学着他的样子磨了几下，第二天，那师傅上灶拿起刀就问他：你磨它了吧？你磨一下我都能看出来。你知道不？磨刀时刀刃的坡度，里外刀刃用多大劲儿，磨多少下，这都是有讲究的。他心里那个佩服呀。那师傅问他：想不想学磨刀？他说好。晚上收了工，师傅就开始教他磨刀。师傅教过他以后，他一直练了大半夜。那天晚上的月亮可高，可冷，刀光映着月光，像落了一层霜。

　　另一道菜是自选菜。不知道掂量了多少个回合，我们爷俩终于定了下来；佛跳墙。

　　松爷说，粤菜的佛跳墙旧例，是汇集鱼翅、广肚、鱿鱼、鲍鱼、海参、鱼唇、蹄筋这些山珍海味融于一体，因为这些原料价格昂贵且物性复杂，这道菜的程序便也极其考究，便约定俗成地成为评定厨师最高厨艺的标杆性菜品。又因为这道菜还有一个很好的意头，叫福寿全，便也成了诸多传统食客认为的最高美食理想。不过它虽然是一道大硬菜，端上桌却常常会让人觉得过腻。早些年间，能点得起吃得到这道菜的，大都是有岁数的人，胃口不强壮，这菜在桌子上也就是能为东家占个大方不吝的好听名头儿，没人动几筷子，剩在那里，既浪费了厨师的功夫，又浪费了东家的银钱。

爷爷爱琢磨，一门心思想着创新，实验了两三年，果然改成了：他删繁就简，把惯例的十八种食材减至八种，去掉腥膻味大的羊肘猪肚，把腥味大的新鲜海鲜调换成水发制品，这样的就把食材的"腻"字解决了。汤的"腻"字呢？爷爷又舍弃了惯例用猪肉羊肉等吊出来的浓汤，只用三年以上的老母鸡吊出来的清汤，这样的鸡汤最为清鲜。所加的花雕酒也减量，煨器用绍兴老酒坛，最是储香保味。料装坛后先用荷叶密封坛口，然后加盖。炭是质纯无烟的好炭，旺火烧沸后再用文火煨五六个小时，便大功告成。这样出来的佛跳墙，海参金黄，鱼翅脆嫩，鲍鱼筋爽，美味悠长。上了桌，人们一开吃就停不下来，一口气吃得精光光。

既然这是爷爷的招牌菜，那我也正好以此向爷爷致敬。

但这个敬却不大好致。整整一个月，我都找不到想要的状态。其实松爷做的每个步骤我都熟悉，也都反复揣摩过，可是味道总是不对，总是做不到和松爷一样，更别说和爷爷一样——没错，我必须得诚实地说，爷爷的手艺还是在松爷之上的。虽然这话我不能出口，但如果我要这么说了，松爷他应该也得承认。

——不能好高骛远，还是先向松爷靠近吧。

到底是哪儿出了问题？松爷说是酒。起初他说我酒加的程序不对，我马上按照他的样子，做成了两次加酒。第一次是煨制的时候加酒，第二次是第二遍浇汤温炖的时候再加一次酒。加酒自然也不能直接加，按照他说的，隔水炖，让酒随着水温慢慢加热，再适时添到汤里，便可有效地腥提鲜。但何时加，加多少？每一次改变，味道都不一样，总是出不来我最想要的那个味道。

而松爷做出的，就会是那个味道，或者更接近那个味道。

其实每次松爷加酒的时候，我都死盯着坛子看。他加就对。他让我加的时候，我加也对。就是我自己加的时候不对。要么是火候不到显得冲，入菜有酒味。要么就是火候过了显得老，酒味已尽失。

到底是为什么呢？问松爷，他也说不出个所以然来，只是说：火候，火候。

我知道自己是难为他了。他们这一代人，活的就是经验，很多东西理论上说不清楚。而烹饪上的变数又太多，弹性又太强，正如《吕氏春秋·本味篇》上所言："鼎中之变，精妙微纤，口弗能言，志不能喻。"亦如画画用的墨色一样，干湿浓淡，千变万化。

那我就自己钻研吧。我较着劲，一遍一遍地做，吃得唐珠都恶心了。

别倔了，先练拔丝菜吧。松爷说。

他黑着脸，我也不敢再倔，只好听他的吩咐，练拔丝。

拔丝菜很家常，但是炒糖的火候很不好把握。我一向比较怵做这个，就是因为火候欠，做出的菜要不就是味道苦，要不就是糖色老。松爷说，做拔丝，关键是要观察糖面的变化。这有两条标准：一是去烟务净。要炒到糖面儿不能有油烟。二是滴水成珠：糖汁儿滴到凉水里，一颗颗要滚成珠子。用这样的糖汁儿做底料，热冷相激，必拔好丝。

你要想让它出好丝，就在那一两秒。做菜的火候，就是那一两秒。早晚都不行。松爷说。

做了两天拔丝，一遍遍地看着糖面儿，突然间，我明白了：酒面儿！

再做佛跳墙，再加酒。我目不交睫地盯着酒面儿的变化。酒慢慢地热了，冒出了淡淡的透明的白烟儿，开始起小泡了，马上就要起大泡了……

加酒！松爷喝道。

大功告成。

那一刻，也就是两秒。

这两秒就是黄酒炖得最好的状态，能让原料所有的香味和营养最大程度地发挥了出来。中医说黄酒是药引子，它岂止是药引子，也是做菜的味引子呢。这味引子，就是这道佛跳墙的画龙点睛之笔。

点睛的时分，原来就在这两秒。

凡品和佳品的分界线，甚至是佳品和神品的分界线，原来就在这两秒。

其实，酒味的老嫩一般食客是尝不出来的。唐珠说。

我知道她是心疼我，可是我也看到了她眼睛里的极度欣赏。

我这样的厨师，怎么能按一般食客的标准来要求自己呢？我说。此刻，我要傲娇。

这么用心地做菜，有几个人知道啊。

我知道，你知道，松爷知道，爷爷的在天之灵知道，还有，菜知道，酒也知道。我举起花雕酒的酒瓶，大声感叹：可爱的花雕酒啊，原来即使只有两秒，你也是有感情变化的！我赞美你！

大赛的最后一道作品其实也是自选菜，只是必须是创意菜。我的创意菜是素八珍。素八珍的本质，就是佛跳墙的延续，也就是素佛跳墙。现在人普遍膏腴太盛，口味过重，我想在爷爷创新的基础上再创新，用荤佛跳墙的手法，把食材全部换成素的，口味上呢，就是清淡一些，和荤佛跳墙的浓香区别开来，呈现出一种清香。主要食材就是银耳、百合、芥蓝秆、竹荪、羊肚菌、杏鲍菇、鸡腿菇、草菇……根据时令和地域再做机动调换，以鸡汤煲，适量勾芡，最后放适量藏红花汁儿，调出明黄。

那些天里，我也是每餐必做，却也总是不满意。不是味道不够鲜，就是颜色不够亮，反正离完美总是差那么一点儿。虽然松爷说已经很不错了，去拿奖肯定没问题了，我也知道拿奖应该没问题了，可是，我问自己：你做菜难道是为了拿奖吗？难道不是为了把菜做出最好的境界吗？

不行就是不行，不到那个份儿上就是不能将就。我走火入魔般地执拗着，实验着。直到那天，我欣喜若狂地从厨房跑出来，对着他们喊：知道了！知道了！

——最后一道程序，该用鸡油炝炸葱姜出香味儿后放进煨坛，顷刻，这道素八珍便金黄绚丽，鲜香绝伦。

你这小子，还真肖你爷爷。松爷说。

那是。我欣然领受。对我来说，没有比这更高级的夸奖了。

这两道荤素佛跳墙，也是我预想的未来餐馆的主菜。我跟松爷说，两道主菜，两种风格，价位也有了层次，食客也可两全。

松爷点头：这两道主菜能立住。店名打算叫啥？"金家菜"？

这个不好。我还是觉得自己差，怕糟蹋爷爷的名头。

那就叫"我家菜"吧。唐珠插嘴。

这个可以。我家菜，就是我家的菜，不是别人家的，别人家的做不出我家的味儿来……不过，有点儿含糊，谁知道你家菜是什么菜呢。没特点。

好菜呗。对，就叫"好菜"吧。

嗨，哪家饭店不觉得自己的菜是好菜啊。也没特点。而且听着也张狂。

那就低调一点儿，叫"小菜"吧。

这个新鲜。说到底，菜是个小物件，再大的菜，都是小菜。可是话又说回来了，再小的菜要是做好也不容易，要下一番大功夫，治大国若烹小鲜嘛。

又大又小的，那就叫"大小菜"吧。

这个好！

36 唐珠：我就是这天意

清明节有意思。唐玄宗开元二十年诏令天下，"寒食上墓"。因寒食与清明相接，后来就逐渐变成清明扫墓。明《帝京景物略》载："三月清明日，男清明祭祖，担提尊榼，轿马后挂楮锭，粲粲然满道也。拜者、酹者、哭者、为墓除草添土者，焚楮锭次，以纸钱置坟头。望中无纸钱，则孤坟矣。哭罢，不归也，趋芳树，择园圃，列坐尽醉。"——我太熟悉那种情形了。在亲人墓前祭拜完毕，擦干眼泪便娱乐去。插柳、踏青、看花、蹴鞠、斗草、放风筝、荡秋千……逝者安息，生者欢聚。生死并置之时，既慎终追远，也豁达享乐。所谓"清明时节雨纷纷，路上行人欲断魂"，然后便是"借问酒家何处有，牧童遥指杏花村。"正是诗证。

而此时，在金旺墓前，我却更喜欢白居易的这首《寒食野望吟》：

> 乌啼鹊噪昏乔木，清明寒食谁家哭。
> 风吹旷野纸钱飞，古墓垒垒春草绿。
> 棠梨花映白杨树，尽是死生别离处。
> 冥冥重泉哭不闻，萧萧暮雨人归去。

没有雨。蚂蚁在脚下爬来爬去，小蚊在身边嘤咛有声，鹅黄淡绿的浅草在坟茔上轻盈作舞……它们都在活着。所谓的天清地明，风物常新，就是如此情态吧？

不远处，梨花和白杨掩映的道路上，金泽的车正渐行渐远。姑姑快下公交车了，公交站离这里还有一段路，他说去接她，让我跟着一起去，我说想自己待一会儿。

一个人，不害怕？

都是金家的祖宗，有什么可怕的。

这话说的，是金家人的口气。他很满意。

其实，我只是想在老爷子的墓前好好尽一尽心。

相比于别人，老爷子的坟茔最大，看来添土的人很多。坟茔形状也很圆满，应该是经常有人修整的缘故。

水酒在里，五供在外。五供之前是香炉，炉内插香三炷。我折柳枝，献百合花，奠酒，点香，烧纸，施三拜九叩大礼。

坐会儿吧。老爷子活得明白，让人敬重，即使不能和他再说上一句话，就是这么坐一坐，我也舒服。——突然想，我其实也在一个墓里。当然和他老人家的墓还是有别。他的墓有棺椁，我的墓就是我的肉身。他埋在土里，我埋在地上。他的墓有人祭拜，我的墓唯己知晓。

"将来，你也会埋在这儿。"耳边忽然想起大年三十"走年坟"的时候，金泽对我说的话。姑姑斥责他是胡说。当时我牵住金泽的手，抠了抠他的手心。我是多么喜欢这种胡说啊。埋在这儿，真是不错。想到死后能埋在这里，死似乎也成了一件不错的事。

可是，我什么时候死呢？

谢谢您。我对着墓碑絮语：虽然和您并无交集，但只是因为金泽的存在，我就该在这里郑重地谢谢您。

总觉得还应该做点儿什么。是了，该清洗一下墓碑。很多年没有给人扫过墓，差点儿忘了。古礼扫墓都是要用毛笔蘸漆将墓碑上的字描一遍的，现在都不讲究这个了，也讲究不起了。

我从包里拿出一包湿纸巾。幸亏我还带了这个。一个如此自珍自重的老爷子，我来为他清洁一下墓碑上的灰尘，想来他应该是愿意的吧。

先从碑楼的最里面擦起。

忽然，手碰到了一个东西，硬硬的。我探头去看，全身的血液都凝固了——

U 盘。

小小的长方形，纯白体，塑料袋密封。强力胶带把它粘在碑楼檐口的内壁里。

一瞬间，我便明白了金泽父亲的心意。这个聪明绝顶又纠结至极的人，他想告诉金泽这个秘密，又很清楚金泽的心性，知道此时让不善权谋的他掌握这个秘密，肯定不能如自己预料的那般让他获利。可是他又不想白白扔掉这个制约赵耀的把柄，却也不放心任何人来保管这个把柄——对于姑姑，他的亲姐姐，也许他曾想过交付，却终于还是没有出手。是因为挂虑，还是因为羞耻？

一定是自杀前夕最后那次上坟时，他把它放在了这里。这墓地，金泽必会定期前来。金泽和爷爷感情深厚，也必定习惯在爷爷的墓碑前踯躅徘徊。由此，在某一个契机里，金泽就有可能会发现它。当然他也有可能发现不了，或是即使发现了也不屑于用来掌控赵耀获利。但身为父亲，他能做到的就是如此。

其他的，他留给了天意。

——天意选择了我。我就是这天意。这天意让我以此弥补对金泽的情意歉疚，也让我在离开金泽的最后时刻还能为他把这桩忧患做个了断，走得安心。

天意不能违。

我必须承接这个天意。

如释重负，却也怅然若失。

待到剧烈的心跳渐渐平稳，我继续仔仔细细地擦拭墓碑。在擦拭金旺名字的时候，我擦得尤其虔敬。

金泽和姑姑来了。我看着他们走近，一步一步。姑姑仍旧冷着脸，呵，不要嫌恶我了，我很快就会践约的。

U盘，对金泽说不说呢？

我犹疑着，终于决定，暂时不说。

此时，就让他一心一意地想着比赛吧。

有事吗？

没事。

怎么觉得你有事似的。

说实话，一想到你明天的比赛，我就有些紧张。

挺会杞人忧天的。

应和着金泽，我浅淡一笑。

37 唐珠：你们这些妄想永生的人啊

他的高铁发车时间是 17：55。于是这最后的时刻，居然是下午。

最后这种词，一生出来就注定了它的与众不同。与那些不是最后的事物相比，或多或少的，它一定具有诀别时刻的特有意味。一个圆欲画成圈，这个圈是坟墓般的结束，也是零一样的开始——如果还能开始的话。

结束意味着什么？开始又意味着什么？如果结束的是不想结束的，开始的是不想开始的，那此时的圆就是酷刑。如果结束的是想结束的，开始的是想开始的，那此时的圆就是祝福。

可是，此时的我，既想结束，又不想结束。既想开始，又不想开始。这是否意味着，此时的圆既是酷刑，又是祝福？不过，有祝福么？为什么我感受到的都是酷刑？

一团混乱。混乱是内里，外在却是若网在纲，有条不紊。列好清单，我一样一样地给他打点行李：两套厨师服、两套便装、洗漱品、手机充电器、电动剃须刀、湿纸巾、零食、零钱……

无论如何，最后毕竟是最后，最后很容易带样儿，不自觉地就会滑进感慨、回顾、总结、展望、大悲、大痛、抒情、叹息等诸如此类的惯性表达。然而这都是别人的最后。不能是我的。我预设的最后，必须让绝望的诀别表现为轻甜的小别。

这最后的下午，我给他唱诗。唱"行行重行行，与君生别离。"唱"此情可待成追忆，只是当时已惘然。"

都是相思的诗。

最合心的还是李白的《秋风词》。

秋风清，秋月明，

落叶聚还散，寒鸦栖复惊。

相思相见知何日？此时此夜难为情！

入我相思门，知我相思苦，

长相思兮长相忆，短相思兮无穷极，

早知如此绊人心，何如当初莫相识。

……

相思谁呢？

傻瓜呗。

就在眼前，还用得着相思？

我微笑。所以他是傻瓜啊。此时，也许该再唱一首"赌书消得泼茶香，当时只道是寻常"。

还有，春天正好，干吗唱秋风词？

因为李白写得好。

是，李白的诗写得真好。他感叹。

是啊，李白的诗写得真是好，但这好也是我慢慢领略到的。一来是识字甚晚，更不知诗为何物。二来当时诗人太多，星光璀璨，知诗之后虽然觉得他不错，只是在群星之中，也并不觉得多么了不起得好。觉得他好是在漫长的岁月里大浪淘沙经见无数后，也才知道杜甫的："笔落惊风雨，诗成泣鬼神。""白也诗无敌，飘然思不群；清新庾开府，俊逸鲍参军。"不是朋友间大而无当的吹捧。

有时候想想，真是难以置信，这样的天才，我居然和他同处过一个时代。天宝元年我出生的时候，他四十二岁，进宫朝见玄宗，玄宗降辇步迎，"以七宝床赐食于前，亲手调羹"。他的才华和见识被玄宗嘉许，令其供奉翰林，陪侍左右。可谓春风得意，风华正茂。天宝十四年，我吞下那颗诡异的珠子，懵懵然启动有始无终的长寿之旅。"安史之乱"爆发，永王李璘出师东巡，他避居庐山，入幕永王，浔阳陷狱，颠沛流离。七年之后，他赋《临终歌》与世长辞。一千多年后的今天，我在这里想起了他。

当然不仅是他。杜甫屋顶的茅草，李商隐耳中的锦瑟，柳永身旁的柳枝，纪昀手中的烟袋，这些都曾是我眼中的寻常之物。当初见到他们的时候，他们还都是一具谈笑风生的肉身，活着活着，他们就成为诗词，成为音律，成为画卷，成为传说。失去了皮囊之后，他们又成为典籍里的一个名字、一小段生平、一大段简介、一个章节的论述，甚或是每隔几年十几年几十年就被翻新再构的故事主角。

时间就是一泓默默流淌的强硫酸，销毁着世间无数。而这些人在强硫酸的洪流中，居然还能留下自己的印迹，自然就称得上是人杰。似乎有哪个诗人说过："有些人死了，他还活着。"说的就是他们吧。他们还将继续活下去。我呢，似乎在靠近另外一句："有些人活着，他已经死了。"我是不是还将以靠近死的方式继续活下去？半死不活，直至荒唐的永生？

——永生。三四十年前，我读过几句话，作者好像姓博，就叫他博老师吧，他谈的话题就是永生。

"永生是无足轻重的；除了人类之外，一切生物都能永生，因为它们不知道死亡是什么。"

"在永生者之间，每一个举动（以及每一个思想）都是在遥远的过去已经发生过的举动和思想的回声，或者是讲在未来屡屡重复的举动和思想的准确的预兆。……任何事情不可能只发生一次，不可能令人惋惜地转瞬即逝。对于永生者来说，没有挽歌似的、庄严隆重的东西。"

"永生者都能达到绝对的平静。"

博老师言说的语调平静得如同他论析的永生者。他一定坚信自己这些言说的正确。我仿佛看到了他写下这些话时的神情，平静的纹路里一定还闪烁着骄傲、怜悯、蔑视和讥讽。你们这些妄想永生的人啊，其生理等级不过等同于人之外的其他生物。即使活得再久又能怎么样呢，你们无可珍爱，无甚纪念，行尸走肉，腐水无澜。

然而，他是正确的。我以自己的亲身所历明白，这个先知一样可怕的男人，他是正确的。因这可怕的正确，我对这些话倒背如流。它们时不时地就会从记忆中露出针芒，极其精准地刺痛我，让我寝食难安。

此时，它们又出现了。

和金泽紧紧相拥着，我突然有些恼羞成怒的负气，决意不让自己平静，更不让金泽平静。

于是，我竭尽所能地施展着所有的媚术，勾引他，诱惑他，吮吸他，舔舐他，呻吟他，淫荡他……用我全部的疼惜、全部的愧疚、全部的爱恋和全部的恶毒。

此刻的金泽，他是我的朋友、我的情人、我的父亲、我的兄长、我的兄弟、我的夫君——我的男人的总和。对他的爱，涵盖了我对所有男人身份的爱。包括孩子。

没错，对于没有生育可能性的我而言，此时，他也是我的孩子。对于他，我燃烧的是一种近似于乱伦的淫邪和狂热。我想要让自己刻骨铭心地记住他，以此滋养自己以后无耻的漫长日月。也想让他刻骨铭心地记住我，免得自己成为他情爱生涯里很快被清理殆尽的风中烟尘。

臭丫头，我快精尽人亡了。

可以精尽，不准人亡。

你是要把我嚼碎吃下去吗？

就是要把你嚼碎吃下去。

这宝贝是我的，也是你的，是要伺候你一辈子的，爱惜些。

谁知道你会不会用它去伺候别人。

掌嘴！

他的它，此时正乖巧地蜷缩成一只柔弱的小鸟。今夜过后，或早或晚，这小鸟就会属于别的女人吧，真荒诞。

我是花心过。可是，你让我的花心免疫了。这辈子，我就你了。

是吗？

不许反问。女朋友可以分手，老婆可以离婚，可是妈妈不能抛弃。你对我的意义，就是妈妈。

我沉默。

我从没有见过妈妈。很恋母。你的身上有着很浓厚的母性，我太爱了。

我有那么老吗？

你明白我想说什么。不知道为什么，明明你比我还小，常常还很幼稚，我却还是觉得你的底子很母性。如果你觉得心里不平衡，那其实我也可以当你的爸爸，我们互为父母，好不好？

嗯。

所以，好孩子，别胡思乱想，乖乖等我回来。

嗯。

等我回来，可就饶不了你了。

好。

送他到车站，吻别。列车走远后，我驻足转身，恸哭。

"爱之于我，不是肌肤之亲，不是一蔬一饭，它是一种不死的欲望，是疲惫生活中的英雄梦想。"这是杜拉斯的话。对我而言恰恰相反，爱之于我，就是肌肤之亲，就是一蔬一饭，就是一种想死的欲望，就是我荒唐人生中的疲惫梦想。

看着奔跑的列车，我仿佛看见了自己的生命。它是一列容量巨大的火车，行驶在一条茫茫无终的道路上。穿梭过一千多年的光阴，承载过无数的旅客。我和他们同行着，同行着，等到他们的终点站到了，我就把他们放下。

我把他们一站一站地放下。车厢上，最后总是我空荡荡的一个人。

现在，又是如此。我又成了空荡荡的一个人，而且比以往任何时候都更要空荡荡。

我不知道该怎样面对如此的自己。

38 唐珠：最后的告别

漫漫一夜之后，我开始最后的告别。

在通讯艰难的往昔，告别极有仪式感，尤其是远行之别。需得刻意筹谋，奔波相见，然后长亭设宴，青衫醉酒，红颜洒泪，依依叮咛，十里相送，黯然神伤，挥手自兹，方为完成。如若实在无法聚别，起码也要鸿雁青鸟充当信使，在笺纸上见字如面。因远行往往意味着数载之隔，甚或天人永绝。

而到了现在，不想或不宜时，告别只是个电话而已。

先打给姑姑。

姑姑，金泽走了。

嗯，我知道。

我也要走了。

你去哪儿？

不知道。随便哪儿吧。反正不再回来了。

哦。那，你注意安全。

您也多保重。

谢谢。

然后去中牟，向松爷面辞。少了金泽，我和松爷就没那么多话好说，只是对坐，相顾默然。默然久了，我站起身。

松爷，我给您磕个头吧。

这孩子，白眉赤眼的，你磕啥头呀。

以后不能再来见您了。

有啥事儿？金泽作怪了？

没有。是我的事。

有啥难处？我看你心里有他，他心里也有你。

缘分尽了。

他看着院子里的菜圃。应该是昨天刚浇了水，那里一片湿润茵翠。有点儿合了王冕《村居》里的一句："灌畦晴抱瓮，接树湿封泥。"

你这孩子素来稳重，想来你有你的道理。既然你不想说，我也就不打探了。松爷终于长叹一声：虽说天下没有不散的宴席，可话说回来，反正迟早要散，能多聚会儿就多聚会儿。两根筷子凑成一对儿不容易，一套碗碟配到一起也不容易。

我点点头。这些道理都不错，可也只是道理而已。道理就是一张烙饼，哪一面儿都能烙成花儿。——反正迟早要散，迟散不如早散。早散的宴席，席面看着多少总会更齐整一些吧。

回到郑州，已经暮色初下，金泽打来电话。说他已经拿到了金牌。晚上庆功，明早回郑。而此时，我也已将 U 盘在电脑上飞速地浏览了一遍，确凿无疑地认定了它的性质。

嗯，这时候应该可以说了吧。

还有件事情更值得庆贺。

什么？

那个东西，找到了。

哪个东西？

赵耀一直想要的那个东西。

放在了哪里？

爷爷的碑楼里。

他听后沉默许久：知道了。先放着，等我回去再说。

好。

行李已经收拾好，然而站在房间里，抱着那只名叫"金泽"的布偶犬，我却还在迟疑。它陪着我睡过很多个夜晚。我知道它只是个布偶犬，它不是金泽，它只是个手工艺品，只是个棉制物件，它会陈旧，会脏污，会糟烂，最后，会在这世界消失……不要留恋，不能留恋。

可我忍不住还是留恋。终于还是把它放到了行李上。此时我方才明白，一直以为心若硬了，变软很困难。原来心若软了，变硬也不容易啊。

已经没有什么可做的事。可还是想再做点儿什么。按照俗气的惯例，一般都会留个纸条的，那我也留一张吧：

> 金泽，对不起，你看到这封信的时候，我已经离开你了。不要追究原因，正如你所说，生活有了变数，那肯定有它不得不变的道理。既然是不得不变，那也不一定就是坏事。很抱歉的是，我的变数造成了你的变数，请你原谅。不要找我，你找不到的。好好过你的日子，顺其自然吧，你一定会遇到比我好的人。希望你尽快忘了我。
>
> 祝你幸福。

再也没什么可做的了。真的该走了。今后再也见不到金泽了。这最后的告别，别的是此地，此人，别的也是此爱。而此爱之后，再无爱。

我没有力气再爱。

黄庭坚的两句诗浮上心头：

满船明月从此去，
本是江湖寂寞人。

手机铃响，是赵耀。这是这张卡接的最后一个电话吗？我一出门就准备扔掉它。

在忙什么呢？赵耀语气淡然。

听你的指令，正准备消失。

他轻轻地笑起来：真的？

真的。

什么时候？

马上。

再见一面吧。

不必了。

还是再见一面吧。你等着我。

他挂断了电话。

他是要给我送行来吗？此时，他的声音听起来也有了些微亲切和温暖。可是，他若来了，U盘也在房间……这情形有些诡异。

不，不能这样。我迅速决定。

出门，找到一家文印店，把U盘里的东西复制刻录成多份光盘。然后，来到最近的顺丰快递投递站，把东西寄放到那里。

收件人是金泽。

收件时间是明天。

回到老房子，赵耀已经等在了门口。他戴着一顶鸭舌帽，看不清他的表情。我打开门，刚刚把他让进来，便失去了知觉。

39 赵耀：我们都疯了

到底还是她找到了东西。我终于等到了这一天。

在进门的一瞬间，我就把她击昏了。对于这么狡猾的女子，这么做是必要的。

脱掉她的全部衣服，捆住她的手脚。她的行李已经收拾好了，我又一一打开。看来她确实准备兑现当初对我的承诺，离开金泽。而在离开之前，她居然还真的为金泽处理了最重要的这桩麻烦。这种忠心耿耿，真是让我嫉妒。

我开始找，仔仔细细地找。但是，一无所获。

在远程监控的视频中，我明明看到她在电脑里浏览 U 盘的内容，毫无疑问，就是那个东西。这么短的时间，她来不及转移，更不会销毁。

到底会藏在哪里？

无论在哪里，应该都在这个房间。

那就让她醒来吧。问问当事人最是省事，如果她肯说的话。

一碗凉水浇在她脸上，她睁开了眼睛。很快，她便看清了自己的处境。

不用这样绑我。我打不过你的。

还是这样更放心。

给我盖个被子，冷。

冷就对了。

她闭上眼睛。我知道她不一定是怕冷，或者说，冷不是最主要的。她怕的是赤裸。女人赤裸的时候最脆弱，她闭上眼睛，就是在回避自己的脆弱。

还装死吗？我一个耳光打过去。

这个耳光，我早就想打了。

她再次睁开眼睛。

东西呢？

不知道。

我知道你找到了。

你怎么知道的？

感谢神奇的高科技。听说过电脑远程监控软件吗？

在我简明扼要的科普过程中，她一直眼神迷茫，似乎是回不过味儿来。生活中对于此类产品无感的人挺多的，她是如此，金泽也是如此。我知道他们是怎么想的：这些东西如果不落实到他们身上，他们就会觉得是危言耸听。

我靠近她：放哪儿了，说吧。

不在这里。许久，她轻轻地说。

那在哪儿？

刚才已经送出去了。

送哪儿了？

她沉默。

我也努力平静着，可脸上的肌肉群控制不住地在此起彼伏地痉挛。

我就不懂了，那个傻小子，怎么就值得你那么护着呢！

你是不懂得。你永远也不会懂得。她的脸上似有微微的笑容，是在讥讽我吗？

老实说，我从没有觉得自己的人生这么失败过。明明知道自己想要的东西近在咫尺，眼睁睁地看着它出现了，却又拿不到手，这种感觉……太可恨了。我揉了揉自己的脸，说。

她沉默。

你确定了，不跟我说吗？

她点点头。

干得好。我会铭记终生的。我说。然后我开始解衣扣：我对你干的，也会让你铭记终生。

不要！

要是我没猜错，你现在还是处女吧。

她猛地睁大了眼睛，随即又紧紧地闭上。

看金泽对你勾搭得那么费劲，我就知道他一定是还没得手。你一定很怕被男人干。

她的身体微微发抖了。

其实，处女我不稀罕。我破的处也不止三五个。不过，破你嘛，应该格外痛快。

不要！

你很懂啊，女人说不要，意思就是在说要呢。

你现在应该做的，是以最快的速度跑路。

我的人生不用你来指导。

她的眼睛里如霜似雪：既然不爱，何必如此？

干这事跟爱不爱没关系。爱可以干，不爱也可以干，甚至干得更过瘾。反正我也是个有罪的人，将来也不过是多个强奸罪，数罪并罚吧。

我已经开始脱裤子，脱得很慢。我确定，我将要对她做的事情，是她最恐惧的事情。反正金泽也回不来，就让这个过程拉长一点儿吧，既是折磨她，也是给她机会。

可她就是沉默着。

其实，对你，我还真是有点儿爱呢。

因为金泽？

对。我说：你一直那么傻地和他站在一起，一直不向我妥协。这一点我很欣赏。

裤子已经脱掉。她眼睁睁地看着我在她面前脱掉了裤子。

你疯了。

你先疯，我才疯的。我们都疯了。我说。

她要是不疯的话就会把东西交给我。她先疯才有了我的疯。都怪她。

我解开了她的双脚，爬上了床，爬上了她的身体。

最后的机会。还不说吗？我耳语，如情话。

她仍然沉默。其实她可以呼救的，我已经想好了，在她开始呼救的一瞬间，就用我的内裤堵住她的嘴巴，那样会更刺激。

反正已经疯了。

可她居然也没有。

那就别怪我不客气了。我以我的武器，抵到她的两腿间的温热之地。兵临城下，磨刀霍霍，我已做好了侵略的一切准备。

她闭上眼睛。居然又闭上了眼睛。是已经准备好了顺受吗？

不再废话，我一下子便贯穿进了她的身体。

在进入的一瞬间，我便知道：她是处女，真正的处女。从外在的颜色到内在的紧致度，都证明着她是。现在的整形手术太发达，之前我经手的那些处女，有好几个是假的。两个月前我刚做过一个，那个女孩子说她是处女。才二十岁，可她已经黑木耳了。

——证明她是处女的，还有货真价实的鲜血。

她的脸部肌肉也开始痉挛。很疼吧？我就是要她疼。

你真紧。

……

太紧了。

……

流血了。

……

自言自语着，我退了出来。看到她的下体黏稠温热的鲜血绵绵不绝，如小小的洪水倾泻。

然后，我又趴到她的身上，再次进入，奋力抽插。做着做着，兴奋度却直线降低：她的体温开始变低，越来越低。

你太冷了。我说：像奸尸。

没错。我马上就会成为尸体，你就是在奸尸。她用微弱游丝的气息应答。

她已经这么虚软，我不再担心她的反抗，即使有什么反抗也是螳臂挡车，不会有什么效果；而且这么束缚着她，行起事来也过于无趣，我又解开了她的双手。然后，再度进入，却又很快再度退出。

我的下体已经彻底疲软。她的血却仍在流，血流得越来越欢快，在这寂静的暗夜里，简直可以听到小溪般的汩汩声。

你……怎么一直在流？

……

你要不要喝一点儿热水？

……

你还醒着吗？

……

她的脸色已成灰白，俨然如死人一样。我这是杀了她吗？

疯狂过后，绝望来临。

40 唐珠：这就是报应

其实我一直醒着，但我什么也不能回答。我能做到的就是流血，冷，流血，冷。

就要死了。

我知道我就要死了。

那就死吧。既然终归要死。

死这个词，现在，终于降临到我的身上。

那就死吧。既然要死，反正要死，且是在爱之后死，应该是不亏了吧。忽然想，如果失节的对象必须在赵耀和金泽两人之中选择，那我宁愿是赵耀。如果是面对金泽，那会吓坏他吧。他会内疚死的，我会心疼死的。而在赵耀这里，内疚和心疼都不会有——若是因对我的伤害，能让他反省出一点儿对金泽的愧意，那简直就是赚了。

"死亡是人类被赐予的最珍贵之物，最大的不敬就是用得不当。"忘记了这箴言出自于谁，很想问问他，这份最珍贵之物，如此来用是不是还算妥当？是否足以让我自我安慰地说死而无憾？

——憾还是有的：这礼物是被迫使用。

但是，若非被迫，我何时能主动？

当他即将进入我身体的那个瞬间，我清晰地感受着自己紧张颤抖的肌肉，还有从腋下弥漫出来的香气。这时候，想要做点儿什么，当然是可以的。或者踢打他的胯裆，或者使出全部的力气向外面呼救，就像一个歇斯底里的泼妇一样。虽然很可能起不了什么作用，最终也必定会被他得逞，但起码能够干扰他一下，扫扫他的兴致吧。

但我没有动。这一瞬间，我忽然对自己充满了厌弃。一个疯狂的念头涌了上来：这份节操，这份既老迈又幼稚的节操，这份既神奇又平凡的节操，就让他用他那根肮脏的阳具，粗鲁的阳具，破了它吧，毁了它吧。既然我是这么自私、冷漠和无耻，既然我是如此不配和金泽交欢。也许早已注定，我就该是被赵耀这样的人来糟蹋的，来终结的。也许早已注定，我的死不配是芸芸众生那种正常的世俗的幸福的死。也许变态的生早已注定我变态的死：死于憎恶，而不是死于爱情。

我突然无比清楚地明白：这就是报应。死在赵耀的身下，而不是死在金泽的身下，这就是报应。

陈陈相因，因果有报。若是未报，时辰未到。

如今，这时辰到了。

疼痛。从来没有过的疼痛，被撑开撑裂的疼痛，我感觉到仿佛被一劈两半。在剧痛中，我冷眼看着他的屁股在我身上耸动。

这应该叫做性交吧，不是做爱。

当他停下来之后，我也克制着恶心，感受着他的拥抱。他毫无分寸的双臂像一对大铁钳子。这就是我在这世上得到的最后的拥抱？

真幽默。

门被砰地关上。再也没有赵耀的声音，只剩下我一个人，正适宜安息这个词。我躺在床上，躺在自己的血流中。这血流刚淌出身体的时候，还有一点儿温吞的暖意，只是这暖意稍纵即逝。

那颗珠子，它现在在我体内的何处呢？当我的肉身化为灰烬，它是会跟着我化为灰烬，还是会在我的灰烬里重现？它重现时，有人认得它么？还有，在最初的最初，它又是由什么而成珠的？……

等死的此时，我以残存之力，对陪了我一千多年的珠子萌发着最后的好奇。不是什么都能成珠的。珍珠、玉珠、珠翠、珠玑……珠本身意味的即是宝贝。世间万物，能成珠的有几多？正如每个人都是女娲娘娘甩出的泥蛋蛋，放在生活的大锅里煮啊，煮啊，有很多泥蛋蛋很快就煮散了，混在了水里，成了泥汤。也有的泥蛋蛋被煮得越来越硬，煮成了钢珠，只有极少的泥蛋蛋成了玲珑剔透的珍珠。

——不能再想了。我越来越轻，也越来越冷。这是真的要死了。待到金泽回来，我再也不用向他解释什么了，也再不用去找房子找工作一日三餐穿衣打扮，更不用因"守节长寿"而陷入对男人又想又怕的循环往复……关于我的所有一切，此时都因死而即将结束。

"死亡是人类被赐予的最珍贵之物"，此时此刻，我由衷地赞同这个定义。死是仁慈的救赎，是轻松的解脱，是甜美的安慰。死的本质，是最大的善良。因为死，再痛苦的事情也会停止，所以不必绝望。因为死，再幸福的事情也会结束，所以不必忘形。因为死，不要肆无忌惮，一切都是虚妄。当然，因为死，也要及时行乐，因为人生不再。死是神奇的电流，让短暂又漫长的岁月之灯照彻黑夜。死也是一块巨大的白布，生之一切都是白布上的绚烂花朵，是让人既哀叹又迷醉的美丽春天。

我开始做梦。在梦里，我穿着一只鞋子，去找另一只鞋子，拼命地找。白雪世界，满地冰碴，刺骨寒冷。我很清楚离开这里比较暖和，可我还是铁了心要找那只鞋子。我不放弃。那只没穿鞋子的脚都冻得，麻木了，抽筋了，甚至都把我从梦中冻醒了……我知道我在做梦。我在床上躺着做梦。于是我又闭上眼睛，让自己睡了过去，继续在梦里去找那只鞋子。仿佛我生命的最后意义，就是要找到那只鞋子。

再次睁开眼睛，仍然是白雪世界。或者是我仍在做梦，做梦中梦？

我看见了金泽的脸。

好些了吗？

我点头。

是不是赵耀？

再点头。

为什么要离开？

我笑笑。

我为你拿到了金牌，你却想放我的鸽子。为什么？

无话可答。我闭上眼睛。

他突然抓住我的肩膀：别他妈的装睡！

又爆粗口了。他爆粗口的时刻，都是重要时刻。

我这回可真知道了，你他妈的有病，你他妈的真有病！你有病不是身体的病，是心里的病！你跑什么呢？有什么可跑的呢？不就是和我好吗？你怎么就不敢和我好呢？和我好怎么了？你豁出去和我好到底会怎么样？你会死啊？

是啊，亲爱的。我默默地说：我正在死呢。快点儿死吧。

但是，恰如赵耀所言："感谢神奇的高科技"，在当代医学花样繁多的技术干预下，死亡的节奏似乎还是慢了下来。第二天凌晨五点，我停止了流血——年前体检时，省医院的医生说我是 AB 血型，属于万能受血者，可这对我来说只能成为一种理论，这次失血证明了其他任何血型的输入都会让我的身体产生强烈的排斥。若是再流下去，每一分每一秒都可能是最后的定格。

　　当然，慢下来并不等于停止。让我很心安的是，我的一切体征还是一天比一天地坏了下去。一周之后，我终于到了奄奄一息的边缘，在这个过程中，金泽也瘦成了一纸薄片。起初，我每次提出回家都会被他痛骂。后来，他终于答应了。

41 金泽：羡慕他们

终于回到了这里。

我径直把她抱到我的卧室，放在床上，盖好被子，然后走到厨房。

往水壶里注水。

把壶坐到灶上。

打开燃气烧水。

一个环节和另一个环节之间，总要寂静片刻。我的动作不得不这么缓慢和迟滞，仿佛是耗尽了力气，又仿佛是身体所有的关节都生了一点锈。

深嗅了一下衣服上的气息，想从中获取一点儿能量。她玫瑰的芬芳犹在，这是我熟悉的气息。快一年了，这气息一直就在身边，几乎就成了我的一部分。只是，被赵耀伤害之后，这气息也越来越淡了。

赵耀对她的伤害是致命的。处女贞操什么的倒还在其次，他摧毁的，似乎是她最重要的精气神儿。现在，她的状态就是已落悬崖，一心向死。医院对此也无能为力。

那么，好吧。咱们回家。

不，对于下一步怎么办，我一点儿也没有计划。我就凭着本能行事。她不是想回来吗？我也想让她回来。那就回来吧。无论前面等待的是什么，我们一起面对就是。

烧好了水，又晾到适宜的温度，我便用杯子端进去，放在床头。

喝点儿水。

不渴。

那也要喝。

我扶住她，让她依偎在怀里。她小小地喝了一口。

我回我房间睡吧。

你就在这儿。

你呢？

我也在这儿。你现在的状况，离不了人的。

我挪动着靠右墙的布艺折叠沙发，三下两下把它打开成一张床，用毯子和被子铺好，关掉灯。然后，我走到她的身边，看着她的脸。

黑暗中，我默默地看着她的脸，她也看着我。若非那瞳仁上那闪烁不定的细微光芒，她的眼睛已经和夜融为一体。

晚安。她说。

晚安。

很累。但是，睡不着。这确乎是不好睡着的，在这个房间里，在她的身边。我把身子转向她的方向，只看到一个朦朦胧胧的大致轮廓。她就静静地躺在那里，她的脸、手、脚、头发、嘴唇……都在那里。她的这一切都曾和我肌肤相亲。而今呼吸相闻，却似咫尺天涯。

静了片刻，我坐了起来，来到床边，朝她俯下身。她闭着眼睛，把脸半埋在被子里，呼吸轻微。我似乎闻到她的体息在一点一点发生着变化。初春树林一样的新鲜成分正慢慢减少，深秋落叶的沉败之气正渐渐浸出。

她的情况这么糟糕，似乎真是要死了。

迄今为止，我已经经历了两个亲人的死，她是第三个，如果她也死的话。

爷爷和爸爸死的时候，我束手无策。面对着这一个，我依然无策。

但我不允许自己束手。

我要尽力让她活，活一天是一天。这世上的人，谁都不知道自己什么时候死，无非也就是一天一天地活。活过一个又一个黑夜，迎来一个又一个黎明。

还别说，今儿这鲈鱼真不错。

亏得你眼疾手快，把它给抢到手了。就这一条斤两最合适，鱼的气色也最好。

那是，我是谁呀，还想抢得过我？

就是有点儿贵。四十二块！

好东西可不就是贵？它肉嫩刺少呀。

咋做？

清蒸。

对对对，鲈鱼可不就得清蒸嘛。

……

买菜回来，我不远不近地跟着前面的老两口儿。他们住在三楼东户，都退休好几年了，应该快七十了吧。老头子顶着一头浓密的花白头发，气派得很。老太太倒是谢顶得厉害，远远地就能看见她的白头发和红头皮，看起来比老公老上许多。但老头子对她宠到溺爱，像奴隶对将军一样服从。不管她对他怎么耍脾气，他都笑呵呵地应承着。有一次被我碰见，他有点儿尴尬，却还是美不滋滋儿地说：女人嘛，都这样。她更年期，更年期。

我一直以为，我和唐珠也会活到很老，活到他们这个岁数，当然，我们要比他们活得美一点，帅一点。现在，我开始羡慕他们，羡慕他们经过的岁月，羡慕他们的衰败和老迈。他们的生命轨迹和他们的身体历程一样，是一道高低有致的曲线。起点，高潮，谷底，终结，都在其中。而我们的曲线，因为唐珠的缘故，很可能只是一道戛然而止的直线。

卧室里有隐约响动，她醒了吗？我走进去，扶她起来，上卫生间，洗脸，洗手，刷牙，擦护肤霜。然后早餐。

早餐简约丰盛：二米粥，葱香软饼，鸡蛋炒木耳，外加热牛奶一杯。黑白黄绿四色分明，清爽悦目。只是这量对于她这重危之人有点儿太多。

但我只管喂她。

果然是个吃货，她居然也一点一点地全部吃光了。吃得额头都出了一层细汗。

把她安顿到床上，我从客厅里把行李箱拉进来，打开，一样一样开始收拾。便装、厨师套装、皮鞋、袜子、洗漱包、手机充电器、电动剃须刀、手帕纸、湿巾……这些东西，曾经被她一一整好，放进了这个箱子。现在，我慢腾腾地把这些东西取出来，放回到它们原来的位置上。我是在有意展示给她看，带着鲜明的提醒，还有委婉的嘲讽。

最后一样东西是重点。一个深蓝色的长方形盒子。我打开，取出里面安放的水晶奖杯。是修长的三棱形。还有金灿灿的奖牌，奖牌带是艳丽的彩虹色。我环顾着房间，把奖杯放在了书架上，奖牌挂在书架边框的一个折角上。正对着床，她抬眼就能看到。

怎么样？好些了吗？

嗯。

我从口袋里拿出那张纸条：

可以说了吗？

她沉默。

要不要听点儿音乐？

好。

我把纸条放在左床头柜上，打开电脑。古琴的声音流淌出来。和她处了这么些日子，对古乐我也有点儿食髓知味。这一首《高山流水》，泛音、散音、按音皆清和幽雅，韵品甚高。

此时，我选这首曲子的意思，她自然也是明白的。我牵着她的手，她闭目聆听着。我们任它回环流淌，一遍又一遍。

那张纸条就在那里放着。每一个字，都是她写的。每一个字看起来都面目无辜，平实丰足。可这里面守着一头饥肠辘辘的巨兽。因了它，连这琴声都是饿的。我和她的聆听，也是饿的。

能喂饱这些饿的，只有她。

其实，你不知道更好。她终于开口。

我停止了琴声。

你爱我吗？

她沉默。

你爱过我吗？

我退而求其次。她敢说她没爱过么？我谅她不敢。

她点头。

那就告诉我你真实的家世、你真实的出身、你真实的一切。

沉默。

被拐卖什么的鬼话，我一直都懒得不信，也懒得信。一个从小被反复拐卖的人，不可能有这么好的素养。只是你不愿意说，我也不愿意逼你，只要你能留在我身边。但是，现在，你得说。因为我断定，这里面有你想要离开我的根本原因。

说吧。我说：你要是不说，我会纳闷到死的。

我的故事很长。

你慢慢讲，我慢慢听。

42 唐珠：回忆也是福利一种

死，又是这个字。

我马上就要死了，几十年之后，他也会死。我死得清清楚楚，而依着他的一根筋性情，却真有可能会把我的秘密纠缠终老。我的秘密将会成为他困扰一生的死结。

那么，这次终极解密，或许倒是可以当成是给他的最后礼物。还有——一瞬间，我突然起了疯狂之念，说吧说吧说吧，就说实话，说最实的实话，不管不顾地把最底的底牌晾给他看，不再给自己留下任何余地，也正好以此逼迫自己离开。

好吧，反正是要死了。

从哪里开始呢？

或者，就从那个病波斯商人开始吧。眼前浮现出当年长安城的情形，黄土路面宽阔结实，路两边的榆槐粗健秀壮。崇仁坊是当年的旅店集中地，母亲天不明就起床，开始里里外外张罗，坊门口的小吃店很早就开始忙碌，柴禾在灶膛中明亮温暖地跳跃着，刚出炉的芝麻胡饼金灿灿的，像一枚枚香喷喷的小太阳。

或者，就从名字开始吧。我用过的名字，太多了。婉儿、太平、清照、薛涛，这些真切存在过的实名我都用过。湘云、琼英、玉楼、蕙贞，古典名著里的这些虚称我也不时借来。青楼艺伎的芳号当然该是风情万种：含嫣、若柳、怀云、映岚。到了乡村则因地制宜叫秀兰、翠花、雪梅、秋菊，革命时期是向阳、继红、东风、爱民。更多的则是没有逻辑仅凭心情，觉得复姓不错，就取慕容冰冰、欧阳娜娜、皇甫如意，想到自己的荒唐身世就唤童天山——觉得自己像是天山童姥一样，只是没有武功。或者是石云烟，觉得自己看透了这世上的云烟。而唐珠还真是我最初的姓名，来自于我千年之前的父母。

也许正因为此，不由自主地，自然而然地，那些名字里总是有"珠"的音节：朱丹、朱槿、朱砂、茱萸、苗株……当然最爽快地还是直接让"珠"出场，宝珠、灵珠、米珠、如珠、珠光——"珠"字真是怎么看怎么顺，怎么用怎么好，连泪珠汗珠血珠都有了一种特别的美感，甚至于"暗结珠胎"这样的词因为了珠字的存在，都显得优雅了起来。

呵，说到底，最适合我的名字也许只有一个：遗珠。因为身体里的珠子，我被时间遗弃，被岁月遗弃，被热辣辣闹腾腾的人间烟火遗弃，可不就是一颗遗珠？这颗遗珠被包浆得太厚，看起来就是土疙瘩和石头块。本来么，被遗弃的珠子，也就是死鱼的眼睛罢了。

对了，第一次读到苏格兰童话《彼得·潘》时，我还暗暗为自己取了个英文名字：彼得·珠。彼得·潘和彼得·珠，听起来是不是像姐弟？我觉得自己和这个小男孩在本质上就是姐弟。这个在故事里永远也长不大的孩子，有着永恒的童年和永不衰老的身体，永远天真可爱，永远淘气活泼，永远无拘无束，永远自由自在，永远在梦幻岛。而彼得·珠呢，永远情窦禁开，永远警惕男人，永远排斥阳具，永远拒绝性交，永远战战兢兢地维持着自己的贞操，企图从一个千岁老妖，熬炖成一个万寿老妖。这样两个人，隔空做个姐弟，岂不是很相宜？

……

一千多年的光阴，在我的口中变成了若干简洁至极的音节，终于一个一个迸了出来。我从不曾如此对任何一个人梳理过自己的一生。这漫长而又短暂的一生。这一生，以最省力的整数来计算，一千四百年乘以三百六十五天，那就是五十一万一千天。这么多的日子，度过时是如此漫长，回忆起来又是如此短暂。度过时是如此细节，回忆起来又是如此粗暴。我穿过的衣服、走过的道路、住过的房子、看过的风景……都开始模糊起来，混沌起来。我曾以为它们会如石头般坚硬，但此刻，在脑海里，它们都正被一种奇异的溶液熔化成粥、成汁。我每说一部分，它们就流失一部分。我就觉得自己的身体空了一部分，轻了一部分。

死，就是最后的轻吧。

从我的诉说开始，到我的诉说停止，他都一直呆呆地看着我，一脸不相信或者说不想相信的神情。我在他眼里，像是个胡言乱语的妄想症患者吧？

重又缩进被子里。良久，听见他悄悄地走了出去，进了自己的房间。

我坐起来，听着窗外的雨声。这个老房子，现在比窗外还冷。我应该到雨里去，去那里取暖。

挣扎着下楼，走出小区，越走越远。一边慢慢地走着，我一边不时回头看看那栋老房子。渐渐地，老房子看不到了，我就看那附近的高楼。渐渐地，楼越来越矮，越来越低……以那老房子为原点，我不知走了多久，就是那么慢慢地走。一边走，一边回头。一边回头，一边走。

此时的雨应有料峭之寒吧，我却不知。还总觉得后背有隐隐的暖意，是从老房子那里辐射来的。

——我还是贪恋着金泽。已经到了这个地步，我还是这么无耻地贪恋着他。

所以，也真是该死了。且必须死在外面。这样的退场，多少还算是有一点儿体面。没有指摘我荒唐，没有斥骂我无耻，没有谴责我疯狂……他就那么一言不发地走开了。真是好孩子。

楼群渐无，我走到了城市边缘。雨还在下，天色渐青，黎明已至。我在公交站的塑胶椅子上坐下来，上面都是斜落的雨水。但是，没关系。有什么关系呢？我的黑夜正无限来临。公交车已经开始运营，一辆又一辆。车上的人很少，他们坐在车里，有的人在打盹补觉，有的人在戴着耳机听歌，有的人在目不转睛地刷屏，有的人百无聊赖地看着窗外，看见湿淋淋的我，投去讶异的一瞥，却也很快就过去了。

我对他们有什么意义呢？没意义。

全都是虚妄。

我终于虚妄至死。

可是，多么不想死，多么想活着。

一个老头慢慢地走了过来，他一米八左右的个头，肥壮的身坯，步子却很碎，走得像一个小脚的女人，真难看。可他却是那么认真地走着，走着，一步，一步。他身板儿僵直，仿佛有病。不，他就是有病。他的脸一看就面瘫过，眼神呆滞，似乎被一只无形的手卡住了，脖子根本不能灵活地扭转。

如果活成这样，我是一定不会这么走在街上的。每当看到这样的人，我都会这么想。可是，突然，此刻，我是那么羡慕他。他一定还有很多日子可活，我却没有。

我想活着。活得再难堪也想活着。活得再羞耻也想活着。活得再卑微也想活着。因为，难堪、羞耻和卑微都是别人的界定，和我无关。我活着的真正滋味，只有我自己知道。只有我的心知道。

活着就是活着。只要活着，血就是热的，心就是跳的。只要活着，就能闻到花香，听到鸟鸣。只要活着，就能抚摸你的脸，亲吻你的笑容。即使你的脸你的笑容离我千山万水，距我障碍重重，最起码，我还能回忆它们，我还能在回忆里抚摸和亲吻它们。

只要活着，回忆也是福利一种。

喂。一个人在我身边坐下，打了声招呼。

是金泽。

我转脸看他，他的脸色憔悴苍白，朝我微微地笑。这个家伙，还想对我说什么呢？

我也笑。

怎么找到这里来的？

一直在跟着你。

怪不得后背会有隐隐的暖意。可是，他跟着我做什么呢？

他的眼神沉着，淡定，似乎一夜之间已经人到中年。

我想了一路。他也定定地看着我：刚刚想明白了。

我盯着眼前的雨。又一辆公交车来了。随便他说什么吧。

对我坦白，你做得很好。

这是几个意思？我看着他。是不是该回他一声"谢谢表扬"？

无论你新版本的故事是不是真的，对我来说都无所谓。我还是那句话，反正我认准了一个人，认准了就是认准了，就是往死里认。无论你过去经历了什么，那都过去了。我还是决定不介意。只要你爱我，我也爱你。他说，声音决绝，却也有一种特别的羞怯：跟我回去吧。哪怕你死，我也要你在我这里。

他抱住我。身体滚热。

好吗？

……

说话。

好。

这个早晨如此虚幻，却也如此真实。真实得不能再真实。我知道最大的幸福已经来临，从此，我死有葬身之地。

$\mathcal{43}$ 金泽：我认的，就是这个真

那天早上，我是一步一步把她背回去的。她要我打车，我坚决不肯。

我要你给我好好记住，我是怎么辛辛苦苦把你捡回去的。你要能活多长就活多长，专心致志地给我当好媳妇，听到没？

是。

打开家门，我把她放到卧室的床上，她任我摆弄着四肢，把她里外的湿衣除尽，用被子把她严严地盖好，我便在柜子里翻找我的睡衣。

等我回身，就呆立在那里。

她把被子掀开，就那么全身赤裸一丝不挂地摊在床上。

你还作？不怕感冒啊？我回过神来，不敢看她。

她哧哧地笑了。

你忘了吗，我是最不怕雨淋的。亏了这雨，精气神儿还回来了一些。

别闹了。先穿上这个。我把睡衣递过去。

就想闹。

她冲我张开着双臂。

真是忍不住了。我扑了上来，疯狂地亲吻着她。她也回应着，抚

摸着我的它，把我的它握在手里。这一瞬间，我要爆炸了。

可以吗？可以吗？

这不正在可以吗？

可是，你这样……

就是这样才更想。

可是……要是……

不就是死吗？左不过是个死，反正就是个死。要是和你好一次，死了也值得。要是死了还没有和你好过，我会死不瞑目的。

应该是使出了所有力气，这些话她却还是吐得轻飘柔弱。

我紧紧地攥着她的胳膊。

你是不是嫌弃我被赵耀……

胡说！

我飞快地褪尽衣衫。这傻孩子，我知道她在激将。可是我愿意上这个当。

她疯了，我也疯了。疯了就疯了吧。她都不怕，我怕什么？大不了陪她一起死，在死之前，就纵情享受这珍宝一样的交欢吧。

全心全意，全情全力，从里到外，从虚到实，我从不曾如此面对一个女人，也从不知道，把自己所有的一切都分毫不留地拿出来，献给一个人，这感觉竟是如此神奇，神奇到连幸福这个词都显得过于小气。

她居然没有再流血，这让我又生出一些意外。不过，这点儿意外很快消淡了下去。有什么可意外的呢，也许是早就没什么血好流了。当然，不见血到底还是值得安慰，最起码让我暂时心安。

真美，像一朵花。我说。

只是要谢了。

不许你谢。女人是花，要男人精心浇灌才好。有我在，你就不会谢。

自那天之后，我们每天都做爱。至少一天一次，常常不止一次。如此频率和强度，我真庆幸自己的年轻和健康，不然，怎么能够如此痛快。

做爱做爱，原来是越做越爱，也是越爱越做。这件事，真是世界上最好的事情。我感叹。

没有之一？

没有之一。

那做菜呢？

做菜也是做爱的子项目。你不觉得床就是厨房，咱们这是在拿彼此当菜做吗？也拿彼此当菜吃。

我是不是很好吃？

那还不是因为我的手艺好！

做爱时，她就是我的一道菜。我洗她、切她、焯她、揉她、擀她、炒她、炖她……菜在好厨师的手上，会美轮美奂地再活一次。她在我的怀抱里，似乎也有点儿这个意思。每当和我翻天覆地地做过爱，她仿佛就有了一点儿生气和生机。不过支撑不了多久就会萎靡下去，衰败下去，枯谢下去，一副须臾待毙的样子。直到下次做爱来临。

我也意识到了这一点，于是每次都像最勤劳的农夫，越做越敬业，越做越厉害，往往做得自己虎啸龙吟，也做得她高潮迭起。

舒服吗？

嗯。

快累死我了。

休息几天吧。

不爱休息爱劳动，尤其是这种劳动。给我发个劳模奖吧。我撒娇邀功。

她不说话，只是蜷缩在我的怀里，似乎是在努力让自己变小，变小，再变小。忽然想，如果她能小成一颗糖果，被我吞在肚子里，那滋味应该也很不错吧。也不用再担心她会突然消失不见吧。

我要是死了，你一定要好好活着。她忽然说。

我一定会好好活着，一定会再找个媳妇。你放心。一辈子那么长，孤寡到老，我该多亏啊。

住口。

吃醋了吧？看你还装不装厚道。

真的，我死了，你要好好活着。

你真的请放心，我绝不会殉情。我早就想好了，得把咱们的事情写成一本书。

不许拿我挣稿费。

给你买墓地，每年清明去看你，给你买祭品什么的，都挺花钱的。羊毛出在羊身上，得把这些钱挣出来不是？

看不出来啊，还真会过日子。

你看不出来的多着呢。攒着劲儿好好看吧。

隔三差五的，还会接到姑姑的骚扰电话，主题无非一个：劝我和唐珠分手。虽然毫无成效，但她还是劝得兢兢业业一丝不苟，真让我替她辛苦。于是，那天，我抱珠在怀，给她老人家来了一个胡搅蛮缠的终极答案：

亲爱的姑姑，不就是身份吗？我告诉您，身份一点儿都不重要。我爸算是有身份吧？赵耀也是大老板吧？又怎么样呢？我是个小厨师，您是个家庭妇女，咱们不也都挺好的？说到底，唐珠少的不是身份，她少的，不过是一张真的身份证。这事儿不难办，你放心。——

她什么身份？现成的就有两个，一个是我老婆，另一个是我孩子的妈！祝贺您，您要当姑奶奶了！

挂断电话，拍拍怀里的人脸：有什么可哭的，瞧你这泪点低的。

可是，我没怀孕。她抽抽搭搭地说。

学习一下"挟天子以令诸侯"，咱们来个"挟假孕以令姑姑"，这是战略，懂吗？

我不可能怀孕……

不爱听。闭嘴。

当然，我知道姑姑有她的道理，她的道理还是很大的道理，是几乎所有人都会认同的道理。可是，那又怎么样呢？

没错，自从和唐珠深交之后，这个丫头的身份就经不起追问，破绽百出。每次面对这个问题她都会给我来个难以自圆的创意故事，尤其是最近这一版，简直像个精神病患者的无厘头呓语，让我想起来就想笑……好吧，我已经习惯了。就当听故事呗。反正我心里有底：故事可以虚构，有些东西不能虚构。她看我的眼神不能虚构，说话的声音不能虚构，被我抱在怀里的感觉不能虚构，落在我唇上的吻不能虚构，更要紧的是：我爱她，她也爱我，这最不能虚构。

这就够了。我认的，就是这个真。

这世上永远有人在说着各种各样的道理，但没有一种道理能够替你活着，活生生地活着！这些道理，我早就听得两耳满满，早就不想按照他们说的活着了，我倒要看看，这些道理又能把我怎么样？

44 唐珠：致命运

每当感受着他的雄阔健壮的肩和背、胳膊和腿，他猛兽一样有力的呼吸，我就宛如梦中，不知此时是真是幻。当然，看起来一切都是真的，可是再过一百年呢？又焉知现在不是梦？正如昨日是今日之梦，今日是明日之梦，正度过的这一分钟，恰是下一分钟之梦……

神魂颠倒中，悲欣交集。

既然他这么厉害，那就随他。虽然这很辛苦，好在他也不用辛苦太久。反正我是要死了，那就死在他的怀里。那首歌怎么唱的？"今生今世要死，就一定要死在你手里。"

死在你手里，就是好死，再好不过的死。

只是，在这之前，还是要尽力活着。好死不如赖活着嘛。

可是，我在死。身体就是身体，不以意志为转移。我每况愈下，不可遏制。肢体日渐沉重，面容日趋黯淡，胃口也越来越不好，时常呕吐不已，甚至连月事都没有了。

但是，我也在坚持。因为他，我要尽量让自己的死不那么恐怖，尽量美一点儿，尽量像那种干制的花，有型有样。

——原本，我平凡的生命是一列容量巨大的火车，行驶在一条漫长的道路上。现在，我成为了一名即将下车的旅客。我会在心爱的男人的温暖里下车，没有比这更好的结果了。

　　有一次，他提到了赵耀。唯一一次。正是那天我们得到了确切消息，赵耀在东北被抓捕归案。

　　你恨他吗？

　　不恨。

　　不恨？

　　讨厌他，但是不恨。

　　为什么？

　　一时间，我不知从何说起。活了这么多年，看过太多可恨的人，赵耀不算最可恨的。他所有的，不过是最普遍的人性的弱点——我甚至想，如果人人都能活得很久，像我这么久，那么这世界可能就没有什么太坏的人了。人们之所以那么不知廉耻，那么穷凶极恶，那么没皮没脸，那么心急性躁，也许都是因为知道，生而有涯，死而无涯。死亡就在不远处等着他们，所以他们难以活得优雅和从容。他们怕来不及。他们等不起。

　　我不恨赵耀，如同我不恨这世上很多卑微的无耻的人。我有什么资格恨他们呢？我只是可怜他们。

　　最隐秘的，最无法言说的是，对赵耀，我最后甚至还萌生了隐隐的谢意。因为他对我的破坏灭绝了我习惯性的那条退路，我才得以再无杂念，纯如赤子地来迎接这美好的末路。

　　当然，说到底，这种不为人知的谢意与其说是致赵耀，不如说是致命运。命运通过赵耀的存在告诉我：有时候，残酷，就是慈悲。

　　两个月后的某天清晨，我起床后再次呕吐不止。

　　借我吉言，真的怀孕了吧？金泽突然问。

　　不可能。

我去买验孕棒。证明这种可能性的成本很便宜，一块钱而已。

——看到那两道红线的一瞬间，我想亲吻全世界。一个贪婪的念头也同时在心中扎根：也许，在死之前，我还能把孩子生下来呢。

由床上劳模金泽又转换为厨房劳模，每天变着花样做菜。厨房里经常铺排得琳琅满目：清化姜、章丘葱、金乡蒜、南阳牛肉、甘肃土豆、金华火腿、中卫枸杞、西藏松茸、新疆大枣、云南牛肝菌、山西小米、黑龙江大米……千里迢迢，万里遥遥，它们相聚于一个厨房，一张砧板、一口炒锅、一只瓷盘，它们约会，恋爱，结婚，交融。

四个月时，子宫有了胎动。五个月时，我的腹部已经呈现出圆润的微隆。

听着，你，以后不准再说死了。金泽轻轻地抚摸着我的肚皮。

为什么？

能生了嘛。

我顺服地笑笑。尽管心怀贪念，但我从不敢大胆奢望这个孩子能够顺利降生。若一切果如金泽所言，那么孩子一生下来让我即刻就死，我也是情愿的。当然，若允许我多活上一两天，让孩子吃上几口母乳，那就再好不过了。当然当然，若能活到孩子牙牙学语时，容我教念几句"鹅鹅鹅，曲项向天歌"和"床前明月光，疑是地上霜"……

我一遍一遍地告诉自己：这一切，只是幻想，你一定要以如履薄冰的怯懦之心来进行这样的幻想。很多事例表明，对于这样卑微素朴的幻想，命运之神往往会因为太过怜惜而格外开恩。

我是对的。孕满十月，我们的孩子来到了人间，是个女孩。分娩时我命悬一线，终是有惊无险。

孩子降生时，左手紧握，谁也掰不开。

我说：我来。

心急速地跳动着，似乎要跃出喉咙。我忍着下体的疼痛，坐起来，把孩子抱在怀里，一边用乳头诱哄着她，一边慢慢地，慢慢地舒展她的小手。我用食指轻柔地探询她紧张的小掌心，千年的食指，初生的小掌心。这两种皮肤无声地交接着，触摸着，问候着。

终于，瞬间一动，她的小掌心包围了我的食指。纯洁的温暖透过一根食指，蔓延到我的全身。我左右摇曳着这根幸福的食指，松动着小掌心的空间，然后又用大拇指摩挲熨捻着她的小手掌，一遍又一遍。

她突然哭了起来。

奶水还没下来呢，别哄她了。金泽伸过手。

我把孩子递给他，笑着说：好。

——我的手掌心里，握着那颗红盈盈的珠子。

45 唐珠：过去这个词

故事读到这里的时候，你一定也明白：这个故事，已经完了。

以上所有这些，都已经是过去的事了。

过去这个词，如今说出口，那可真叫畅怀！

经过了一系列复杂的程序，我已经用新名字落下了顶顶真的户口，也拥有了顶顶真的身份证。现在的我是一个俗不可耐的哺乳期小妇人，洋溢着一身的奶腥味儿，整天在网上买纸尿裤沐浴液润肤露驱蚊膏安抚奶嘴爽身粉，金泽常常笑话我，说我像个移动的奶粉罐儿。因为睡眠不足，我经常挂着硕大的黑眼圈，眼角也新生了一些皱纹。这让我有些矫情的小烦恼，虽然在心里一直暗暗恭迎着它们大驾光临。

新名字？当然不会告诉你。我不想被视为一个怪物，同时也想葆有我的成全之心。我毫不怀疑，如果开口自证，很多以历史和考古为衣饭的人都会成为笑柄。

认识一下？没必要。如今的我正在像你一样生活着，整日里狼奔豕突，焦头烂额，丢兵弃甲，却也是兴兴头头。知道了自己，你就知道了我。

小饭店？快开张了。不，不叫"大小菜"，也用不着你来捧场。

我敢肯定我们的客户会很多，且都是黏性顾客。不客气地说，如果将来你有缘来吃饭，说不定还得提前一星期才能预约到座位呢。

那颗珠子？我把它镶成了一枚戒指，有时候也会拿出来戴一戴。那天，依着金泽"美食必配美器"的指示，我们去汝州给饭店订餐具，我正拿着一只盘子赏玩，金泽一把抓过我的手。

这是什么珠子？

不知道。是不是有点儿像玛瑙？

嗯。好像有些年头儿。哪里得的？

朋友送的。

哪个朋友？

告诉你也白搭，你不认识。

还记得你病糊涂时讲的那个故事吗？不会是那个波斯人吧？他嗤笑。

还真是他。

他瞪了我一眼，把我戴戒指的那根手指拽到他的鼻子下，狠狠地闻了闻，说：不香。

后 记

　　2013 年，长篇小说《认罪书》出版后，我松了一口气，决定 2014 年好好玩。2013 年底 2014 年初，韩剧《来自星星的你》大热，我也跟着追剧，追着追着，就老妇聊发少女狂，起了写这个小说的念头。——其实也不是太老，按照联合国的标准，45 岁之内还是青年呢。那就揪住青春的尾巴，写这么一个小说吧，来致青春。

　　如果说《认罪书》的取向偏重，这个长篇，我想让它偏轻。爱情和美食，千年处女和帅哥厨师，这种选择我知道会有人说幼稚、可笑、肤浅，或者别的什么，我统统能够推想得到，没关系，对于读者，我没有期待。这是我满足自己的小说，满足于自己某些厚颜无耻的幻想。

　　2015 至 2016，这个小说我断断续续写了两年。对我而言，这两年不太寻常。其中发生的一些事，让我深度地见识了人性的黑暗和繁复，也明了了自己的纠结和虚弱。在这之前，我从来就是沾着枕头就睡，这两年让我知道了什么叫做失眠。亏了这部小说的陪伴，每当辗转反侧的时候，我就想它，研析里面的人物，替这些人物琢磨事情，然后，我的心情就平顺下来，愉悦起来。

　　小说的主角唐珠，这个来自大唐的女孩，纯粹是我幻想的产品，以我孱弱的想象力，她最传奇的地方，就是吞下了波斯人给的一颗珠子，得以一天一天地活到了现在。"幻想如同果酱，你必须把它涂在一片实在的面包片上。如果不这样做，它就没有自己的形状，像果酱那样，你不能从中造出任何东西。"卡尔维诺曾如是说。深有同感。如果说唐珠是我幻想出来的甜果酱，那以我的愚笨，也只能把它涂在尘世生活的苦面包上。所以，除了那颗珠子让她有一副青春永驻的外表——珠子也是她老老实实吞下去的——我不能赋予唐珠更多。这个最平凡又最不平凡的女孩，她不穿越，没有特异功能，很年轻，也很苍老，很善良，也很冷酷。是活得最长的人，也是活得最可怜的人，因为体内藏珠，自己便也活成了被时间和岁月所藏之珠，恰如我在小说的末尾试图诠释的那样："这么多年来，我和它是互相藏匿的关系。它藏匿在我具象的肉身，我藏匿于它抽象的领地。"《藏珠记》之名，亦由此而来。

感谢宁肯、李浩和谢锦，在这个小说很不像个样子的时候，我请他们给我掌过眼，他们都提出了非常中肯的意见和建议，让这个小说从很糟糕变得不那么糟糕。感谢周晓枫、鲁敏和张莉，在某个困顿的节点，她们都曾被我纠缠着反复探讨。当然也要感谢豫菜界的诸多名厨接受我的采访，特别是中国烹饪大师李志顺先生和他的高徒们被我频扰，他们在专业领域的精深造诣让我受益良多。此小说亦被列为中国作协定点深入生活的作品扶持项目和河南省委宣传部"深入生活，扎根人民"的作品扶持项目，且因此有"中国厨师之乡"河南长垣烹饪协会对我的热情接纳，在此一并致谢。

还要感谢中国古典文学史上那些伟大的记录者和书写者，他们是在我这个原创者背后潜藏着的另一种意义的原创者——《独异志》《广异记》《资治通鉴》等关于波斯人和珠子的那些故事，是一棵棵大树，这个小说是其中引出的斜枝。正如纳博科夫在《说吧，记忆》中吟唱的那样：

> 通过那个索引的窗口
> 一株玫瑰伸了进来

——这句话作为开端的题记很合适，作为后记的末句也刚刚好。

图书在版编目（CIP）数据

藏珠记/乔叶著. －－北京：作家出版社，2017.4
ISBN 978－7－5063－9438－3

Ⅰ.①藏… Ⅱ.①乔… Ⅲ.①长篇小说－中国－当代
Ⅳ.①I247.5

中国版本图书馆 CIP 数据核字（2017）第 082982 号

藏珠记

作　者：乔　叶
责任编辑：田小爽
装帧设计：刘运来　王莉娟
出版发行：作家出版社
社　址：北京农展馆南里 10 号　　邮　编：100125
电话传真：86－10－65930756（出版发行部）
　　　　　86－10－65004079（总编室）
　　　　　86－10－65015116（邮购部）
E－mail：zuojia@zuojia.net.cn
http://www.haozuojia.com（作家在线）
印　刷：三河市华业印务有限公司
成品尺寸：152×230
字　数：210 千
印　张：16.75
版　次：2017 年 8 月第 1 版
印　次：2017 年 8 月第 1 次印刷
ISBN 978－7－5063－9438－3
定　价：38.00 元

作家版图书，版权所有，侵权必究。
作家版图书，印装错误可随时退换。